rororo

«Ich habe nichts gegen Kinder. Nicht per se. Sie sind wunderbar. Solange sie einen Mindestabstand von fünf Metern zu mir halten und ich sie nicht anfassen, füttern, sauber machen oder an ihnen riechen muss. Man kann mit ihnen kein gescheites Gespräch führen, und ihre Vorstellung oder gar praktische Umsetzung von Grammatik ist geradezu eine Zumutung. Hinzu kommt, dass rund 80 Prozent ihrer Körperöffnungen undicht sind.»

Claudia Haessy wurde 1982 gegen ihren Willen in Bonn geboren und studierte dort Geschichte und Philosophie. Sie arbeitete als Illustratorin und Autorin und leitet aktuell den Social-Media-Bereich bei Men's Health und Women's Health. Haessy lebt in Hamburg.

CLAUDIA
HAESSY

Wenn ich die Wahl habe zwischen Kind und Karriere, nehme ich das Sofa

ROMAN

ROWOHLT
TASCHENBUCH
VERLAG

2. Auflage August 2017
Originalausgabe
Veröffentlicht im Rowohlt Taschenbuch Verlag,
Reinbek bei Hamburg, August 2017

Umschlaggestaltung any.way, Barbara Hanke / Cordula Schmidt
Umschlagabbildung plainpicture / Anna Matzen
Satz aus der Dolly PostScript, InDesign,
bei Pinkuin Satz und Datentechnik, Berlin
Druck und Bindung CPI books GmbH, Leck, Germany
ISBN 978 3 499 27256 1

Für E.

Prolog

Als hätte mich etwas Fieses in den Arsch gebissen, stolpere ich mit der Eleganz einer besoffenen Ballerina in den Flur und starre auf das Stück Plastik, das im Badezimmer am Waschbecken liegt und so tut, als wäre nichts.

Für einen Moment stehe ich einfach nur da. Wie ein lebensuntaugliches Opossum, das sich plötzlich Aug in Aug mit einem Raubtier wiederfindet und nun mit der Entscheidung, ob es weglaufen oder sich totstellen soll, restlos überfordert ist.

In Filmen ist das der Moment kurz vor der Apokalypse. Bevor der Höllenschlund sich öffnet, um Buffy oder sonst einen zu vernachlässigenden Nebendarsteller zu verschlingen. Ich erwarte schon das Einsetzen einer Mundharmonika, um die Dramatik dieses Augenblicks gebührend zu unterstreichen. Doch es passiert nichts. Also wirklich rein gar nichts. Keine Apokalypse, kein Höllenschlund, nicht einmal ein Raubtier.

Nach einer Weile tapse ich zurück ins Badezimmer. Am Waschbecken angekommen, muss ich feststellen, dass das Ergebnis immer noch dasselbe ist:

Schwanger.

Wie höhnisch neun simple Buchstaben aussehen können, denke ich und muss mich zusammenreißen, um nicht quer über die Fliesen zu kotzen. *Muss falsch sein*, nuschle ich vor mich hin. Einfach aus dem Grund, weil es nicht richtig sein *darf*.

Dabei habe ich nichts gegen Kinder. Nicht per se. Sie sind wunderbar. Solange sie einen Mindestabstand von fünf Metern zu mir halten und ich sie nicht anfassen, füttern, sauber machen oder an ihnen riechen muss. Ich empfinde es schlichtweg als unfair, dass sie die einzige Bevölkerungsgruppe auf der Welt sind, die sich komplett irrational und geradezu wahnsinnig verhalten darf und trotzdem immer noch als süß empfunden wird. (Etwas, was mir regelmäßig verwehrt wird.)

Man kann mit ihnen kein gescheites Gespräch führen, und ihre Vorstellung oder gar praktische Umsetzung von Grammatik ist geradezu eine Zumutung. Hinzu kommt, dass rund 80 Prozent ihrer Körperöffnungen undicht sind. Und wenn sie irgendwann halbwegs stubenrein sind, entpuppen sie sich als das reine Böse unter der Sonne, dem man sein restliches Leben das Konzept von sozialem Miteinander und Ethik einbläuen muss. Ein Konzept, das ich selbst bestenfalls rudimentär verinnerlicht habe – und ein kurzer Blick in die täglichen Nachrichten zeigt, dass ich da nicht die Einzige bin.

Nein, ich habe mich nie als potenzielle Mutter gesehen, sondern eher als der Typ Mensch, der sich im hohen Alter mit wirrem Haar, irrem Blick und siebzehn Katzen in einem Ein-Zimmer-Apartment in Marzahn wiederfinden würde. Man kennt den Typ aus RTL2.

Kacken und Kotzen tun Katzen ebenfalls, aber bei ihnen ist zumindest gesichert, dass sie nicht eines Nachts unerwartet an deinem Bett stehen, mit Hockeymaske und Kettensäge, um mit dir ein überemotionales Gespräch über deine fragwürdigen Erziehungsmethoden zu führen. Und nun das.

Ich habe vor einigen Tagen schon einen Test gemacht,

und der war absolut uneindeutig – so wie man sich Resultate wünscht, wenn man sich die Realität gerne so verdreht, wie sie einem am besten passt. Der zweite entscheidende Streifen war hauchzart und blassrosa gewesen und wenn man nur lange genug darauf starrte, konnte man ihn gänzlich zum Verschwinden bringen.

Wenige Sekunden bevor ich jedoch anfange zu hyperventilieren, kommt mir doch noch die rettende Erkenntnis: Das Ergebnis kann überhaupt nicht richtig sein! Schließlich handelt es sich bei diesem Ding um eine Art Minicomputer und wenn die mit *einer* Sache nicht klarkommen, dann ist das Flüssigkeit. Pipi und Technikkrams sind keine Freunde – das weiß jeder, dem sein iPhone schon mal ins Klo gefallen ist. Die stehen sich wie Nazis und Bolschewisten gegenüber, feindselig, unversöhnlich, und am Ende muss der eine den anderen vernichten! Das ist bekannt. Und ich muss so etwas wissen: Ich habe studiert.

Um ganz sicherzugehen, rufe ich meine beste Freundin Caro an und berichte ihr, dass ich nicht schwanger sei und, um mir das bestätigen zu lassen, heute noch zu einem Arzt gehen würde und sie mir bitte bis dahin das schwitzige Händchen halten solle.

Caro lebt eigentlich in Bonn und ist nur für ein paar Tage mit ihrer neuen Flamme in Berlin, den sie umgehend mit einem Reiseführer bewaffnet zum Sightseeing alleine zum Brandenburger Tor schickt, um sich mit mir in Friedrichshain zu treffen.

Als ich das kleine, französische Café nahe der Warschauer Straße betrete, kommt sie mir schon freudestrahlend entgegengestürzt.

«Du bist schwanger!», jauchzt sie.

«Nein», fauche ich, «bin ich nicht!»

Es ist, als könnte es wahr werden, nur weil sie es ausspricht. Nur mit Mühe bringe ich sie dazu, sich wieder zu setzen, während sie vor Freude fast zu platzen scheint.

«Oh mein Gott», sprudelt es aus ihr heraus, «das ist alles so aufregend!» Sie klingt, als wären wir 15 und ich kurz davor, mir gegen den Willen meiner Eltern ein Tattoo stechen zu lassen.

Sie grinst mich breit an: «Und?»

«Und was?», erwidere ich trocken.

«Hast du dir schon überlegt, was du lieber hättest: ein Mädchen oder einen Jungen?»

Ich verdrehe die Augen.

«Ich. Bin. Nicht. Schwanger», stöhne ich, «aber ein Mädchen.»

«Verstehe», sagt sie und zwinkert mir zu, «dann kommen wir zu dem wirklich wichtigen Thema.»

«Und das wäre?»

«Wer ist der Vater?»

KAPITEL 1

Das Arschloch

«Arschloch», zischte ich halblaut vor mich hin, während ich wütend die Wand anstarrte, als gälten meine Worte ihr. «So ein verdammtes, blödes, elendiges, arschgesichtiges Arschloch!» Ich stieß die Worte einzeln hervor und fühlte mich wie Gollum. Vermutlich sah ich gerade auch so aus wie diese ebenfalls tragisch missverstandene Gestalt.

«Männer sind Arschlöcher», presste ich zwischen den Zähnen hervor, «Beziehungen sind Arschlöcher! Alles Arschlöcher!» Ich unterbrach meinen Touretteanfall und stampfte unter weiteren Flüchen und Beleidigungen in die Küche, wo ich einen Eimer Ben & Jerry's aus dem Tiefkühlfach riss.

Ich goss eine halbe Flasche Baileys in den Eis-Eimer und beobachtete mit Wohlwollen, wie sich die einzelnen Komponenten zu einem einzigen glückverheißenden Gemisch vereinten. Ein kulinarischer Liebesakt zwischen Eiscreme, rohen Teigstückchen und Alkohol. Es gibt einfach Momente im Leben, in denen es unmöglich ist, etwas anderes zu essen. Einen Salat zum Beispiel. Niemanden, der jemals emotional aufgebracht war, dürstet es plötzlich nach Salat oder Low Carb. Nein, man braucht Alkohol, weißen Zucker und leere Kohlenhydrate!

«Ich habe das Gefühl, du empfindest mehr für mich als ich für dich», äffte ich Oles Stimme nach, während ich zurück ins Wohnzimmer zum Schreibtisch marschierte.

«Gefühle!», brummte ich, schob mir entschlossen einen

Löffel Eiscreme in den Mund und öffnete den Laptop. «So ein verfickter Bullshit!»

Es hatte mich nicht überrascht, dass er anrief. Wir waren schließlich für Mittwoch verabredet gewesen und wollten eigentlich nur noch entscheiden, wo genau wir an diesem Abend hingehen würden. Aber dann druckste er so seltsam am Telefon herum, fragte, wie mein Wochenende war und anderen Unsinn. Die Antwort interessierte nicht mal mich selbst. Keine Ahnung, warum es ihm so schwerfiel, direkt zur Sache zu kommen. Vielleicht ist dieses Rumgedruckse aber auch normal, wenn einem unvorhergesehen die Eier flöten gehen und der Testosteronpegel ins Bodenlose sinkt.

Und dann fiel der Satz: «Ich habe das Gefühl, du empfindest mehr für mich als ich für dich.»

Ich stockte und runzelte die Stirn so stark, dass mein Gehirn zu schmerzen begann.

«Aha», sagte ich irgendwann laut und: «Okay.» Vielleicht auch noch «Alles klar», und schließlich irgendwas banal Dämliches wie: «Tschö dann!»

Die nächsten Minuten verschwimmen in meiner Erinnerung. Die Wut kroch ganz langsam von unten nach oben an mir empor und breitete sich unaufhaltsam in meinem Körper aus.

«Hatte der gerade mit mir Schluss gemacht?», krächzte es in mir. Irgendwo unter meiner Schädeldecke raunte jemand «Der hat gerade mit dir Schluss gemacht!» zurück. Danach wurde es laut und wüst und ziemlich ordinär. Ich überlegte kurz, ihn noch einmal anzurufen. Ihm eine Nachricht zu schreiben. Irgendwas Scharfsinniges im Sinne von «Deine Mutter!» – aber wozu?

Ich hatte Ole auf einer Poetry-Slam-Lesung im St. Oberholz in Mitte kennengelernt, wo er sich über das dauerpräsente Selbstmitleid der Vortragenden echauffierte. Er war dabei auf angenehme Weise durchschnittlich: seine Kleidung, sein Aussehen, seine aschblonden kurzen Haare, ja selbst seine Art, sich über die Slammer lustig zu machen. Manchmal ist es recht wohltuend, mit jemandem zusammen zu sein, der nicht den Anschein machte, etwas Besonderes sein zu wollen. Vor allem in Berlin.

Aber solche wie Ole gab es zu Hunderten. Wenn nicht Tausenden. Ich brauchte ihn nicht. Siegessicher gab ich bei Google *Dating Portal* ein und 18 700 000 Ergebnisse zauberten sich wie von Geisterhand herbei.

Wenn sich auf RTL2 ständig irgendwelche Männer Frauen aus Russland oder Thailand oder anderen Ländern mit seltsamen Vorstellungen von Demokratie und / oder Emanzipation ordern konnten, würde ich ja wohl einen finden, mit dem man eine schöne Zeit haben kann, ohne dass man gleich über Gefühle redet oder sich ständig fragt, ob der andere welche hat, und wenn ja, ob diese stärker oder schwächer als die eigenen sind und wenn ja oder nein, warum?

Fast ein halbes Jahr waren wir miteinander gegangen. Was nichts anderes hieß, als dass ich in dieser Zeit einfach nicht mit anderen Männern schlief und davon ausging, dass er dasselbe auch nicht tat. Nur eben mit anderen Frauen. (Wobei ich es generell schön finde, wenn der monogame Aspekt stillschweigend als geschlechterübergreifend verstanden wird.)

Wir trafen uns meistens nur am Wochenende, weil wir beide unter der Woche viel zu tun hatten. Er mit seinem Job als Filialleiter eines Supermarktes und ich mit der Uni und der schwelenden Doktorarbeit. Wir gingen essen, wir schauten fern, wir vögelten. Was man eben so macht. Letzteres nicht so oft, wie ich es gerne gehabt hätte. Wenn ich ehrlich bin, sogar viel zu wenig. Aber wenn wir vögelten, war es gut.

«Er war ein guter Vögler …», brummelte ich in meinen inzwischen halbleeren Eis-Alkohol-Eimer. Einen Orgasmus hatte ich zwar nie, aber wie oft haben wir Frauen den schon mal durch einen Penis? Und dieser Penis hatte zumindest einen guten Rhythmus. Ich mochte einfach das gleichmäßige Klatschen unserer Becken beim Koitus. Wie ein Metronom. Wir redeten nie sonderlich viel, aber ich halte Reden in Beziehungen ohnehin für überbewertet. Jedenfalls, solange der Sex gut ist. Oder zumindest okay. Wir mochten schließlich beide die gleichen Serien und teilten dieselbe Affinität zu Curly Fries. Und was braucht man mehr als denselben Geschmack bei Serien und Essen und okayen Geschlechtsverkehr?

Dieser Erwartungsbullshit. Ich war nicht auf der Suche nach der Liebe, ich war auf der Suche nach jemandem, der mir den Rücken kraulte, der mit mir zusammen am Wochenende eins mit dem Sofa werden wollte und die gleiche unangemessene Aufregung verspürte, wenn es darum ging, Dinge mit Käse zu überbacken. So etwas musste doch möglich sein. Und wo, wenn nicht im Internet sollte ich so jemanden finden? Im Internet gibt es alles, dachte ich und scrollte mich durch die Ergebnisse.

Verliebten sich dort nicht laut irgendwelcher Werbeanzeigen alle elf Minuten Menschen ineinander? Wie schnell müsste ich erst jemanden finden, nun da ich nicht mal mehr plante, mich zu verlieben, sondern einfach nur noch eine schöne Zeit haben wollte?

Ich klickte mich durch die verschiedensten Portale und Profile, durch Fotos von sehr schönen, sehr durchschnittlichen und sehr hässlichen Männern, ich klickte und wühlte mich durch eine unendliche Masse von potenziellen Penissen.

«Oh, das wird sehr, sehr großartig!», raunte ich sehr, sehr betrunken.

KAPITEL 2
Der Mann

Man muss weder besonders nüchtern noch besonders intelligent sein, um zu wissen, dass es im Netz zwei Sorten von Online-Dating-Portalen gibt. Die für die finanzstarke Elite – die auch nicht nervös mit dem Lid zuckt, wenn sie sieben Euro für einen laktosefreien Latte macchiato grande mit Soja und ohne Schaum bezahlen soll, und deswegen auch kein Problem damit hat, irgendwo in den Untiefen des Netzes eine mehrmonatige Mitgliedschaft zwecks Operation *Enduring Loveship* in der Preisklasse eines Kleinwagens oder einer Schwarzmarktniere abzuschließen. Das Ganze hat den Vorteil, dass eine gewisse Exklusivität gewahrt wird – was nichts anderes ist als natürliche Selektion. So bleibt der einkommensschwache Pöbel mit seinen KIK-Klamotten und dem Volvo weit weg vom bevorzugten Genpool. Auf Werberdeutsch heißt das dann: «Für Akademiker und Singles mit Niveau.»

Was für die anderen übrig bleibt, ist die sexuelle Resterampe des Internets, wo alles landet, was paarungswillige Genitalien, aber Ebbe im Portemonnaie hat. Und damit auch ich.

Nachdem ich mich am Abend kolossal betrunken und in insgesamt fünf Portalen angemeldet hatte, ging ich die ganze Sache am nächsten Morgen ein wenig planvoller an: Ich löschte vier meiner Profile wieder und blieb bei dem einzigen, über dem zumindest nicht mit grellen, leuchtenden Lettern FICKEN! zu stehen schien.

Zack, ein paar zusätzliche Fotos durch 2000 Instagram-Filter gejagt und hochgeladen. Zack, trafen die ersten Nachrichten ein. Das Netz war eben voll mit einsamen Herzen. Und Penissen. Vor allem Penissen.

Die ersten Wochen verliefen trotzdem verhältnismäßig enttäuschend, und ich verstand, warum so viele nach Partnerschaft lechzende Menschen ihr Heil auf den kostenpflichtigen Plattformen suchten. Denn hier waren nicht nur vor allem Männer anwesend, die die Kosten der anderen Portale scheuten, sie scheuten ebenfalls die ordnungsgemäße Verwendung von Grammatik, Rechtschreibung und / oder Scham.

«Du bist süß. Magst treffen?»

«Hi, voll schöne Foto! Ich würd dich gern mal lecken.»

«Bist du rasiert?»

Eine intellektuelle Sonderausgabe der Evolution jagte die nächste. Daher waren meine Erwartungen auch nicht einfach nur tief gestapelt, als ich auf ein Date mit einem dieser Herren ging, nein, sie lagen quasi zerschmettert auf dem Boden. Es konnte also nur aufwärts gehen.

Der Mann sah laut Profilfoto blendend aus und verfügte nach eigenen Angaben sogar über einen Hochschulabschluss. Ich gestehe ganz freimütig, dass mich nach so vielen wüsten Emails allein die richtige Verwendung des Genitivs in seinen Nachrichten ein wenig geil machte. Und: Der Mann war 40 – ein beinahe perfektes Alter!

Jüngere Männer wissen in der Regel nicht so recht, was sie im Leben und generell wollen – außer Geschlechtsverkehr –

und werden dann recht schnell so anstrengend wie ein 13-jähriger Teenager während eines Hormonschubs. Mit älteren Single-Männern jenseits der 40 hingegen stimmt in der Regel irgendwas nicht. Entweder sie haben schweres emotionales Gepäck, sind geschieden, haben Kinder, oder aber sie waren nie verheiratet, was wiederum die Frage aufwirft: Wieso nicht?

Bei unserem Date im Café *Upflamör* in Kreuzberg schien bei dem Mann nach erster, kritischer Einschätzung meinerseits jedoch alles zu stimmen: Er war groß und hatte honigbraunes, volles Haar (da jauchzt der Genpool!), hatte, wie ich, vor Äonen von Jahren einmal Geschichte studiert (da freut sich das Hirn! Und die Grammatik!), trug braune Lederflicken auf den Ellbogen seines pastellblauen Pullovers (da gluckst das konservative Modeherzchen!) und ein MacBook in seiner Tasche (da applaudiert das antifeministische Frauchen, das gut verdienende Männer mag und gerne versorgt wird!).

Alles Anzeichen dafür, dass er kein hochfunktionaler Psychopath war, der die Frauen, die er so im Internet kennenlernte, gerne häppchenweise in einer Kühltruhe aufbewahrte.

Der Mann kam eigentlich aus Hamburg, war aber jetzt für drei Monate beruflich in Berlin und kannte hier niemanden. Perfekt, perfekt, perfekt, dachte ich. Nicht nur, dass er in drei Monaten wieder weg sein und das Ganze damit ein Mindesthaltbarkeitsdatum haben würde. Als Journalist hatte er auch noch einen Beruf! Normalerweise hatten alle Männer, die man in Berlin traf, bestenfalls «Projekte», was in der Regel nur ein Euphemismus für «Kriegt gerade gar nichts gebacken!» und «Alter, ich bin so derbe arbeitslos und pleite!» ist.

Wir redeten drei Stunden. Über Berlin, über Hamburg, über die Menschen hier und dort, über Hitler, über Hitlers Frauen und unsere gemeinsame Liebe zu Dokus darüber auf Phoenix.

Am nächsten Abend trafen wir uns wieder, gingen etwas trinken und knutschten. Am darauffolgenden Wochenende trafen wir uns, gingen etwas essen und bumsten. Ab da lief es wie am Schnürchen. Es gab keine Erwartungen, dass der andere alles stehen und liegen ließ, wenn einer fragte, ob man Zeit und Lust hatte, sich zu treffen. Keine dünnhäutige Enttäuschung, wenn man etwas anderes vorhatte. Aber aufrichtige Freude, wenn man etwas zusammen unternahm. Wir hatten einfach nur eine schöne Zeit, ohne ständig das Gefühl zu haben, Absichten und die Ernsthaftigkeit des anderen hinterfragen zu müssen.

Fast schien es, als hätte ich endlich die Beziehung gefunden, die ich immer gesucht hatte. Und hin und wieder ertappte ich mich dabei, wie ich wehmütig im Kalender die Wochen und Tage zählte, bis er Berlin – und mich – wieder verlassen würde.

Meine bisherigen Beziehungen waren immer anders verlaufen, wobei die Frage, ob sie diese Bezeichnung überhaupt verdienten, an anderer Stelle noch zu klären ist. Sie dauerten nie länger als ein paar Monate und endeten meist damit, dass ich wegen irgendwelcher Kleinigkeiten so genervt war, dass ich dem Ganzen den Gnadenschuss verpasste. Die Häufigkeit, mit der ich mir jeweils die Beine rasieren musste, der Grad der schlabbrigen Feuchtigkeit, wenn jemand mich küsste – es waren in der Regel solche Dinge, die dazu führten, dass ich meinen Beziehungsstatus bei Facebook schnell wieder auf Single änderte.

Diese Frauen, die durch Walt Disney, Twilight und 50 Shades of Koitus dem Irrglauben anheimgefallen waren, da draußen gäbe es eine Person, die die perfekte Ergänzung zum eigenen Ich darstellte, die es unter allen Umständen zu suchen und finden galt, an dessen Existenz das ganze vermaledeite Glück hing – ich war nie eine von ihnen.

Ich finde mich selbst so überaus durchschnittlich und anstrengend, dass ich schon froh bin, wenn jemand meine Gegenwart für einen gewissen Zeitraum erträgt und sich selbst ebenfalls unauffällig verhält. Ich selbst halte mich nur aus, weil ich nirgendwo anders hinkann und ich mein Leben nicht einsam in einer Höhle verbringen will. Allein schon aus hygienischen Gründen, aber vorrangig wegen mangelnden WLANs.

Ich glaube dementsprechend auch nicht an die große Liebe, sondern nur an einen unausgeglichenen Hormonhaushalt. Wenn es den Topf zu meinem Deckel, meinen *significant other*, irgendwo geben sollte, ist er vermutlich ein 52-jähriger Chinchilla-Züchter, der ohne Strom und WLAN in den peruanischen Anden lebt – und wenn mir diese letzte Beziehung eines gezeigt hatte, dann, dass dieser Gefühlskrams nichts für mich ist. Zumindest dachte ich das.

Ungefähr in der fünften Woche unserer zwanglosen Spaßgemeinschaft war ich ohne den Mann auf der Geburtstagsfeier einer Kollegin aus der Uni. Die Kollegin hieß Sonja oder Sabine oder keines von beiden. So genau weiß ich das nicht mehr. Letztlich war ich nur deswegen auf der Party, weil man mir Bier versprochen hatte. Die Stimmung war gut, wenn nicht gar glänzend. Im Wohnzimmer der WG war ein riesiges Berghain-artiges DJ-Pult aufgebaut und über dem DJ hing eine aufblasbare Sexpuppe an ein Kreuz genagelt. Es war alles ganz entzückend.

Am Anfang war mir der Kerl gar nicht aufgefallen. Er war einen Kopf kleiner als ich, hatte dunkle, gelockte Haare und war einfach plötzlich da. Stand in meiner Nähe, lachte über meine Witze länger und lauter, als es die normale Höflichkeit gebot, suchte den Blickkontakt zu mir und sandte auch sonst Signale männlicher Paarungswilligkeit aus. Es gibt diesen Moment, in dem eine Frau ohne weitere Worte weiß, dass ein Mann mit ihr schlafen will, und dieser hier hätte es mir nur deutlicher zeigen können, indem er sein pralles Glied rausgepackt und laut «Na, ficken?» gerufen hätte.

Der kleine Kerl sah süß aus, wenn er auch ein wenig zu alt war. Er sagte, sein Name wäre Uli. Uli roch gut, zumindest für jemanden auf einer Berliner WG-Party nach vier Bier und – plötzlich schoss es mir durch den Kopf! Dachte ich ernsthaft daran, mit dem kleinen Kerl zu schlafen? Wollte ich tatsächlich mit ihm *fremdgehen?* War das überhaupt fremdgehen? Würde es den Mann verletzen, wenn ich es täte und er es herausfände? Nicht, dass er es herausfinden würde, wie sollte er auch – aber spielte das eine Rolle?

«Was?» Der kleine Kerl sah mich mit großen, braunen Augen an. So wie ein Retriever, der darauf wartete, ob man ihn jetzt mit nach Hause nahm oder doch hier im Tierheim zurückließ.

«Was?», schrie ich über die wummernden Boxen hinweg zurück.

«Du sagtest, ob das eine Rolle spielt?», brüllte der kleine Kerl, und plötzlich tat er mir leid. Ich war kurz versucht, ihm den Kopf zu tätscheln, und sagte nur: «Es spielt keine! Ich muss los, mach's gut, Axel!»

«Uli, ich heiße Uli ...», rief er mir noch hinterher, aber das hörte ich schon nicht mehr.

Noch im Treppenhaus schrieb ich dem Mann:

Bist du noch wach? Bin in der Nähe. Öde Party. Könnte noch vorbeikommen.

Keine Minute später kam die Antwort:

Klar. Komm vorbei. Freu mich.

Ich schmiss meinen aufgewühlten Körper in das nächste Taxi nach Kreuzberg, und eine Viertelstunde später saß ich rittlings auf dem Mann und knöpfte sein Hemd auf, während seine weichen, warmen Lippen meinen Hals liebkosten und genau die Stellen fanden, die mich irremachten.

Nach dem Sex lagen wir nackt und eng aneinandergeschmiegt auf dem Bett. Gedankenverloren betrachtete ich die über den Boden verstreuten Klamotten. Der Mann hatte die Wohnung von irgendeinem Studenten, der sich ohnehin keine Zwei-Zimmer-Wohnung in Kreuzberg leisten konnte, untergemietet – und nachdem wir in den letzten fünf Wochen auf jedem nur erdenklichen Möbelstück, das nur halbwegs so aussah, als könnte es mich tragen, Geschlechtsverkehr gehabt hatten, war der Aufschlag, den besagter Student ihm zwecks Möbelabnutzung aufgezwungen hatte, wieder vergessen.

«Alles okay?», fragte der Mann schließlich.

«Hmm. Ja, glaub schon», sagte ich und versuchte, die Party und die dabei aufgeworfenen Fragen von mir wegzuschieben. Ich wollte jetzt keine ernsten Gespräche führen. Und mit «nicht jetzt» meinte ich «nie». Wir waren nackt, unser Herzschlag war noch immer unregelmäßig, und der Schweiß auf unserer Haut war noch nicht getrocknet – das waren Momente, in denen man nicht redete, in denen man schwieg. Und zwar mit Wonne.

«Du glaubst?», hakte der Mann nach und drehte mich herum, sodass er mir in die Augen gucken konnte. Verdammt, was waren diese Augen blau, dachte ich nur und stöhnte. «Auf der Party war so ein Typ», sagte ich schließlich widerwillig, vergrub mich in seiner Brust und spielte mit seinen Brusthaaren, die er extra für mich nicht mehr abrasierte, weil ich seit Tom Selleck eine abnormale Anziehung zu Brustpelz verspürte.

«Was für ein Typ?»

«Na, so ein Typ. Ich glaube, nein, ich bin ziemlich sicher ... also der hat mich angemacht ... irgendwie.»

Irgendwo, weit entfernt lauschte Gott und schlug sich facepalmartig mit solcher Kraft ins Gesicht, dass es andernorts zu donnern anfing.

«So, so, der hat dich angemacht», sagte der Mann, und ich war ihm sehr dankbar, dass er nicht lachte. Ich richtete mich trotzig auf: «Ich hätte mit ihm schlafen können, weißt du? Also, wenn ich gewollt hätte!»

«Und wolltest du?»

«Nein! Ich meine ... Ich weiß nicht. Vielleicht. Eher nicht.»

Der Mann grinste wie ein Zwölfjähriger: «Na, dann ist doch gut.»

«Gut? Nichts ist gut! Vielleicht hätte ich ja mit ihm schlafen wollen, aber ich weiß nicht, ob *wir* so was machen, ob du das möchtest, also mir ist das ja egal, wirklich, ist es. Ich wusste es nur nicht. Weißt du?»

«Ne. Weiß ich nicht.»

Ich kniff die Augen zusammen. Wie ein Raubtier, das unschlüssig war, ob da jetzt Freund oder Feind oder Fresschen vor einem saß. Vielleicht nicht gerade wie ein extrem gefährliches Raubtier, sondern eher wie ein Marder oder ein wirklich wütender Wombat.

«Eigentlich ist es doch ganz einfach: Triffst du dich aktuell mit anderen Männern?»

Ich schüttelte den Kopf.

«Würdest du dich gerne mit anderen Männern treffen?»

Ich überlegte kurz, doch es klang wie etwas furchtbar Anstrengendes: «Nein.»

«Na, siehst du. Ich auch nicht. Und was müssen wir da denn noch mehr wissen oder sagen?»

Plötzlich wurde mir bewusst, dass ich offenbar seit Wochen in einer festen Beziehung war, ohne dass mir jemand Bescheid gesagt hatte. Und vielleicht, wenn ich nicht mit dem Verdrängen meiner eigenen Gefühlswelt so beschäftigt gewesen wäre, wäre mir spätestens in diesem Moment aufgefallen, dass neben meiner Jeans auf dem Fußboden ein kleines, ungeöffnetes Kondom lag.

KAPITEL 3

The winter of our discontent

Alles, was perfekt zu sein scheint, muss irgendwann scheitern. So will es das Gesetz. Beziehungsweise mein Karma. Ich glaube zwar nicht an Karma, aber das ist meinem Karma herzlich egal.

Rund sechs Wochen und zwei Schwangerschaftstests später sitze ich also im Wartezimmer eines mir unbekannten Frauenarztes und streichle summend das Leder der Sessel. Die Frauenärztin, zu der ich normalerweise gehe, ist auf irgendeiner Fortbildung, und deswegen hocke ich nun bei einem mir völlig Fremden, dessen Praxis im Internet eine 4/5-Sterne-Bewertung bekommen hat.

Unruhig rutsche ich auf dem unbequemen Sessel hin und her. Was verleitet Ärzte eigentlich dazu, ihr Wartezimmer mit Stühlen zu bestücken, die orthopädisch fast an Körperverletzung grenzen, vor allem wenn die Kundschaft primär aus Frauen besteht, die sich ab einem gewissen Zeitpunkt nur noch mit der grazilen Schwermut eines angeschossenen Seeelefanten bewegen können?

Als ich hereingerufen werde, finde ich mich einem Mann ungewissen Alters gegenüber, irgendwas zwischen 53 und 97, mit weißem, überraschend vollem und fluffigem Haar, das bei näherer Inspektion sicherlich nach Kokos oder Mango duften würde. Seine Hände sind von feinen, blauen Äderchen überzogen und lassen eine den Haaren vergleichbare Pflege vermissen, denn sie sind rau und kalt, was bei Frauenärzten generell eher eine unglückliche Fügung darstellt.

Nachdem ich mein Anliegen geschildert habe, erhebt er sich und öffnet die zweiflüglige, weiße Tür zum Nebenzimmer.

«Na», sagt er, «dann schauen wir mal nach.»

Beim Anblick des Behandlungsstuhls wird mir schlagartig klar, dass der fremde Mann mit den kalten, rauen Händen einen vaginalen Ultraschall bei mir durchführen möchte.

Die aufkeimende Unruhe unterdrückend folge ich ihm und setze mich artig auf den Stuhl, wobei ich augenblicklich beginne im Geiste Texte zu rezitieren, die ich vor Jahren in der Schule auswendig gelernt hatte:

Now is the winter of our discontent

«Das wird jetzt ein wenig kalt.»

Made glorious summer by this sun of York

«Soooo, dann schauen wir mal.»

And all the clouds that hung upon our house

«Das da ist Ihre Gebärmutter.»

In the deep bossom of the ocean buried

«Und da haben wir die Fruchthöhle.»

Now, are our hou- fruchtwas?

«Hier. Sehen Sie? Recht eindeutig.» Er fährt mit seinem Finger über den Ultraschall und befummelt auf dem Bildschirm etwas, was für mich wie ein Kaugummi aussieht.

«Vielleicht ist es ein Tumor», meine ich trotzig, da ich nach acht Staffeln Dr. House und zehn Staffeln Grey's Anatomy durchaus in der Lage bin, so etwas zu diagnostizieren. «Glaube ich eher nicht», sagt er trocken. «Sie können sich wieder anziehen. Wir machen zur Sicherheit noch eine Urinprobe.»

Ich kann es kaum glauben, aber es war unleugbar. Ich kann die Wahrheit nicht länger verdrängen. Ich habe einen Tumor.

Wie würde meine Familie mit alldem umgehen? Wie ich selbst? Und überhaupt, wie sollte ich … «Haben Sie gehört, was ich gesagt habe?» Dr. fluffiges Haar sitzt mir gegenüber, die Hände gefaltet. Er hat wirklich sehr schönes Haar. Ob ich in dem Alter auch noch so gesundes Haar haben werde? Vielleicht sollte ich ihn fragen, welche Pflegespülung er kauft.

«Was?», frage ich.

«Ob Sie verstanden haben, was ich gesagt habe?»

Ich kneife die Augen zusammen: «Ehm. Ja. Ich meine, nein. Was?»

Er zieht die makellos gezupften Augenbrauen kritisch nach oben, und für einen Moment ist es wie damals im Geschichtsunterricht, als mein Lehrer mich mit vorwurfsvoll mahnendem Blick ansah, weil er merkte, dass ich einen Cheeseburger aß.

«Also», sagt er, inzwischen sichtlich genervt, «das Testergebnis ist eindeutig positiv.»

«Was meinen Sie mit eindeutig?»

«100 Prozent.»

«Und wenn Sie 100 Prozent sagen, meinen Sie was? 95, 70, 50?»

«Hören Sie, ich verstehe, wenn das für Sie vielleicht unerwartet kommt, aber Sie sind schwanger. Eindeutig und 100-prozentig. Daran gibt es nichts zu rütteln. Ich verschreibe Ihnen jetzt erst einmal Folsäuretabletten, und alles Weitere besprechen Sie dann mit Ihrer Frauenärztin, sobald sie wieder da ist.»

Ehe ich mich versehe, stehe ich in der Apotheke und bekomme einen endlosen Vortrag über alles, was ich nun darf und soll und muss, aber vor allem, was ich nun alles nicht mehr darf – so viel, was ich nicht mehr darf! Ich bekomme allerhand Tabletten, damit das Kind nicht mit offenem Rücken oder Flossen oder einem Penis auf der Stirn zur Welt kommt; ich habe komplett den Überblick verloren, bin mit mir und allem überfordert, schwanke mit Informationsbroschüren, für die sicherlich der halbe Amazonas abgeholzt worden ist, zur Bahn, zurück nach Hause.

Auf halbem Wege fällt mir ein: «Käse, ich wollte doch Käse!» Ich biege beim REWE ab, stehe vor dem Käseregal, vor so viel Käse – und hatte die Frau in der Apotheke nicht gerade noch gesagt, ich dürfe nun keinen Rohmilchkäse mehr essen?

Ich schaue auf den Babybel in meiner Hand, Rohmilchkäse, Rohmilchkäse, was ist das überhaupt, und wo steht das, und was passiert, wenn ich welchen esse, und überhaupt habe ich doch keine Ahnung, was ich hier tue.

Ich spüre, wie mein Herz immer schneller und schneller zu schlagen beginnt und schließe die Augen.

«Ein Baby!», denke ich, während ich höre, wie das Blut in meinem Kopf hin- und herschießt. «So eine verdammte Drecksscheiße, ich kriege ein Baby!»

Und plötzlich kann ich nicht anders. Ich muss lächeln.

KAPITEL 4

Das Ticken

Doch das Lächeln ist mir anschließend recht schnell wieder vergangen. Normalerweise vergisst der Mann alles, was ich ihm so erzähle – was verzeihlich ist, da ich ziemlich viel erzähle. Nur dass ich an dem Tag einen Schwangerschaftstest machen wollte – das vergisst er natürlich nicht. Das war so typisch.

«Was ist eigentlich bei dem Test rausgekommen?», fragt er während des Abendessens wie aus dem Nichts, und ich bin so überfordert, dass ich augenblicklich außerstande bin, ihm etwas anderes zu sagen als die Wahrheit. Vielleicht hätte ich gerne selbst noch ein wenig Zeit gehabt, um das Ganze zu verarbeiten, zu verdauen, um zu überlegen, wie ich was jetzt machen soll, was ich überhaupt machen will und vor allem kann.

Erst dann – bei meiner durchschnittlichen Entscheidungsgeschwindigkeit ungefähr zum zehnten Geburtstag des Kindes – hätte ich ihm von dem Test erzählt. Eventuell. Aber doch bitte nicht schon jetzt!

«Ich bin schwanger», nuschle ich in meine Bolognese hinein und versuche zu ignorieren, wie seine Kinnlade fast gegen die Tischplatte donnert: «Wirklich?»

«Jepp.»

Zu sagen, seine Reaktion fällt in den Bereich totalen Entsetzens, wäre untertrieben. Ich vermute, im gesamten Führerbunker herrschte im April 1945 eine entspanntere, zenmäßigere Atmosphäre als in jenem Moment in diesem Zimmer. Wobei hier immerhin niemand herumschreit oder wild mit Zyankali-Kapseln um sich wirft. Zumindest noch nicht.

Für eine gefühlte Ewigkeit sagt niemand von uns etwas. Was vielleicht normal ist, wenn man sich seit nicht mal drei Monaten kennt, die ganze Zeit vorrangig bis kurz vorm Beckenbruch gevögelt hat und dann plötzlich schwanger ist.

Doch während ich noch damit hadere, was ich selbst denn möchte, sagt er in die Stille des Raumes plötzlich: «Wenn du willst, komme ich mit.»

«Wohin?», frage ich und fürchte die Antwort schon zu kennen.

«Na, zum Termin beim Frauenarzt», sagt er, «für die Abtreibung.»

Statt zu antworten, wütend oder traurig zu werden, blinzle ich vor mich hin. Für ihn ist eine Abtreibung selbstverständlich. Warum auch nicht? Wir kennen uns erst seit kurzem. Alles andere wäre unvernünftig. Wobei es vermutlich dem Umstand der besagten wenigen Monate zu verdanken ist, dass er noch gar nicht wissen kann, dass ich und vernünftige Entscheidungen nicht so oft im selben Atemzug genannt werden …

Tausend Sachen schießen mir gleichzeitig durch den Kopf, während er mich einfach nur anstarrt und auf eine Reaktion von mir wartet. Was, wenn ich das Kind gegen seinen Willen bekäme, es alleine großziehen würde? Sollte es in Berlin aufwachsen oder doch lieber in einer anderen Stadt und in dem Bewusstsein, dass eine Schlafanzughose keine adäquate Bekleidung für den Supermarkteinkauf ist? Würde ich (Gott steh mir bei) nach Bonn, zu meiner Familie, zurückgehen? Würde ich es finanziell überhaupt verkraften, ein Kind großzuziehen? Wie viel kostet *so was*? Was, wenn es mich nicht mag? Was, wenn ich es nicht mag? Weil es dumm ist. Oder weil es irgendeinen Defekt hat und deswegen glaubt, Star Wars sei besser als Star Trek! Oder meint, Val Kilmer hätte einen passablen Batman abgegeben?

Die Antworten sind allesamt beängstigend. Nichts, aber auch wirklich rein gar nichts spricht auf rationaler Ebene dafür, Kinder zu bekommen. Der einzige Grund, warum wir Kinder in die Welt setzen – unabhängig davon, wie genau unsere individuelle Begründung lautet – ist nun mal: Egoismus.

Und ich bilde da keine Ausnahme: Denn mir wird überraschend schnell klar, dass mich eine Abtreibung schlicht vernichten würde. Psychisch, seelisch, emotional – egal, welches schicke Adjektiv man bevorzugt.

«Sag doch was», höre ich seine Stimme irgendwann zu mir herüberwabern.

«Ich wollte nie Kinder haben», sage ich, und er atmet laut und erleichtert aus.

«Okay, gut. Wir kriegen das hin», flüstert er mehr zu sich selbst.

«Nein. Du verstehst nicht», erwidere ich, «ich wollte früher nie Kinder haben.»

Ich versuche zu ignorieren, wie sich seine Augen weiten und er um Fassung ringt, und ich sollte ihm seine Reaktion nicht übelnehmen und tue es trotzdem. Unsere Beziehung, das was wir hatten, die Unbeschwertheit, die Leichtigkeit, sie ist in diesem Moment fort, und wir beide wissen instinktiv, sie wird nicht wiederkommen.

Aus den zwei Menschen, die sich in ihren leidenschaftlichsten Momenten so ineinander verkeilten, dass sie fast wie ein einziger Organismus wirken mussten, sind innerhalb weniger Minuten Gegner geworden. Feindselig. Wütend. Hilflos.

Früher war ich der festen Überzeugung gewesen, ich würde

nie Kinder haben. Und meine Gründe waren einfach: Ich wollte keine. Kinder machen Arbeit. Sie ruinieren den Geldbeutel, das Nervenkostüm und vor allem den eigenen Körper – von dem ich damals törichterweise noch annahm, er würde eines Tages sicherlich einen Zustand erreichen, an dem ich nicht mehr unzufrieden mit ihm sein würde.

Das und die Tatsache, dass Kinder nichts anderes als Miniatur-Ausgaben jener grauenvollen Spezies sind, von der ohnehin schon viel zu viele Mitglieder auf diesem schmucken Planeten umherwandern, führte dazu, dass ich ein ausgeprägter Misanthrop wurde und die diskussionswürdige Ansicht vertrat, dass alle eigenen Anstrengungen, diese Gattung zu erhalten, tunlichst zu unterlassen seien.

Wenn man unbedingt ein Kind hegen und pflegen und lieben wollte und ein Haustier kein adäquater Ersatz war, dann sollte man doch bitte eines aus Indien adoptieren. Dann wäre das Ganze zumindest nur noch halb so egoistisch und viel ökonomischer.

Kurz vor meinem 30. Geburtstag jedoch passierte es: Ich war an Weihnachten bei meiner Familie, und alle Cousinen und Cousins mit ihren Männern und Frauen und vor allem Kindern waren da. Sie schrien, nuschelten, spuckten, pupsten und sabberten – also die Kinder – und plötzlich, während der Braten serviert wurde, und der zweijährige Samuel an dem Versuch, Papas Weinglas zu erobern, scheiterte und Großmutters weiße Tischdecke auf ewig ruinierte, hörte ich es. Erst ganz leise. Und dann, im Laufe des Abends, immer lauter. Das Ticken.

Ich sah diese Kinder, und meine Hormone spielten wie aus dem Nichts verrückt, flüsterten bedrohlich: «Das wirst du nie haben. All das wirst du nie haben. Du wirst nie erleben, wie es ist, wenn dich dein eigenes Kind anlacht, wenn es seine speckigen, kleinen Ärmchen um dich legt und dir sagt, dass es dich liebhat.»

Jahahaha, lachte ich zurück, ich werde aber auch nie orangefarbene Kotze von weißen Tapeten abwischen oder vollgeschissene Bodys auswaschen. Die biologische Uhr kicherte ein wenig, so als hätte ich etwas furchtbar Einfältiges gesagt, schmiss die Hormonproduktion noch ein bisschen mehr an und sorgte dafür, dass sich der Satz «Das wirst du nie haben!» so fest in mein Hirn fräste, dass ich die restlichen Feiertage fast zu weinen anfing, wenn ich ein Kleinkind auch nur ansah.

Zurück in Berlin stabilisierte sich mein «Zustand» wieder. Zumindest dachte ich das. Denn nur wenige Monate später sitze ich hier – schwanger und von Mutter Natur wie eine läufige Hündin ausgetrickst – in meiner kleinen Wohnung und starre ein Loch in den ochsenblutfarbenen Fußboden.

«Was soll das heißen: Du wolltest *früher* nie Kinder haben?», brüllt der Mann und hat dabei sichtlich Mühe, nicht komplett die Fassung zu verlieren. «Du hast doch nicht etwa vor, es zu behalten?»

Ich merke, wie mir, wie uns die Situation entgleitet und wir kurz davor stehen, irgendwelche Dinge zu tun oder zu sagen, die dazu führen werden, dass wir als tragischer Einspieler in den Abendnachrichten landen.

«Ich glaube, du solltest jetzt gehen», sage ich mit tonloser Stimme und schaue ihm fest in die Augen. Ihm jetzt bloß nicht den Rücken zudrehen, bloß nicht den Augenkontakt unterbrechen. Was als Tipp im Umgang mit Grizzlys in der freien Natur gilt, kann hier nicht verkehrt sein.

Seine Augen verengen sich zu schmalen Schlitzen, und an der Art, wie seine Unterlippe zuckt, kann ich sehen, dass er noch etwas sagen will, meint, noch etwas sagen zu müssen, aber dann schnappt er nur laut nach Luft, packt seine Jacke, die neben mir auf dem Sofa liegt, und stürmt aus der Wohnung.

Nachdem die Tür mit einem Knall ins Schloss geflogen ist, sinke ich auf den Fußboden und beginne einfach zu weinen. Die Überforderung bricht aus mir heraus, vermengt sich mit der Hilflosig- und Ratlosigkeit zu einem verhängnisvollen Gemisch.

«Mir doch egal!», entfährt es mir schließlich trotzig zwischen zwei gepressten Atemstößen. Wütend streiche ich mir die Tränen aus dem Gesicht. Dieser Ficker. Soll er doch machen, was er will.

Ich kriege dieses Baby, komme, was wolle.

KAPITEL 5

Verhandlungstaktiken

Ein Blick auf die Uhr, und ich erkenne wutschnaubend, dass er zwei Minuten zu spät ist. Zwei Minuten! Na, das passt ja, denke ich. Drecksack.

Wütend starre ich den Orangensaft vor mir auf dem Tisch an und versuche die Kälte, die ich in meinem schwarzen Herzen spüre, nach außen zu übertragen, um sie wie einen schützenden Mantel der Gleichgültigkeit und einer dringend benötigten Fuck-you-Mentalität über mich zu werfen.

Dummerweise ist das, was ich für Kälte halte, nichts anderes als eine chaotische Mischung aus Wut, Hass, Verärgerung – und erwähnte ich schon die Wut? Es gärt und schwelt in mir, und was äußerlich vielleicht wirkt wie die emotional unterkühlte weiße Hexe aus Narnia, ist in Wirklichkeit nichts anderes als ein klitzekleiner, fleischgewordener Atomreaktor, der jede Sekunde hochgehen kann, um sich und alles in seiner Umgebung der unheilvollen Vernichtung preiszugeben.

Drei Minuten, denke ich und schaue wieder auf die Uhr. Wichser.

In den letzten Wochen war dem Mann klargeworden, dass ich von meiner Position nicht abrücken würde. Er war mittlerweile zurück in Hamburg und brach angesichts der Vorstellung, dass rund 400 Kilometer entfernt eine unberechenbare Schwangere herumlief, geradezu in Panik aus. Er redete auf mich ein: am Telefon, via Mail und SMS und WhatsApp,

Facebook und Skype. Versuchte mir die Folgen meiner Entscheidung möglichst plastisch und apokalyptisch vor Augen zu führen und schickte mir zur Untermalung jede Menge Links, die den Ablauf einer Abtreibung beschrieben. Schließlich brach ich den Kontakt ab.

Nach rund drei Wochen Funkstille kam jedoch wie aus dem Nichts eine weitere SMS: «Ich habe am Montag einen Termin in Potsdam. Ich würde dich gerne sehen. Bitte.» Ich sagte zu.

Vielleicht war es die törichte Hoffnung, dass alles ein gutes Ende nehmen würde – was immer das heißt. Vielleicht dachte ich auch nur, dass es kompliziert und aufwendig sein dürfte, bei einem solchen Treffen eine spontane Abtreibung gegen meinen Willen bei mir vorzunehmen, und ich daher nicht viel zu verlieren hatte.

So oder so sitze ich nun hier im Schloss-Café in Köpenick und starre mit zusammengekniffenen Augen den Mann an, der sich genau in diesem Moment einen Weg durch das zwischen uns liegende, beige Meer aus Käsekuchen und Senioren bahnt.

«Entschuldige, dass ich zu spät bin», sagt er, lächelt und fügt mit Blick auf meinen Orangensaft noch «Du hast schon was bestellt? Gut» hinzu. Er setzt sich, winkt die Kellnerin herbei und lächelt wieder.

Wieso zur Hölle lächelst du?, denke ich lediglich. Hier gibt es nichts zu lächeln. Die Stimme in meinem Kopf klingt eine Spur zu sehr nach Hitler, und ich muss mich zusammenreißen, um mit keiner Miene zu zucken. Innerlich schockgefrostet sehe ich zu, wie er seine Bestellung aufgibt.

Warum bin ich eigentlich hier? Wieso habe ich mich zu diesem Treffen bereit erklärt? Vermutlich sind das die Schwangerschaftshormone, die mich jetzt schon ganz matschig in der Birne machen.

Es ist in Ordnung, wenn er das Kind nicht will, denke ich schrill. Nun, nicht «in Ordnung», aber ich kann daran nichts ändern und werde ihn zu nichts zwingen. Die Stimme in meinem Kopf klingt jetzt weniger wie Hitler, sondern mehr wie Magda Goebbels, was das Ganze nicht angenehmer macht. Aber was er will, ändert eben auch nichts daran, was ich will und dass ich mich ebenfalls zu nichts zwingen lasse!

Ich verschränke meine Arme vor der Brust, aber er tut so, als würde er all das nicht bemerken, und berichtet erst einmal in Seelenruhe, was er in Potsdam zu tun hatte, wie die Fahrt war und andere Dinge, die hier nun wirklich absolut niemanden interessieren.

Schließlich fragt er, wie es mir geht, ich sage: «Muss ja», und er nickt und sagt etwas in die Richtung von «Hmmmja». Läuft bei uns, denke ich und ringe mich schließlich zu einem charmanten «Warum genau sind wir hier?» durch.

«Weil du eine Entscheidung getroffen hast. Und unabhängig davon, wie ich zu dieser Entscheidung stehe, ich ein Teil davon sein werde und wir nun zusammen an einem Strang ziehen müssen.» Er schnauft angestrengt: «Oder sollten.»

Ich blinzle nervös und überschlage schnell im Kopf, ob das vielleicht eine Falle ist und wenn ja, wie genau die aussehen könnte und ob man mit einem Latte-macchiato-Löffel wohl eine Ausschabung vornehmen könnte.

«Ich bin nicht dein Feind, Claudia», fügt er hinzu, ganz so, als würde er meine kruden Gedanken lesen können, und er klingt dabei aufrichtiger, als mir lieb ist.

Er lächelt wieder – das hat er vermutlich in einem Geiselnehmer-Verhandlungstaktiken-Blockbuster mit Kevin Spacey gelernt: immer lächeln, positiv bleiben, Auswege anbieten und den Täter mit seinem Vornamen ansprechen, um eine Beziehung aufzubauen. Ich weiche seinem Blick aus. Wie so ein dummes Mädchen aus einer Bravo-Foto-Love-Story. Oder eben ein durchgeknallter Psychopath in einem Hollywood-Schinken, der merkt, dass er von dem FBI-Typen gerade ausgetrickst wird. Ich weiß nicht, welcher Vergleich schlimmer ist. Oder realistischer.

Das Ganze kommt mir beinahe surreal vor. Vor wenigen Wochen noch war alles unbeschwert, beinahe perfekt. Und nun sitzen wir uns gegenüber. Argwöhnisch. Geradezu feindselig. Wie ein altes Ehepaar, das sich nach Jahren entfremdet hat und dort, wo früher Zärtlichkeit und Nähe herrschte, nun nur noch auf eisiges Schweigen und blanke Verachtung trifft. Andere brauchen für so eine Entwicklung Jahre, wenn nicht Jahrzehnte. Ich schaffe es in wenigen Wochen.

Er schwitzt. Es ist erst April, die Sonne scheint bestenfalls vorsichtig durch die Fenster, und der Mann schwitzt wie im Hochsommer. Das Ganze stresst auch ihn. Mit mir hier zu sitzen. Mir, der pure Ablehnung und Widerwille aus jeder Pore fließt. Mir, die ihn binnen kürzester Zeit an seine Grenzen und darüber hinaus geführt hat. Mir, mit der er von nun bis zum Rest seines Lebens zu tun haben wird. Zu tun haben muss. Ich könnte mir Angenehmeres vorstellen.

«Weißt du schon, was es wird?», fragt er schließlich.

«Nein, ist noch zu früh. Aber ein Velociraptor wäre natürlich cool», sage ich.

Er lacht, und gegen meinen Willen muss ich ebenfalls grinsen. Nicht viel. Eben nur so viel, wie Psychopathen grinsen. Er hat ja recht: Unabhängig davon, wie er meine Entscheidung findet, er ist ein Teil davon. Und allein wegen des Kindswohls muss ich versuchen, einen Weg zu finden, mit ihm möglichst normal umzugehen.

Ich erzähle ihm kurz von den bisherigen Voruntersuchungen und erkläre ihm noch einmal, dass ich mir das Ganze auch anders vorgestellt habe und warum eine Abtreibung für mich trotzdem nicht in Frage kommt. Doch wir wissen beide, dass wir längst über den Punkt hinaus sind, an dem es eine Rolle spielen würde, ob er meine Gründe nun versteht oder nicht.

Aber er nickt immer wieder, und das ist weitaus mehr, als ich vor wenigen Stunden noch zu hoffen wagte.

KAPITEL 6

Die Macht ist stark in dir

«Was machst du da?» Caros Stimme klingt dumpf und vorwurfsvoll durch den Telefonhörer.

«Ich packe Gläser ein!», rechtfertige ich den Geräuschpegel.

Sie stöhnt: «Das Zeitungsrascheln macht mich ganz rammdösig. Kannst du das nicht nachher machen?»

Ich halte inne, starre erst etwas unschlüssig auf das Zeitungspapier in meiner rechten Hand, dann auf den halbfertigen Umzugskarton vor mir, in dem sich, liebevoll von FAZ- und BILD-Papier umwickelt, eine ungeheure Menge an Latte-macchiato-Gläsern stapelt, und schließlich auf den chaotischen Kistenwust um mich herum.

Ich könnte ohne Probleme meine Wohnung an RTL2 vermieten, denke ich, als ich mich so umblicke. Als Dreh-Location für eine Folge «Die Messie-Helfer» oder «Hilfe! Ich lebe im Müll!» oder wie deren gehirnsynapsenverschlingender Schmonsens heißt. Ob «Frauentausch» wohl noch immer läuft? Die hätten sich hier in diesem kuscheligen Hartz-IV-Ambiente sicher auch pudelwohl gefühlt. Ich sollte wirklich dringend weiterpacken.

«Überlegst du gerade, wie leise du weiterpacken kannst, sodass ich es nicht merke?», höre ich Caro am anderen Ende der Leitung. Schlimm, wenn Menschen einen so lange und so gut kennen, dass sie wie ungebetene Gäste in meinem Köpfchen sitzen und halbausgegorene Gedanken sezieren, noch bevor ich auch nur den Hauch einer Chance habe, sie laut auszusprechen. Oder mir zumindest eine halbwegs plausible Lüge auszudenken.

«Ist ja nicht so», antworte ich, während ich mir mit einem Kuli auf die Handinnenseite *Frauentausch*! schreibe, «als wenn ich nicht ein klein wenig unter Zeitdruck stünde!»

«Wir haben Mai! Die Geburt ist erst in sieben Monaten!», ruft sie unangemessen laut, ganz so, als wäre mir aufgrund spontaner Demenz (und Schwerhörigkeit) dieses feine Detail entgangen. Ich stapfe umständlich durch den überfüllten Flur und hangle das Schreiben der Umzugsfirma von der Kommode: «Aber der Umzug nicht! Der ist schon in drei Monaten!»

«Das sind *noch* drei Monate. Noch!»

Für andere Menschen mögen drei Monate viel sein – und vermutlich ist es das auch –, aber für mich kann es gar nicht genug Zeit geben, wenn es um so etwas Lebens- und Alltagsveränderndes wie einen Umzug in eine andere Stadt geht. Vor allem, wenn diese Stadt Bonn heißt und allein der Gedanke daran kleine Kotzwolken die Speiseröhre emporwandern lässt.

Natürlich zwingt mich niemand in meine Heimatstadt zurückzuziehen. Zumindest nicht im herkömmlichen Sinne. Ich werde lediglich von einer nackten Angst getrieben, die mir seit Wochen stetig einflüstert, dass ich das alles nicht alleine schaffen kann. *Das.* Die Sache mit dem Baby.

Nicht dass ich hier in Berlin wirklich alleine wäre. Ich habe Freunde. Nicht zu wenige sogar. Aber wie viele von denen kämen regelmäßig raus nach Köpenick, um mir zu helfen? Köpenick – das sind dichte Wälder statt gentrifizierter Wohnungen, das sind jede Menge Nazis statt Multikulti, das ist gefühltes Brandenburg und damit das Ende der Zivilisation und der Berliner Spaßgesellschaft.

Wie oft würden meine Freunde aus Moabit oder Pankow sich auf den langen, mühsamen Weg hier raus machen, um mir Windeln vorbeizubringen oder mich zum Arzt zu fahren oder einfach nur das Händchen nach einer schlaflosen, tränenreichen Nacht zu halten?

Bei der eigenen Familie sieht das anders aus. Denn egal, wie nervtötend man seine Sippschaft auch findet, von ihr kann man Dinge verlangen, die man auf Dauer von seinen Freunden nicht erwarten würde. Und vor allem bei meiner eigenen Mutter weiß ich, dass ich sie mitten in der Nacht anrufen kann, dass sie jederzeit vorbeikommen würde, dass sie einfach da sein würde. Immer.

Meine Mutter, die fast einen Schlaganfall bekommen hat, als ich ihr vor ein paar Wochen am Telefon gesagt hatte, dass ich schwanger bin. Von einem Mann, mit dem ich nicht mehr zusammen bin. Für eine berufstätige Mutter, die im Alleingang zwei Kinder großgezogen hat, hätte ich vermutlich nur noch schlechtere Nachrichten überbringen können, indem ich Wörter wie «Meth», «Prostitution» und / oder «obdachlos» dazugepackt hätte.

Aber selbst dann wäre sie noch für mich da. Genauso wie meine kleine Schwester, die gar nicht mehr klein ist, sondern Anfang 20 und einen Kopf größer. Und meine Tanten und Onkel. Meine Cousins und Cousinen. Meine Großeltern. Sie alle.

«Wirst du es deinem Vater sagen?», unterbricht Caro die akute Verklärung meiner Familie.

«Vielleicht. Vermutlich», druckse ich herum, «früher oder später. Wenn ich ihn mal wieder sehe. Ich mag darüber jetzt nicht auch noch nachdenken müssen.»

«Ich weiß, du denkst, du schaffst das alles nicht», sagt Caro, offensichtlich blickt sie wieder unter meine Schädeldecke, «erst recht nicht in der Kürze der Zeit. Aber das wirst du! Indem du einen Schritt nach dem anderen machst.» Ach, Caro, denke ich nur.

Ich bin kein großer Fan der menschlichen Gattung und empfinde zwischenmenschlichen Kontakt als anstrengend und bisweilen überflüssig – sei es damals in der Schule, später in der Uni oder auch nur das tägliche Intermezzo im Supermarkt mit dieser Kassiererin mit den roten, toupierten Haaren und blauen Gelnägeln, die immer wissen will, ob ich Punkte oder Herzen sammle. Aber hin und wieder sind Menschen doch praktisch. Wenn sie einen kennen. Also wirklich kennen. Die düstersten Ecken und schwärzesten Gedanken. Den anderen ertragen können, wenn er schlecht gelaunt und motzig ist. (Und ehrlich gesagt ist das quasi mein Normalzustand.) Solche Menschen sind selten, geradezu rar. Aber wenn man einen findet, sollte man ihn festhalten und hegen und pflegen. Wie eine echt teure Rassekatze oder ein seltenes Pokémon. Einfach, weil man tief in seinem Inneren weiß, dass man so jemanden nie wieder findet. Caro ist so ein Mensch.

Ich habe Caro in der fünften Klasse kennengelernt – genauer gesagt in der Cafeteria, wo wir uns eines Tages in der Schlange wiederfanden und beide wie ausgehungerte Hyänen auf das letzte Schoko-Croissant hinter der Theke spekulierten. Ich vermute, Hyänen essen üblicherweise keine Schoko-Croissants, aber es handelte sich in diesem Fall auch nicht um normale Schoko-Croissants. Keins von diesen aufgebackenen Pseudo-Plunderteigdreiecken mit zwei dahingerotzten Schokosträngen in der Mitte, bei denen nach dem Verzehr nichts anderes bleibt, als ein leicht öliger Fettfilm am Gaumen. Ich meine ein richtiges Croissant, wie man sie aus französischen Filmen oder aus einem dieser realitätsverzerrenden Food-Blogs kennt; mit einer feinen Kruste, die unter Knacken und Bersten ihr zartschmelzendes Inneres freigibt: eine samtig cremige Schokoladen-Marzipan-Füllung. Und als Krönung ein perfekt gegossener Mantel aus Zartbitterschokolade obendrüber. Das war nicht einfach nur ein Croissant, das war eine geschmackliche Offenbarung, mein täglicher Fixpunkt, meine kleine Prise Glück in einer endlos anmutenden Suppe grauer Alltagsmomente.

Damals, vor etwa 15 Jahren, kam sie in der Cafeteria vor mir dran und kaufte dieses letzte Croissant. Vielleicht versprühte ich eine grimmige, zu extremen Gewalttaten bereite Entschlossenheit, vielleicht war es die pure Verzweiflung, die geradezu aus mir herausfloss, vielleicht war es auch nur der Speichelfaden, der wie bei einem Bernhardiner aus den Lefzen hing – was es auch war: Ohne groß Worte darüber zu verlieren, gab sie mir die Hälfte, einfach so. In diesem Moment wusste ich, dass sie anders war, etwas Besonderes. Mein Pikachu. Denn es gibt nirgendwo einen edleren Menschen und besseren Freund als denjenigen, der freiwillig sein Essen mit dir teilt!

«Wie geht es dir eigentlich damit?», fragt Caro jetzt, und ich kann die Sorge in ihren Worten mitschwingen hören.

«Womit?»

«Na, mit allem. Dem Umzug und so.»

«Gut», lüge ich schlecht, während ich unschlüssig bin, was ich nun machen soll. Warum genau habe ich alle Lustigen Taschenbücher aus meiner Kindheit aufbewahrt? Und woher kommen die vielen Kugelschreiber von irgendwelchen Pharma-Unternehmen? Beim Anblick der drei Bücherstapel auf meinem Schreibtisch zieht sich mein Herz schmerzhaft zusammen. Meine Festung der Einsamkeit, aus Papier, Karton und Leinen statt aus Eis und Schnee.

«Alles gut», sage ich noch einmal und versuche überzeugender zu klingen. «Ich meine, das ist nicht das Ende der Welt, nicht wahr? Ich kriege nur ein Kind und ziehe nicht nach Darfur, nicht wahr? Nicht wahr?» Ich merke, wie die Panik an meinem Hosenbein zuppelt und nach Aufmerksamkeit bettelt: «Das war einmal zu viel ‹nicht wahr›, oder?»

«Ja. Aber bis zu dem Punkt hattest du mich fast überzeugt», sagt sie, und ich bin dankbar, dass Caro so viel besser lügen kann als ich. Ich lasse mich auf meinen Schreibtischstuhl fallen und streichle wehmütig über das Nürnberger Tagebuch von Gustave M. Gilbert, das aufgeschlagen neben dem Laptop liegt.

Ist ja nicht so, als wenn ich die letzten zwei Jahre hier in Berlin nur eine wilde Party nach der anderen absolviert hätte. Ich war genau einmal im Berghain und fand es dort vorrangig ziemlich laut. Und dunkel. Und ich war öfter mal ein Bier trinken. Oder eine Apfelschorle. Aber allein die Möglichkeit, dass ich jederzeit in einen Club gehen könnte, wenn ich denn nur wollte, um in einem Meer von Tequila auf den Lautsprecherboxen zu reiten, war etwas, was mich stets mit einer gewissen Ruhe erfüllte. Es geht gar nicht immer darum, Dinge zu machen. Manchmal reicht es völlig aus, zu wissen, dass man es jederzeit machen könnte, wenn man wollte. In Bonn gibt es keine Möglichkeiten. Keinen Konjunktiv.

«Aber du hast recht», sagt sie «Es ist nicht das Ende. Du kannst deine Dissertation später fertig machen. Nach der Elternzeit. Oder du arbeitest währenddessen schon mal ein bisschen weiter. Recherchierst weiter, liest weiter.»

«Ja, genau», sage ich, aber es klingt eher wie eine Frage.

«Und du wirst auch nicht den Rest deines Lebens in Bonn wohnen bleiben.»

«Werde ich nicht, oder?» Jetzt ist es eindeutig eine Frage!

«Natürlich nicht!», ruft sie aus. «Du verabscheust diese Stadt doch! Der Drang, sie wieder zu verlassen, ist viel zu stark. Bonn und du, das ist wie Sauron und der Eine Ring – nur andersrum. Die Macht ist stark in dir!»

«Star Wars.»

«Was?»

«Das eine ist ‹Herr der Ringe›, das andere ist ‹Star Wars›.»

«Was auch immer. Dann bist du eben beides. Du bist einfach zu vieles, als dass du in einer kleinen Stadt wie Bonn bleiben kannst und wirst. Für jemanden wie mich ist es hier perfekt, aber du – du kommst nur hierher zurück, weil du Hilfe brauchst bei dem ganzen Babyscheiß und deine Familie nun mal hier lebt. Natürlich wäre es cooler, wenn sie in Island leben würde und du dort hingehen könntest, aber weil das nicht so ist, kommst du wieder zurück nach Bonn, kriegst dein Baby, guckst, wie das mit dem Mann so weiterläuft, und dann ziehst du eben wieder weg.»

«Vielleicht nach Island!», rufe ich.

«Vielleicht nach Island.»

Ich will überhaupt nicht nach Island. Ich neige zu Depressionen, und da ist es keine clevere Idee, in ein Land mit derart schlechtem Wetter und wenigen Sonnenstunden zu ziehen. Aber allein die Option. Das wohlige Gefühl, dass nicht alles zu Ende sein wird, dass man, nur weil man ein Kind bekommen wird, nicht alle bisherigen Träume zusammenpacken und nach draußen vor die Tür stellen muss. Zum Altpapier und dem restlichen Müll. Denn ich hatte in meinem gesamten Leben noch nie auf etwas so hingearbeitet wie auf meinen Uni-Abschluss und das, was danach kommen sollte. Verdammte Axt, es war doch alles schon geplant! Ich wusste schon während der ersten Semester, dass ich promovieren wollte, sogar über welches

Thema. Noch bevor ich mein Zeugnis in den Händen hielt, hatte ich einen passenden Doktorvater beziehungsweise eine Uni ins Auge gefasst, und nicht mal zwei Monate nach meinem Abschluss war ich mit Sack und Pack nach Berlin gezogen.

Weg aus Bonn, meiner Hass-Liebe und Heimatstadt in Personalunion, wo man zwar prächtig studieren und Schoko-Croissants schnabulieren kann, aber eben auch nicht mehr.

Aber Bonn eignet sich auch ganz vorzüglich zum Kinderkriegen, zumindest besser als Berlin, wo ich nun seit zwei Jahren lebe. Wo ich mir in endlosen Papierschlachten siegreich ein Stipendium erkämpft hatte und nun seit einem Jahr an meiner heiß und innig geliebten Doktorarbeit schrieb. Über ein Thema, das außerhalb von Universitätsmauern nun wirklich niemanden interessierte, aber das war mir herzlich egal, denn ich plante schließlich mein restliches Leben innerhalb besagter Mauern zu verbringen.

Plante. Vergangenheit.

Aber nun sieht es erst einmal so aus, als würde ich die alten, kalten Mauern der Uni, diese wunderschöne, staubige Welt, in der man stundenlang schweigend in einer Bibliothek sitzen konnte, eintauschen gegen Kinderarzt-Wartezimmer, Kita-Elternabende und Mütter-Treffs – und ich gehe stark davon aus, dass bei keinem davon groß geschwiegen werden wird.

«Du darfst nicht alles immer so schwarzsehen», meint Caro und flüstert dabei fast. Ich nicke und vergesse, dass sie das durchs Telefon gar nicht sehen kann. «Am Ende wird alles gut. Und du weißt ja: Wenn es nicht gut ist, dann ist es auch nicht das Ende!», fügt sie noch hinzu.

Was für ein völlig beknackter Spruch, denke ich und sage: «Ja, du hast recht. Das klingt gut.»

KAPITEL 7

Die angeschwägerte Verwandtschaft

«Am Wochenende ist bei meiner Familie wieder großes Sommerfest», sagt der Mann ohne Vorankündigung.

«Aha», erwidere ich, ohne von meinem Handy aufzublicken. Es ist Montagabend, und wie es sich für einen Juni-Abend gehört, wunderbar mild. Der Sommer ist nah, und endlich muss man nicht mehr an Jacke, Schal und andere Lästigkeiten denken, wenn man das Haus verlässt. Viel großartiger als das warme Wetter ist jedoch die Aussicht, dass ich die Schwangerschaftsbeschwerden der ersten Monate nun loswerde. Verstopfung, Blähungen, Müdigkeit – so hatte ich mir das alles nicht vorgestellt. Nicht dass ich mir bis vor ein paar Monaten in Bezug aufs Schwangersein irgendwas vorgestellt hatte. Meine Frauenärztin hat mir zwar bei jedem der monatlichen Termine versichert, dass all diese Beschwerden normal seien. Nur hilft mir das auch nicht weiter, wenn ich mal wieder gereizt, müde und pupsend in der S-Bahn sitze und meine Darmwindungen die gesammelten Werke Rachmaninows von sich geben.

«Also jetzt am Wochenende», sagt der Mann erneut.

«Aha», wiederhole ich, weil ich nicht kreativ genug bin, um mir etwas anderes als Antwort einfallen zu lassen.

«Es kommen alle. Selbst mein Bruder aus Leipzig.»

Langsam keimt in mir der Verdacht, dass der Mann auf etwas Bestimmtes hinauswill.

«Also wirklich alle.»

Ich blicke den Mann an, der auf der Bierbank mir gegenübersitzt und mich erwartungsvoll und auch ein wenig verloren ansieht. Wie ein übriggebliebener Nager in der Tierabteilung im Baumarkt.

Es wäre wohl normal, irgendwann die Familie des anderen kennenzulernen. Das machen Paare, die ein Kind kriegen, so. Ich habe genügend Liebesfilme gesehen, um das zu wissen. Nur sind wir eben kein Paar. Wir sind eine Affäre, die hoffnungsvoll begann und dann von ihrer eigenen sexuellen Energie und Fruchtbarkeit in den Abgrund gesprengt wurde.

Nach unserem Treffen im Schloss-Café waren wir in Kontakt geblieben. Ich hatte zugestimmt, ihm zu erzählen, was es bei der monatlichen Untersuchung Neues gab. Er hatte im Gegenzug versichert, mir keine Abtreibungs-Flyer mehr zukommen zu lassen. Damit war aber nicht das, was zuvor gesagt wurde, einfach so vom Tisch. Denn dafür wurde einfach zu viel gesagt. Musste dieses Familien-Kennenlernen also jetzt sein? Konnte man das nicht später machen – vielleicht zur Einschulung des Kindes? Das wäre doch ein netter Anlass.

Irgendwann im Februar, als Berlin mal wieder unter einer Welle von Kälte und Schnee verschluckt worden war und der Mann und ich uns auf dem Höhepunkt unserer koituswütigen Romanze befanden, hatte ich schon seine jüngste Schwester Sophia kennengelernt.

Ein reizendes Geschöpf. Sie lebt ebenfalls in Berlin, ist zwei Jahre älter als ich und studiert im circa 37. Semester Romanistik und Tibetologie. Man kennt diese Typen. Flirrende Gestalten auf den Gängen der Uni, mit ungebändigten Haaren und zerrissenen Jeans und immer einer Mate im Rucksack. Eine jener Kommilitonen, die schon da waren, wenn man selbst beginnt zu studieren, und noch da sein werden, wenn man sein Examen in die Hand gedrückt bekommt.

Ich mag Sophia, ihre gute Laune und ihr Fachwissen über europäische Biere, das ich nach meiner Schwangerschaft praktisch anwenden möchte. Vor allem jedoch mag ich die Vorstellung, dass auch alle anderen aus der Familie des Mannes so sind. Warum sollte ich mir diese Vorstellung von der Realität kaputt machen lassen?

«Du willst da hin, nicht?», frage ich.

«Ja, sehr gerne. Ich möchte, dass du meine Familie kennenlernst. Alle. Sie ...» Er stockt kurz. «... freuen sich schon auf dich.»

Jahahaha, denke ich, als ob!

Ich betrachte ihn noch einen Moment, wie er da vor mir sitzt und den Eindruck erweckt, als würde sein gesamtes Glück und Verderben von meiner Entscheidung abhängen. Ich gebe nach: «Ja, cool. Dann fahren wir nächstes Wochenende ins Münsterland!»

Ich weiß selbst nicht so genau, wieso ich zu diesem Roadtrip zusage. Was zur Hölle erhoffe ich mir davon? Dass seine Sippschaft mir um den Hals fällt und mir dazu gratuliert, dass ich gegen seinen Willen ein Kind bekomme? Wohl kaum. Vermutlich ist es einfach der naive Wunsch, dass doch noch alles gut wird, dass wir vielleicht doch so etwas wie eine Familie sein können. Ich blicke ihn wortlos an und versuche mir vorzustellen, wie es wohl wäre, mit ihm eine richtige Familie zu bilden – aber jedes Mal, wenn ich ihn länger als neun Sekunden anschaue, kann ich seine dröhnende, mahnende Stimme wieder hören, wie sie etwas von Unverantwortlichkeit und Schwangerschaftsabbruch brabbelt, und der Drang, ihm mit der flachen Hand ins Gesicht zu schlagen, wird kaum aushaltbar.

Aber weil ich meine Versprechen halte, sitze ich wenige Tage später in einem uralten VW-Golf und rase durch die Einöde Brandenburgs, dann durch die Einöde Sachsen-Anhalts und schließlich die Einöde Niedersachsens, bevor wir ins blühende, lebendige Nordrhein-Westfalen kommen.

Als Rheinländer bin ich nicht gänzlich sicher, wozu genau Westfalen und damit das Münsterland gut ist – und außer dem Tatort und der sektengleichen Anbetung des Fahrrads weiß ich generell nicht viel darüber. Der Mann selbst wuchs in einer Kleinstadt nahe Münster auf. Einem Ort, der nicht einmal zu einem eigenen KFZ-Kennzeichen taugt. 36 000 Menschen sollen laut Wikipedia hier leben. Warum sie das tun, steht dort aber nicht. 36 000 Menschen – das klingt nach Metropole, das klingt nach Kultur und nach Spaß und Ekstase. Die einzigen Dinge, derer sich die Stadt rühmen kann, sind Partnerschaften mit jeweils einer niederländischen und einer polnischen Stadt, von denen ebenfalls nie ein Mensch gehört hat. Tristesse und Ödnis werden hier Tag für Tag neu geboren.

Wir halten vor einem riesigen Haus, vor dem schon mehrere Autos parken. Wenn ich *riesiges Haus* sage, meine ich ein Anwesen, wie man es normalerweise nur aus Rosamunde-Pilcher-Filmen kennt: Mit weitläufigem, neurotisch gepflegtem Rasen davor, einem adretten Teich mit faustgroßen Fischen darin und mit kleinen Stegen und einer riesigen Wiese für die nötige Romantik darüber. Stünden statt einer Kläranlage in Fußlaufnähe die schottischen Highlands zur Verfügung – man könnte glauben, im Abendprogramm des ZDF gelandet zu sein. Vor dem Haus ist ein großes, weißes Zelt aufgebaut, etwa zehn festlich geschmückte Biertische und doppelt so viele Bänke stehen darin und davor.

«Als du sagtest, deine ganze Familie käme hierher, da meintest du wirklich deine ganze Familie?», frage ich besorgt und befürchte mein persönliches soziales Armageddon. Der Mann nickt und lächelt selig. Was sind das für Menschen, die beim Gedanken an ihre Verwandtschaft lächeln? Und was zur Hölle hatte ich mir bloß dabei gedacht, als ich eingewilligt habe, mitzukommen?

Eine große Frau um die 50 tritt aus dem Haus. Sie trägt ihre blonden Haare zu einem strengen Dutt gebunden und vor sich her ein großes, silbernes Tablett, auf dem toter Fisch in verschiedenen Variationen angerichtet ist.

«Komm, ich stelle dir Kerstin vor», ruft der Mann, nimmt mich an der Hand und zieht mich zur Fischtransporteuse. Kerstin ist die älteste Schwester des Mannes, und es stellt sich schnell heraus, dass ihr strenger Dutt kein Zufall ist, sondern Statement. Denn Kerstin, so hatte mir der Mann vorab erzählt, ist Ärztin. Keine Chirurgin, sondern Internistin in einem Krankenhaus in Münster. Der Mann hatte mich eindringlich gebeten, sie nicht danach zu fragen, was genau Internisten machen und ob sie «Chicago Hope» oder «Emergency Room» besser findet. Ich habe nicht verstanden, wieso, aber nun, da ich in Kerstins stahlblaue, kalte Augen sehe und ihre kühle Hand schüttle, ist mir klar, dass ich gerade einer spaßbefreiten Zone in menschlicher Gestalt gegenüberstehe.

Kerstin lächelt kurz, als der Mann mich vorstellt, und betont dann, wie sehr sich die Familie freut, mich endlich kennenzulernen. Sie wirft einen kurzen Blick auf meinen Bauch, der mehr schlecht als recht als Schwangerschaftsbauch zu erkennen ist, und sieht wieder mich an. Mit Blick auf das Tablett, das sie neben sich abgestellt hat, sagt sie: «Entschuldigt mich. Ich muss noch das Buffet eindecken.»

«Ich kann dir helfen!», höre ich mich sagen, doch sie schaut nur erneut auf meinen Bauch und sagt mit zuckenden Mundwinkeln: «Nicht nötig.»

Das wird geil, denke ich, als wir ins Haus gehen. Richtig, richtig geil. Drinnen sind noch mehr Menschen, sie laufen herum, tragen Gläser und Essen und Flaschen und Besteck, manche reden, manche rauchen, manche fummeln an den Blumengestecken herum, die überall herumstehen. Der Mann stellt mir im Minutentakt Menschen vor, nennt Namen und Verwandtschaftsgrade, ich lächle im Stakkato, während ich fieberhaft überlege, wie seltsam es wohl wirken würde, wenn ich mich einfach umdrehe und losrenne. Gut, meine Handtasche liegt noch in seinem Auto, und ich habe kein Geld, aber wie lange würde es wohl dauern, zu Fuß nach Berlin zurückzulaufen? Ein paar Tage, nicht mehr.

Die Eltern des Mannes sind schon vor Jahren gestorben, die einzige Überlebende dieser Generation ist seine Tante Gertrud, die umringt ist von einer Armada hyperaktiver Rauhaardackel mit unstetem Blick, die laut Aussage von Tante Gertrud nur spielen wollen, man solle sie aber trotzdem nicht anfassen, wenn man an seinen Fingern hinge. Ich suchte nach Anzeichen für einen Witz, aber in ihrer faltenreichen Maske bewegt sich kein Muskel.

Nachdem ich auch noch Leander, den jüngsten Bruder des Mannes, kennengelernt habe – einen blondgelockten Kerl Anfang 20, der, zumindest seinen Pupillen und seiner sehr entspannten Sprechweise zufolge, einer ernsthaften Affinität zu Cannabis frönt – und der mich viermal fragt, wie ich noch mal heiße, schiebe ich meine durch Schwangerschaft gepeinigte Blase vor und flüchte ins Bad.

Ich schließe die Tür hinter mir, atme tief aus und sinke auf die kühlen, altrosafarbenen Kacheln. Ein Teil von mir wünscht sich, dass ich nie hierher mitgekommen wäre. Ein anderer Teil nickt zwar anerkennend, gibt aber zu bedenken, dass ich nicht wirklich eine Wahl habe, wenn ich diese Nummer tatsächlich wie eine Erwachsene durchziehen will. Erwachsen und vernünftig. Wie Eltern nun mal sein sollen. Vernünftig sein ist doch scheiße, brüllt ein dritter Teil und versucht wieder auszurechnen, wie lange ich wohl von hier nach Berlin brauchen würde.

«Ich schaffe das. Ich schaffe das hier», murmle ich, während der Wunsch, sich in den flauschigen Badvorleger zu wickeln, stärker wird. Nur der Gedanke an die nackten, fremden Füße, die darauf schon gestanden haben, hält mich zurück. Es klopft an der Tür.

«Bist du da drin?», höre ich die dumpfe Stimme des Mannes von der anderen Seite.

«Ja.»

«Ist alles okay?»

«Ja, ja, ich bin auf dem Klo!», flunkere ich und drücke, um meine Lüge akustisch zu untermauern, die Spülung. Nachdem die herunterprasselnden Wassermassen verstummt sind, lausche ich in die Stille, in der Hoffnung, er wäre gegangen und ich könnte hier noch ein paar Stunden unbehelligt verbringen.

«Versteckst du dich da drin?», schwingt seine Stimme plötzlich unheilvoll herüber.

«Ehm, nein», stottere ich, «das wäre ja albern.»

«Okay», sagt der Mann wenig überzeugt und: «Mein Bruder ist gekommen!» Oh Gott, flüstere ich leise, noch einer? «Kommst du gleich runter? Sie laden gerade noch aus.»

«Alles klar!», rufe ich. «Geh schon mal. Ich komm sofort nach!» Ich höre den Mann die schwere, hölzerne Treppe hinuntergehen und schleiche ans Fenster, um den ominösen, fehlenden Bruder ins Visier zu nehmen.

Der Mann hat fünf Geschwister – vermutlich ist Fortpflanzung eines der wenigen möglichen Hobbys, wenn man in einer Kleinstadt mit dem Charme Tschernobyls aufwächst und lebt. Was sonst sollte man hier auch machen, außer sich beim Kaufland, dem hiesigen kulturellen und intellektuellen Zentrum, mit Hochprozentigem zu versorgen und sich anschließend betrunken durchs Leben zu kopulieren?

Dieser Familientradition folgend, hatte Bruder Nummer 1, Helge, sich ebenfalls eine Großfamilie herangezüchtet und galoppiert in genau diesem Moment mit Gattin und seinen fünf Kindern aufs Haus zu. Helge ist Ende 50, mit schlohweißen Haaren, denen er mittels einer Hitlerjugendgedächtnisfrisur ein wenig Jugend einzuhauchen versucht. Das Vorhaben scheitert aber daran, dass er sich heute Morgen einen orangefarbenen Pullunder aus dem Kleiderschrank geangelt hat und diesen mit einer bemerkenswerten Selbstverständlichkeit in die Hose gestopft hat.

Langsam trabe ich runter in die Küche, wo der Pullunder etwas, das zumindest den Ausmaßen nach ein halbes Wildschwein sein könnte, in den Kühlschrank stopft. Er schließt die Kühlschranktür, und wir stehen uns Aug in Aug gegenüber. Der Pullunder und ich.

«Hallo», sage ich.

«Hallo», sagt der Pullunder.

«Wir kennen uns noch nicht. Ich bin Claudia.»

«Ah», sagt er unnötig langgezogen, «du bist also die, die meinem Bruder ein Kind angehängt hat.»

Mein rechtes Augenlid beginnt unkontrolliert zu flattern. Fieberhaft suche ich auch in seinem Gesicht nach Anzeichen für einen fehlgeleiteten Humor, einen genetisch schlechten Sinn für Scherze. Wer weiß, welche Schäden es bei ihm angerichtet hat, hier aufzuwachsen. Aber ich erkenne nichts.

«Freut mich auch», sage ich, während ich mir seinen Namen und seinen Pullunder in meinem kleinen Buch des Todes notiere, in dem außer ihm noch ein Deutschlehrer, mein erster Ex-Freund, sowie die REWE-Kassiererin mit den seltsam hochtoupierten Haaren, die nie grüßt und ständig falsch rausgibt, stehen.

Ich drehe mich auf dem Absatz um, lasse den Kühlschrank mit dem halben Wildschwein, Helge und den Pullunder hinter mir und steuere die Haustür an mit dem festen Vorsatz, jetzt zu Fuß nach Berlin zurückzulaufen. Plötzlich steht Sophia vor mir: «Hey, wohin willst du denn?» Sie lacht, umarmt mich, was sich gut anfühlt, denn Sophia gehört zu den Menschen, die stets angenehm temperiert sind und über die genau richtige Größe von Brüsten verfügen, um jeden umarmen zu können.

«In ein Parallel-Universum, in dem Schwangere Alkohol trinken können», stöhne ich, «viel Alkohol!» Sie lacht und ich auch, um den Eindruck zu vermitteln, ich hätte einen Witz gemacht.

«Verstehe ich gut. Hast du schon alle kennengelernt?»

Ich blicke mich um, und da immer mehr Menschen wie eine alttestamentarische Plage aufs Grundstück und ins Haus strömen, schüttle ich schließlich den Kopf: «Nein, aber zumindest fast alle eure Geschwister. Kerstin, Leander und … Helge.»

«Ah ja, Helge», sagt Sophia, und ihr Blick zeigt mir, dass wir nicht mehr sagen müssen.

«Aber dann kennst du Inga noch nicht, oder?»

«Nein, das ist …?»

«Die Drittälteste. Ich glaube, ich habe sie im großen Wohnzimmer gesehen.» Sie nimmt mich bei der Hand und zieht mich hinter sich her, wie der Mann es auch immer macht, und ich überlege, ob ich bei anderen Menschen den Eindruck erwecke, ich könnte nicht eigenständig laufen.

Ich habe keine wirkliche Vorstellung von Inga. Ich weiß nur, dass sie direkt nach dem Abitur von hier weggezogen ist und inzwischen irgendwo an der Grenze zu Holland lebt und dort Chinchillas oder Kartäuser-Katzen oder irgendwas ähnlich Superflauschiges züchtet.

Vor einem imposanten Bücherregal, in dem sich alles von Wilde über Cyrano bis Mann tummelt, steht Inga: überraschend klein für diese Familie, mit wilden, blonden Haaren, die hier und da von grauen Strähnen durchzogen sind und die sie zu einer fulminanten Mischung aus Dutt und Adlerhorst nach oben gewuchtet hat. Im Gegensatz zu den meisten hier ist sie auch nicht gekleidet, als wäre sie auf dem Weg zur Oper, sondern eher auf dem Heimweg vom Wochenmarkt. Sie trägt einen bodenlangen Rock mit wildem Blumenmuster und dazu eine weite, weiße Bluse, unter der sich zwei üppige Brüste ein BH-freies Leben gönnen.

«Inga!», ruft Sophia ihr zu. Inga wirbelt herum, mustert mich, und als ihr Blick an meinem Pläutzchen hängenbleibt, lächelt sie.

«Du musst Claudia sein!», sagt sie und breitet ihre Arme aus, um mich buchstäblich an ihrem wogenden Busen willkommen zu heißen. Sie strahlt mich an, als wäre ich ein Schatz aus ihrer Kindheit, den sie längst verloren glaubte: «Wie geht es dir? Alles gut? Wie läuft die Schwangerschaft? Ich bin Inga, aber das weißt du ja! Ach, ist das schön! Darf ich mal – ach, ne, besser nicht, vermutlich wollen dich ständig Leute betatschen, und wer will schon ständig von Fremden betatscht werden? Es sei denn, man verdient sein Geld damit. Also damit, von Fremden betatscht zu werden. Ach, ist das alles schön!» Sie redet wie ein Wasserfall und lacht zwischendurch laut und kehlig, und ich weiß gar nicht, was genau hier gerade passiert.

«Weißt du», sagt sie und strahlt weiter über das ganze Gesicht, «ich freue mich einfach so. Dass mein Bruder endlich jemanden gefunden hat. Dich gefunden hat! Es wäre so toll gewesen, wenn ich dich auf dem letzten Sommerfest schon hätte kennenlernen können. Aber ich war da in Israel. In meinem Lieblings-Kibbuz.» Erst will ich noch zustimmend nicken, wie man das eben so macht, aus einer Mischung aus Höflichkeit und Verlegenheit heraus, aber dann verstehe ich erst, was sie da eigentlich sagt.

«Was denkst du, wie lange wir schon zusammen sind? Also ich und dein Bruder», frage ich, als sie irgendwann mal Luft holen muss.

«Na ja», antwortet sie und lacht, als hätte ich den Witz des Jahrhunderts gemacht, während sie auf meinen nur spärlich vorhandenen Baby-Bauch zeigt, «ist das nicht offensichtlich?» Ich starre an mir herunter und weiß nicht, was ich sagen soll. Was genau hatte der Mann ihr bitte erzählt?

«Wo ist dein Mann eigentlich?», fragt sie und wirkt leicht abwesend.

«Du meinst deinen Bruder? Er ist – wir sind nicht verheiratet –, glaube ich, draußen, aber wir sind nicht verheiratet! Wir wohnen nicht einmal zusammen, und streng genommen sind wir auch kein Paar.»

Sie zuckt kurz und heftig zusammen, und für einen Moment habe ich Angst, dass sie ein Aneurysma oder Ähnliches hat, aber dann fasst sie sich wieder: «Schätzchen, ich weiß, dass ihr nicht verheiratet seid. Und es gibt wahrlich Schlimmeres, als nicht verheiratet zu sein. Verheiratet zu sein zum Beispiel!»

Als wir zwei Stunden später auf dem Weg zurück nach Berlin sind, überwiegt die Erleichterung, bald wieder zu Hause zu sein, nur kurz.

«Wieso genau hast du deiner Schwester erzählt, wir wären ein Paar?», platzt es aus mir heraus.

«Welcher?»

«Inga! Sie war der Ansicht, wir wären ein Paar! Keine Ahnung, was du ihr sonst noch erzählt hast. Oder deinen anderen Geschwistern. Was hast du dir bloß dabei gedacht?» Die unterkühlte Begrüßung von Kerstin, das Arschloch im Pullunder und schließlich diese euphorische, realitätsferne Begegnung mit Inga – es war einfach zu viel für mich.

«Inga ist speziell», versucht der Mann zu rechtfertigen, «sie würde unsere Vorgeschichte nicht verstehen. Sie kennt so was nicht.»

«So was?», frage ich schrill.

«Das mit uns», erklärt er notdürftig, «vielleicht habe ich ihr gegenüber unsere Geschichte ein wenig romantischer dargestellt, als sie ist.»

«Ich fass es nicht.» Ich starre wütend aus dem Fenster, und allein die Vorstellung, nun stundenlang mit ihm in diesem Auto eingepfercht zu sein, löst bei mir den akuten Wunsch aus, bei 120 km/h aus dem Fenster zu springen.

«Und ist das wirklich so schlimm?», fragt er schließlich.

«Natürlich. Du hast mich voll ins offene Messer laufen lassen! Das war einfach nur scheiße», fluche ich und gebe mir selbst die Schuld, weil ich so unfassbar dämlich gewesen bin, zu diesem Trip überhaupt mitzukommen. Was hatte ich mir nur dabei gedacht? Dass dadurch die Situation normaler werden würde? Dass wir plötzlich entdecken würden, wie zauberhaft es doch wäre, so ein Leben als Familie?

«Ja, tut mir leid», sagt er und wirkt aufrichtig zerknirscht, «ich hätte was sagen sollen. Ich dachte nur ...»

«Was?»

«Es fühlte sich irgendwie gut an, Inga anzuflunkern. Ihr statt der Wahrheit eine andere Geschichte zu erzählen. Die andere Geschichte: Sie hat sich wirklich gut angefühlt.»

Er wirkt wieder ein wenig verloren, und ich wispere fast, als ich ihn frage: «Aber diese andere Geschichte ist nicht real. Wir können nicht ungeschehen machen, was in den letzten Wochen passiert ist.»

«Nein, das nicht.»

«Das klingt verdammt nach einem Aber.»

«Aber – ich weiß auch nicht», seufzt er, «wäre es denn so verrückt, wenn wir es noch mal probieren würden?»

«Was willst du da probieren?», frage ich und bekomme Schnappatmung. «Ich ziehe bald zurück nach Bonn. Du lebst in Hamburg.»

«So etwas nennt man Fernbeziehung», klugscheißert er, und ich überlege, ihm ins Lenkrad zu greifen: «Willst du mich verarschen?»

«Nein. Gar nicht.» Seine Stimme klingt trotzig und traurig zugleich. «Ist das denn so abwegig? So verrückt? Verrückter als dieses Kind zu bekommen und es alleine in Bonn großziehen zu wollen? Ich werde so oder so ein Teil deines Lebens bleiben. Das hast du in dem Moment entschieden, als du dich für das Kind entschieden hast. Können wir dann nicht versuchen, es richtig zu machen?»

Ich weiß nicht, was ich darauf erwidern soll, also halte ich ausnahmsweise mal den Mund. Hat er recht? Versperre ich mich von vornherein der Möglichkeit, die letzten Wochen aufzuarbeiten und doch wieder zueinander zu finden? Was immer das genau heißt. Alles in mir sträubt sich, am liebsten würde ich ihn anschreien und ihm sagen, dass ich nie mit jemandem zusammen sein kann, der mich wegen einer Abtreibung so unter Druck gesetzt hat. Aber stattdessen schweige ich weiter.

KAPITEL 8

Schrödingers Beziehung

Wie viele Bücher es über Vornamen gibt! Abertausende von Seiten, auf denen nichts anderes als Vornamen, Wörter, die wie Vornamen klingen sollen, und ihre Bedeutung stehen. Ich stehe in einem Buchladen in Steglitz in der Schwangerschaftsecke und beglotze die Fachliteratur, die mir und meinen Leidensgenossinnen dabei helfen soll, dem Kind einen Namen zu verpassen, der zwar einerseits «Hey, ich bin unfassbar einmalig und außergewöhnlich!» sagen, gleichzeitig aber nicht «Außerdem sind meine Eltern schwachsinnig!» suggerieren soll.

Willkürlich greife ich eines heraus und schlage es in der Mitte auf: Von Cheyenne über Joline bis Katniss ist alles dabei. Offenbar ist es heutzutage schwerer denn je, für sein Kind einen Namen zu finden, für den es nicht in zehn Jahren auf dem Schulhof verprügelt werden wird.

Ich weiß inzwischen, dass es ein Mädchen wird, und da ich mich seit Wochen erfolgreich um das Thema, wie oder ob es mit dem Mann weitergehen soll, drücke, ist es vor allem die Frage, wie der kleine Zellhaufen in mir heißen soll, die mich beschäftigt.

Schließlich ist es inzwischen mehr als das. Und da ich selbst dem zwei Wochen alten Haarknäuel im Abflusssieb der Dusche einen Namen gegeben habe (Holger), ist es seltsam, dass das Wesen in mir, das im Gegensatz zu Holger aus lebenden Zellen besteht, noch keinen hat.

Ich schnappe mir drei Namensbücher, die eine gewisse Seriosität und Ernsthaftigkeit ausstrahlen, und gehe damit zur Kasse.

Ich habe keine Zeit, hier stundenlang darüber zu grübeln, ob Khaleesi ein angemessener Vorname in diesem Jahrzehnt ist oder doch eher an Körperverletzung grenzt, denn in einer Viertelstunde treffe ich mich mit Louisa auf einen Kaffee.

Louisa promoviert wie ich an der Uni Potsdam in Geschichte, hatte aber bisher ein eher unglückliches Händchen, was ein Stipendium angeht – wodurch sie zu einem öden Hilfsstellen-Dasein bei ihrem Doktorvater gezwungen ist. Dementsprechend gewollt und auch geplant war ihre Schwangerschaft im Gegensatz zu meiner. Muttersein als willkommenes Ausstiegsszenario aus einer Karriere, die sich nicht wie erhofft entfalten will – so kann es eben auch gehen!

Aber auch sonst haben wir eigentlich nicht viel gemeinsam: Sie ist seit sechs Jahren mit ihrem Mann zusammen, letzten Sommer haben sie geheiratet. Am Strand. Irgendwo auf den Malediven. Natürlich. Sollte ich jemals heiraten, wird das vermutlich auf einem Standesamt mit beigem Teppichboden in Pforzheim sein. Aber so unterschiedlich wir auch sind, so ist sie doch die einzige Schwangere, die ich in Berlin kenne – und damit genau das, was ich zur Zeit dringend brauche.

Ich brauche einen Meinungs- und Gedankenaustausch, zu dem Frauen, die keine kleinen Fremdkörper in ihrem Uterus spazieren tragen, einfach nicht fähig sind. Frauen, die nicht hungrig und sabbernd an den Fensterscheiben von Sushi-Restaurants kleben, die keine feuchten Träume von frischen Salami-Brötchen oder einem kühlen Feierabendbier haben. Nein, ich brauche jemanden, der versteht, wie sehr ich darunter leide, dass man zwar mittlerweile ein Bäuchlein sieht, dieses aber immer noch nicht eindeutig als Schwangerschaftsbauch zu erkennen ist, sondern auch einfach eine Pasta- oder Schokotortenplautze sein könnte.

Ständig möchte ich Menschen, die mich und die nicht mehr ganz so kleine Wölbung über dem Hosenbund ein paar Sekunden zu lange anstarren, zuschreien, dass ich nicht verfressen, sondern nur schwanger bin! Ich rate übrigens tunlichst davon ab, Menschen in der Öffentlichkeit «Ich bin nicht fett!» zuzubrüllen, das führt meiner Erfahrung nach nur zu noch mehr Verwirrung.

Louisa ist kleiner als ich, und heute trägt sie ihre rotbraunen Haare zu einem dieser kleinen Dutts, die in Frauenzeitschriften sicherlich als *frech* bezeichnet werden. Da ihr Bauch im siebten Schwangerschaftsmonat schon erheblich größer ist als meiner, wird sie noch mehr angestarrt. Als würde gleich etwas Alienartiges aus ihr herausbrechen. Vor allem Männer gaffen. Vermutlich wird ihnen in der Sekunde des Anblicks einer Schwangeren auf brutalste Weise bewusst, welche Konsequenzen es haben kann, wenn sie ihren Penis irgendwo reindonnern, was nicht ihre Hand, ein Taschentuch oder Rosalie, die aufblasbare Sex-Puppe aus Slowenien ist.

Louisa sitzt in einem riesigen grünen Sessel am Fenster, vor sich ein undefinierbares blassgelbes Getränk, das von einer Mate über Bio-Apfelschorle oder einem Ingwer-Holunder-Brennessel-Tee alles sein kann. Sie strickt vor sich hin, hochkonzentriert und gleichzeitig völlig in sich selbst versunken, und bemerkt weder die penisbehangenen Gaffer in der anderen Ecke noch mich, wie ich mir mit meiner Pseudo-Pasta-Wampe einen Weg durch den Laden bahne.

«Hi», sagt sie, als sie endlich aufsieht und mich entdeckt. Sie steht schwerfällig auf. Ab einem gewissen Punkt der

Schwangerschaft ist es unmöglich, sich mit Grazie zu erheben. Sie umarmt mich, zumindest, soweit wir das können, lässt sich stöhnend wieder in den kuscheligen Sessel fallen und beginnt augenblicklich ihren Bauch zu streicheln.

Selbst im fünften Monat weiß ich noch nicht, wieso Schwangere das ständig machen. Ich habe wiederholt das Gefühl, mir entgeht hier irgendwas extrem Wichtiges, weil ich nun mal nie das Bedürfnis verspüre, meine Plautze zu streicheln.

Vielleicht ist es ein Code? Zweimal gegen den Uhrzeigersinn, dreimal in Richtung des Uhrzeigers für *Ich habe Hunger.* Viermal horizontal, einmal senkrecht für *Alter Falter, was bin ich fett?*

Vielleicht ist es auch ein Signal dafür, dass mit mir etwas nicht stimmt. Als Mutter. Hatte ich noch keine entsprechende Verbindung mit dem Krümel aufgenommen? Wird es anders, wenn es endlich einen Namen hat? Werde ich mir dann auch ständig den Bauch streicheln?

«Was hast du da?», fragt Louisa und zeigt auf die Papiertüte mit meiner Bücherbeute.

«Bücher», antworte ich extrem eloquent, «über Namen. Mit Vornamen und so.»

«Oha», sagt sie, «seid ihr noch nicht weiter bei der Namenssuche?»

«Nicht wirklich.» Ich versuche die Kellnerin auf mich aufmerksam zu machen. Aber vergebens.

«Fiona steht auf unserer Liste, aber da ist die von *Germany's Next Topmodel*. Der Mann findet Julia super, aber ich hatte in der vierten Klasse eine Mitschülerin, die so hieß, und die hat mir in den Ranzen gekotzt.» Ich schnaufe entnervt. Diese ganze Namensgeschichte ist zum Haareraufen. Die Kellnerin kommt schließlich doch, und ich bestelle eine heiße Schokolade mit

Sahne. Sie schaut einen Moment zu lange auf mein Schwangerschaftsplätzchen, bevor sie meine Bestellung notiert. Als würde sie meine fettleibigen Ambitionen nicht unterstützen wollen. Da ich mich dagegen entscheide, passiv-aggressiv «Ich bin nicht fett. Nur schwanger» zwischen den Zähnen hervorzupressen, fange ich an, vorwurfsvoll meinen Bauch zu streicheln. Die Kellnerin zeigt sich unbeeindruckt.

«Das heißt, ihr sucht den Namen schon zusammen aus?», fragt Louisa und lenkt damit das Gespräch auf ein Thema, auf das ich zu diesem Zeitpunkt nun wirklich keine Lust habe. Ich will über kneifende Jeans und das unstillbare Verlangen nach rohem Fisch reden – nicht über meinen aktuellen Beziehungsstatus. Vor allem, da ich immer noch nicht weiß, ob ich überhaupt eine Beziehung will.

Ich nuschle ein «Hmmm ...» in den Raum und versuche unauffällig von mir abzulenken: «Aber ihr habt schon einen Namen, oder?»

Sie strahlt über das ganze Gesicht, und ihre Augen blitzen verschwörerisch: «Ja. Aber wir verraten ihn nicht vor der Geburt!»

Vermutlich etwas Exotisches wie Laila-Madeleine oder Gandhi-Marie. Doppelnamen sind ja der Kracher heutzutage.

«Ich mag Ella gerne», sage ich, und das ist noch nicht mal komplett gelogen. Louisa zuckt zusammen: «Uh!»

«Uh? Was uh?»

«Ach nichts. Wir hatten mal eine Katze, die Ella hieß. Die war so lieb, super verschmust. Aber nachher hatte eine Fliege Eier in ihr abgelegt, und dann war sie voller Würmer und Maden und so, und wir haben sie eingeschläfert.»

Gut. Dann eben nicht Ella. Ich würde ihr ganz sicher nichts von meinem eigentlichen Namens-Favoriten erzählen: Hannah. Nachher hat Louisa noch eine verstoßene Groß-Cousine, die in Brandenburg ein erfolgreiches Crack-Imperium führt.

«Na ja», sage ich, um das Thema zum Ende zu bringen, «wir haben ja noch etwas Zeit!»

«Ja, das habt ihr», lächelt Louisa und streichelt wieder manisch ihren Bauch. Gegen den Uhrzeigersinn. Fünfmal. Vermutlich der Code für *Du wirst nie den richtigen Namen finden, und am Ende wird deine Tochter dich hassen, weil du sie Shoshana genannt hast.*

Shoshana – klingt eigentlich ganz cool, denke ich.

«Jetzt sag aber mal ehrlich», meint sie plötzlich und beugt sich, so weit, wie das im siebten Monat möglich ist, nach vorne und schaut mich verschwörerisch an, «seid ihr jetzt wieder ein Paar? Ja. Nein. Ein bisschen?» Beim letzten Satz muss sie lachen. Ich hingegen finde hier gar nichts witzig.

«Um ganz, ganz ehrlich zu sein», antworte ich und beuge mich ebenfalls nach vorne, «habe ich keinen blassen Schimmer.»

Louisa runzelt die Stirn: «Wie soll das denn gehen? Man weiß doch, ob man zusammen ist.»

Ich zucke mit den Schultern und lasse mich wieder zurück in den Sessel fallen: «Nö. Der Mann würde gerne einen zweiten Anlauf starten. Weil er meint, dass es das Richtige sei. Oder weil er meint, Gefühle für mich zu haben. Aber ich weiß nicht, was das Richtige ist. Für die Situation. Oder für mich. Ich weiß nicht, was für Gefühle ich für ihn habe. Einfach, weil ich so verdammt viele Gefühle in mir spazieren trage. Also mache ich das einzig Vernünftige: nichts. Ich entscheide mich im Moment weder für eine Beziehung noch dagegen. Ich versuche, noch nicht einmal darüber nachzudenken, was ich lieber hätte. Ich bin wie Schrödingers Katze. Vielleicht bin ich auch eher wie Schrödinger selbst. So ganz habe ich dieses Experiment nie verstanden. Auf alle Fälle bin ich gerade weder mit dem Mann zusammen noch nicht mit ihm zusammen.»

«Das klingt sehr verwirrend», klagt Louisa zu Recht und rührt mit tief gerunzelter Stirn in ihrem Tee.

«Das ist Quantenmechanik meistens», sage ich in der Hoffnung, das Thema damit beendet zu haben. Ich weiß, irgendwann, in naher Zukunft, vielleicht schon morgen, würde ich zu einer Entscheidung kommen. Würde wissen, ob ich den Mann noch einmal so nah an mich heranlassen werde. Für den Moment jedoch macht mir die Frage, ob wir noch eine Chance als Paar haben, eine dermaßen beschissene Angst, dass ich die Kiste lieber zulasse.

Als ich mich zwei Stunden später in der prallen Hitze auf den Weg zu meiner Frauenärztin mache, habe ich Schrödingers Beziehung wieder erfolgreich verdrängt und hadere stattdessen wieder mit der Frage, wie ich dieses Kind nur nennen soll.

Wie lange hat meine Mutter wohl gebraucht, um sich für meinen Namen zu entscheiden? Damals, in den Achtzigern, als alle einfach nur Anne, Nina, Julian, Sabine und Thomas hießen. Als es offenbar nur ein paar Dutzend Namen gab, aus denen man sich bediente und die einzige vernünftige Erwiderung auf *Beyoncé* «Gesundheit!» war.

Beim Frauenarzt blättere ich erneut im *Großen Buch der Vornamen* (da hatte man sich im Verlag bei der Titelsuche ja geradezu selbst übertroffen!), als eine Stimme rechts von mir fragt: «Na, sind wir auch noch auf der Namenssuche?» Ich blicke in das Gesicht einer Frau Anfang 40, die sich selig über ihren prallen Bauch streichelt – schon wieder! – und mich wissend anstrahlt, ganz so, als gehören wir beide einem geheimen

Bund an. Vielleicht gibt es ja eine extra Freimaurer-Loge nur für Schwangere, und das geheime Erkennungszeichen ist das Betatschen des eigenen Bauches.

«Hmmja», antworte ich in der Hoffnung, ich könnte ihren Eindruck widerlegen, ich wäre die richtige Person für ein wenig Smalltalk im Wartezimmer. Doch Fehlanzeige.

«Ich weiß noch, wie lange wir bei dem Ersten gebraucht haben, bis wir uns für einen Namen entschieden haben!», sagte die Fremde und lacht eine Spur zu laut. In der gegenüberliegenden Ecke zuckt ein Mädchen zusammen. «Das ist meine. Meine Jüngste. Also noch die Jüngste!» Sie lacht wieder und zeigt auf ihren monströsen Bauch – könnte ja sein, dass ich nicht gemerkt habe, dass sie ebenfalls schwanger ist.

«Wie heißt sie denn?», frage ich schließlich, mich dem gesellschaftlichen Druck des Smalltalks beugend. «Chanelle. Sie heißt Chanelle», antwortet sie, und in ihrer Stimme schwingt ein solcher Stolz mit, dass es mich fast gruselt. «Ich habe noch zwei Ältere», führt sie weiter ungefragt aus, «Naomi und Pierre-Enrico.»

Natürlich, denke ich. Die Bluse mit den rosa Zebrastreifen hätte eigentlich Indiz genug sein müssen.

«Ist Ihr Erstes, nicht?», fragt sie.

«Hmmja», antworte ich. Ich bin einfach nicht für Smalltalk mit Fremden geschaffen. Oder Smalltalk an sich. Oder Gespräche ganz allgemein.

«Das sieht man sofort!», ruft sie aus. «Dieser zweifelnde Blick! Aber keine Sorge. Das wird alles! Hören Sie einfach auf Ihr Bauchgefühl und nicht auf andere. Auch nicht auf mich!» Sie lacht schallend, und Chanelle und ich zucken synchron zusammen.

Aber vielleicht hat diese Mutter wirklich alles richtig gemacht. Einfach, weil ihr offenbar pupsegal ist, was andere Menschen über den Namen ihrer Kinder denken. Oder über ihre Bluse. Ich sollte mein Kind auch einfach Shoshana nennen, denke ich, als ich wenig später im Behandlungszimmer auf den Spezialisten warte, der heute den Feinultraschall vornehmen soll.

Während ich mich schon mal auf die Liege lege, denke ich darüber nach, ob es vielleicht völlig egal ist, welchen Namen ich für diesen kleinen Menschen aussuche, da ich einfach nicht wissen kann, was in zehn oder 15 Jahren sein wird. Vielleicht werden die heutigen Finns und Elisabeths die Kevins und Chantalles der nächsten Generation sein.

«Bitte das Shirt ein bisschen höher schieben», sagt der Arzt.

Ich beschließe, dass ich mich nicht mehr darum scheren werde, was andere zu diesem Thema zu sagen haben. Oder überhaupt einem Thema.

«Das wird jetzt etwas kalt.» Der Arzt fuchtelt mit dem Ultraschallgerät unter meiner Nase herum, und ich kann die Kälte des Gels schon beim bloßen Anblick spüren. Der kühle Glibber verteilt sich auf meinem Bauch, und unmittelbar danach sieht man auf dem Bildschirm eine kleine, schwarz-weiße Birne, die munter hin und her wackelt und einen kleinen, schwarz-weißen Körper. Keine Flosse, kein dritter Arm, der irgendwo aus dem Rücken wächst.

Ein kleines, normales Mädchen, denke ich. Mehr muss sie doch gar nicht sein. Sie muss nicht besonders groß oder besonders blond oder besonders besonders sein. Sie muss einfach nur sein. Gesund, wach und neugierig. Sie muss keinen beschissenen Prinzessinnen-Namen haben und keinen Namen, der ausdrückt, wie kultiviert, belesen und bürgerlich wir sind.

Hannah, sie würde schlicht Hannah heißen, beschließe ich in diesem Moment.

«Und, alles in Ordnung?», frage ich.

«Ja», sagt der Arzt und lässt das Ultraschallgerät weiterhin professionell über meine kleine Wampe gleiten, «alles wunderbar. Ihm geht es gut.»

«Ihm?»

«Ja, alles in Ordnung.»

«IHM?»

«Oh, Sie wussten nicht, dass es ein Junge ist?» Er schaut mich abwartend an. «Alles okay?»

«Ja, ja», sage ich und schlucke, «Hannah ist nur ein verdammt beschissener Name für einen Jungen.»

KAPITEL 9

Der Umzug

Der Umzugswagen vor der Haustür ist gefühlt doppelt, wenn nicht dreimal so groß wie die gesamte Wohnung. Entweder hat die Umzugsfirma keinen kleineren zur Verfügung, oder ich wurde extrem über den Tisch gezogen.

All meine bisherigen Umzüge habe ich selbst erledigt: Sprinter gemietet, Möbel auseinandergebaut, Kisten geschleppt – was man eben als superemanzipierte Frau mit kleiner Geldbörse so macht. Die Geldbörse ist zwar heute immer noch spärlich bestückt, aber im sechsten Monat in der brüllenden Augustsonne Kisten zu schleppen, klingt genauso uncool, wie es ist.

Mein Handy vibriert in meiner Hosentasche. Der Mann fragt, ob ich sicher sei, dass ich heute seine Hilfe wirklich nicht brauche. Schon wieder. Es ist beinahe sein tägliches Ritual nachzufragen, seit wir – ich stocke innerlich. Seit wir miteinander geschlafen haben. Das war vor zwei Wochen, und noch immer kann ich es nicht wirklich glauben. Nicht nur weil ich im sechsten Monat bin und Koitus nicht unbedingt zu den Dingen gehört, um die meine Gedanken gerade so kreisen, sondern weil ich immer noch nicht ganz nachvollziehen kann, wie es dazu gekommen ist.

Der Mann hatte mir in einem Anflug von Aktionismus gebrauchte Babysachen von seinem Arschlochbruder nach Berlin vorbeigebracht, und da ich eine gute Gastgeberin bin, habe ich ihn gefragt, ob er zum Abendessen bleiben will. Das wollte er.

Und das Letzte, woran ich mich erinnere, ist, dass ich auf dem Weg in die Küche noch dachte, wie gut er heute riecht und was das wohl für ein Aftershave sein muss. Dann waren da überall Hände und seine Zunge, warm und feucht, aber nicht zu feucht, und ehe ich mich versah, lagen wir beide schnaufend und nackt in meinem Bett, während meine Lasagne im Backofen vor sich hin kokelte. Ohne viel darüber nachzudenken, hatten wir Schrödingers Kiste aufgerissen und festgestellt, dass die verdammte Katze noch lebt.

Aus dem Küchenfenster beobachte ich den LKW und die Umzugshelfer, die wie Ameisen darum herumwuseln. Nicht gerade sehr fleißige, emsige Ameisen, eher sehr gemütliche Ameisen. Na ja, Hauptsache Ameisen, denke ich, und mein Blick fällt auf die fast leere Küche. Wehmut macht sich breit.

Es war ein Traum, denke ich ein wenig selbstmitleidig. Jeder Mensch hat Träume. Irgendwelche. Manche sind eher klein, manche im Laufe eines einzigen Lebens kaum erfüllbar. Für einige Menschen ist der offene Dönerladen morgens um vier die Erfüllung eines Traums. Für andere ist es, durch Dieter Bohlen ein Superstar zu werden, um dann den Rest seines Lebens als Z-Promi von privaten Fernsehsendern durch Reality-Formate der verschiedensten Art geschleift zu werden. Wie ein Tanz-Bär, der mit einem Ring durch die verschorfte Nase durch die Manege gezerrt wird. Träume sind so vielseitig wie die Menschen, die sie hegen, und für mich war Berlin eben die Erfüllung meines Traums.

Mit dem Fuß schiebe ich ein paar leichtere Kisten durch den Flur Richtung Wohnungstür und versuche mich mit dem Gedanken abzufinden und anzufreunden, ab morgen nicht mehr hier zu wohnen. Ich könnte nicht einmal vernünftig begründen, was das Leben in dieser Stadt zur Erfüllung eines Traumes macht. Berlin ist dreckig. Berlin ist laut. Es ist abgrundtief hässlich, aber zugleich auch farbenfroh und vielfältig und damit auf seine ganz eigene Weise wunderschön. Außerdem ist Berlin schlicht nicht Bonn.

«Solldasauchmit?», fragt einer der Umzugshelfer, ein kleiner, stämmiger Mann mit übermäßiger Schweißproduktion und mehr Haaren auf dem Rücken, als ich auf dem Kopf habe. Ich starre auf die vor ihm stehenden Kartons, auf denen in riesigen Lettern BONN steht. Menschen, man kann nicht mit ihnen – Ende des Sprichworts.

Ich mühe mir ein Lächeln ab, ich befinde mich schließlich in einem gewissen Abhängigkeitsverhältnis und wenn ich Pech habe, bin ich am Ende die Dumme. Ich habe mal eine Dokumentation gesehen, in der die Umzugsfirma den Inhalt des Umzugswagens als Geisel genommen hat. Die Leute mussten monatelang auf ihre Klamotten und Möbel warten und hausten in der Zeit auf aufblasbaren Stühlen und aßen Butterbrote von Wegwerfgeschirr. Ich habe aber auch mal eine Dokumentation gesehen, in der ein Mensch an seinem ganzen Körper Mentos mit doppelseitigem Klebeband befestigt hatte, um dann in eine Badewanne mit Cola zu steigen – vielleicht sollte ich Dokumentationen besser nicht als Richtschnur für normales, menschliches Verhalten nehmen.

«Ja, alles außer den Sachen im Bad kommt nach Bonn!», sage ich sehr laut und sehr langsam und weiß in dem Moment nicht, wie oft ich das heute schon gesagt habe. Vermutlich kann ich von Glück reden, wenn die Herren es ans Ziel schaffen und mich nicht nach vier Tagen aus den tiefsten Untiefen Litauens anrufen und fragen, wie noch mal die genaue Adresse sei.

Bonn. Wenn ich ganz ehrlich bin, habe ich gar nichts gegen Bonn. Oder fast gar nichts. Wie sollte ich auch? Bonn scheiße zu finden, ist so, als würde man das Auenland scheiße finden. Das Auenland ist in seiner reizenden Überschaubarkeit süß und prachtvoll. Und wenn man ein Hobbit ist, gibt es vermutlich keinen besseren und perfekteren Ort. Nur bin ich eben eher so der Nazgûl.

Nun, vielleicht kein 100-prozentiger Nazgûl – sondern das von der Evolution nicht vorgesehene Produkt einer heißen Liebesnacht einer Hobbit-Dame und einem Nazgûl –, denn mein schwarzes, totes Blut gerät immer noch in Wallung, wenn jemand anderes es wagt, schlecht über Bonn zu reden. Die Regel ist ganz einfach: Nur Bonner dürfen Bonn kacke finden, alle anderen sollen ihren geographisch motivierten Unmut auf die wirklich hässlichen Ecken dieser Republik legen. Hannover zum Beispiel.

Hinzu kommt, dass meine Abneigung gegen die Stadt rein emotionale und weniger rationale Gründe hat. Die Trennung unserer Eltern, als ich sechs und meine Schwester vier war. Meine Mutter, die ständig den Spagat zwischen Job und Kindern zu meistern versuchte – und daran nur scheitern konnte. Meine konservativen Großeltern, die ständig über allem schwebten und einem das Gefühl gaben, dass es in dieser Familie keinen Platz fürs Anderssein gibt – was schließlich damit endete, dass ich auf ein erzbischöfliches Mädchen-Internat geschickt wurde, wo mein einziger, täglicher Lichtblick Caro war.

Mit Bonn verbinde ich lediglich eine Abfolge trister Momente, sowie das bis heute andauernde Gefühl, dass die nächste Möglichkeit zu versagen nur um die Ecke auf einen wartet. In Berlin jedoch ist Versagen egal. Hier gehört Versagen zum guten Ton. Und nun würde ich als Versagerin par excellence nach Hause zurückgekrochen kommen und um die Hilfe derer bitten, denen ich eigentlich den Rücken kehren wollte.

Ich gehe zum Schreibtisch, auf dem noch ein paar einzelne Bücher herumliegen. Letzte Relikte eines Lebens, das in wenigen Stunden vorbei sein wird, ohne dass es wirklich begonnen hatte. Sorgfältig lege ich sie in eine kleine Kiste und ertappe mich dabei, wie ich sie zum Abschied sanft streichle. Wenn ich später zu meinem Kind nur halb so liebevoll bin wie zu meinen Büchern, werde ich eine großartige Mutter.

Während zwei weitere Umzugshelfer unter eindrucksvollem Ächzen mein weißes Bücherregal zusammenkleben und schultern, stehe ich daneben und bemühe mich, ein Hohlkreuz zu machen und meinen Bauch extra weit nach vorne zu stülpen. Meine bevorzugte Methode non-verbal mitzuteilen: «Sorry, Jungs, würde ja helfen, aber schwanger und so!» Ich habe mir sogar inzwischen angewöhnt, mir hin und wieder über den Bauch zu streicheln, um das Ausmaß meiner körperlichen Gebrechlichkeit zu untermalen.

Als die beiden sich mit dem knapp zwei Meter hohen Regal im engen Treppenhaus abmühen, schießt mir mal wieder der Gedanke durch den Kopf, dass ich vielleicht doch besser nach Hamburg hätte ziehen sollen. Zu dem Mann. Aber dort habe ich genauso wenig Familie wie in Berlin, und auch wenn wir uns in den vergangenen Wochen kein einziges Mal gestritten haben, scheint das als Grund, dorthin zu ziehen, doch ein wenig dürftig zu sein. Geschweige denn, um mit ihm zusammenzuziehen.

Dabei zweifle ich nicht einmal daran, dass der Mann ein geeigneter Mensch zum Zusammenleben ist. Ich gehe sogar davon aus, dass man recht problemlos mit ihm Bett und Tisch und Dach teilen kann. Nur bin ich nicht «man». Und ich bin höchst unsicher, ob der Mann mit mir recht problemlos Bett und Tisch und Dach teilen kann. Ich teile ja nicht mal gerne meinen Netflix-Account.

«Nein», sage ich unbeabsichtigt laut. Nach Bonn zu gehen, bleibt die richtige Entscheidung. Ich kann mir das gar nicht oft genug sagen!

Plötzlich steht wieder ein Umzugshelfer hinter mir, zeigt auf die Reisetasche und die zwei Kartons, die im Badezimmer stehen und fragt: «Sollndieauchmit?» Ich schaue ihn genervt und auch ein wenig mitleidig an. Vielleicht hat er mal einen Pax-Kleiderschrank auf den Kopf bekommen. Oder zu viel Klebstoff von der Rückseite des Ducktape geleckt. «Nein», antworte ich. «Alles. Außer. Den. Sachen. Im. Bad. Okay?» Er nickt langsam und geht ins Wohnzimmer und macht sich schnaufend am Sofa zu schaffen.

Egal, was mich in Bonn auch erwarten wird, ich bin einfach nur heilfroh, wenn dieser Scheißtag zu Ende ist.

KAPITEL 10

Carpe Diem!

Als ich wieder in Bonn bin, merke ich schnell, dass sich hier nichts geändert hat. Nicht, dass ich es wirklich erwartet hätte. Das kleine Haus, in dem meine Mutter lebt, ist immer noch pastellgelb, die Hecken davor immer noch auf den Millimeter genau geschnitten, und ihr kleiner Ford Fiesta, der in der Garageneinfahrt steht, sieht so blitzeblank aus, dass man den Eindruck bekommt, hier würde Ford gerade einen Werbespot drehen.

Es ist, als wäre ich nie weg gewesen. Sogar die dicke Katze liegt immer noch auf demselben Sessel im Wohnzimmer. «Willst du noch einen Kaffee?», ruft meine Mutter aus der Küche zu mir herüber, nur um dann direkt «Ach ne, zu viel Kaffee ist ja nicht gut …» hinterher zu murmeln. Als ich vor zwei Tagen angekommen war, stand sie schon wartend vor meiner neuen Wohnung. Mit Toilettenpapier, Lebensmitteln und Tränen der Freude in den Augen.

Ich hatte die Wohnung nur aufgrund eines glücklichen Zufalls von Berlin aus schon klarmachen können, denn die Wohnungssituation in Bonn ist ähnlich angespannt wie die in richtigen Großstädten. Aber eine alte Freundin meiner Mutter besitzt eine Eigentumswohnung in der Innenstadt, die sie normalerweise an Studenten vermietet und die nun zum Ende des Sommersemesters kurzfristig frei geworden ist.

Damit war die Wohnung für mich nicht nur bezahlbar, sie

war mit ihren zwei Zimmern, dem Aufzug und der fußläufigen Nähe zur Innenstadt auch ideal für eine zukünftige Mutti mit Baby und Kinderwagen.

«Willst du noch irgendwas anderes? Tee. Oder vielleicht Saft?», fragt meine Mutter und reißt mich aus meinen Gedanken. «Ich habe noch einen leckeren Multivitaminsaft. Ich weiß ja, dass du kein Obst magst. Aber du musst an das Baby denken. Vitamine sind wichtig.» Ohne eine Antwort abzuwarten, steht sie neben mir und reicht mir lächelnd ein Glas mit Saft.

«Ja, okay», erwidere ich, da eine Diskussion sinnlos erscheint, «ich muss aber gleich los.» Ich trinke den Saft, der in der Vorstellung meiner Mutter das Baby automatisch mit dem Immunsystem eines griechischen Halbgottes versehen wird, in einem Zug aus.

«Ah ja», sagt sie und nimmt das leere Glas wieder in Empfang, «der Termin mit der Hebamme.» Ich nicke. Ist ja nicht so, als wenn ich hier die nächsten Monate einfach nur in meiner neuen Wohnung hocken und die Wände anstarren würde, bis das Baby aus mir rausflutscht.

Denn ganz so wird es wohl kaum sein. Irgendwann habe ich mal in einer Arztserie gelernt, dass ein Großteil der Geburten mit einer mehr oder weniger unfreiwilligen Entleerung des Darms einhergeht. Wenn ich also an Geburt denke, denke ich an *Alien.* Menschen schreien rum. Es ist blutig. Und schmerzhaft. Und verdammt eklig. Die Tatsache, dass mein Kind nicht gerade klein sein wird und ich mit wehenden Fahnen und heruntergeklapptem Visier einem Dammriss entgegenmarschiere, macht es auch nicht besser.

Aber von all diesen Dingen erfährt man in der Regel ja vorher nicht. In Filmen laufen Geburten immer adrett und zügig ab, kaum jemand schwitzt, das Make-up sitzt wie zur Oscar-

Verleihung und das Neugeborene sieht schlimmstenfalls so aus, als hätte man ein paar frische Brocken Hirtenkäse auf ihn gerubbelt.

Doch die Realität sieht anders aus, und ich bin nun mal kein Fan der Realität. Ganz im Gegenteil: Vor allem in diesem Fall verursacht sie Panik und auch ein wenig Ekel. Da ist nichts Schönes oder Romantisches in meiner Vorstellung. Da ist nur Blut, Schweiß, Kot, reißendes Gewebe und mittendrin ich, die sich am liebsten schon bei der jährlichen Untersuchung beim Frauenarzt eine Vollnarkose setzen lassen würde.

Bei der Vorstellung, dass eine oder mehrere Personen stundenlang zwischen meinen weit geöffneten Schenkeln herumfuhrwerken, während ich vor Schmerzen und Unbehagen eigentlich nur brechen möchte, sorgt dafür, dass ich mich in Embryohaltung in irgendeine Ecke legen und mich in Trance wippen möchte. Gibt es eigentlich so etwas wie eine Prä-Traumatische Belastungsstörung?

Es ist ganz einfach so, dass wenn ich an eine natürliche Geburt denke, der Raum um mich herum enger wird, die Luft stickig und ich das Gefühl bekomme, dass viel zu wenig Sauerstoff in meine Lungen gelangt, egal, wie tief ich Luft hole. Eine nackte Panik greift nach mir, schüttelt mich, zieht mich herunter auf den Boden, tritt auf mich ein, gnadenlos.

Mir ist es egal, in wie viele Vaginas die Hebamme schon gestarrt hat, durch wie viele Liter Blut und Plazenta sie in ihrem Leben schon gewatet ist, das hier ist meine Vagina, und sie mag es nicht, wenn man in sie hineinstarrt, als wäre sie ein Exponat in einer Ausstellung, als würde man an ihr herumwerkeln wie an einem feuchten Klumpen Ton.

Es wird also keine Geburt geben. Zumindest keine natürliche. Kaiserschnitt it is. Ich bin keine Termin-Mutti, die einen

Kaiserschnitt braucht und will, weil sie am selben Nachmittag noch zur Pediküre muss und schließlich am Samstag auch noch das Tennis-Turnier ist. Ich bin lediglich eine fleischgewordene Ansammlung wirrer Neurosen und hypochondrischer Stimmen in meinem Kopf.

Ich brauche aber trotzdem eine Hebamme, für die Wochen danach. Also telefonierte ich, frisch in Bonn angekommen, rum, fragte Freundinnen und Bekannte, die den ganzen Mist schon hinter sich haben, und erkannte recht schnell: Ich bin verdammt spät dran. Offenbar ist es einfacher, Donald Trump einen IQ-Test bestehen zu lassen, als im sechsten Monat eine Hebamme zu finden, die noch nicht «ausgebucht» ist!

«Ich brauche niemanden für die Geburt! Nur für die Nachsorge!», schrie ich in den Hörer, sobald am anderen Ende jemand abgenommen und geatmet hat. Nach drei unsäglich langen Stunden erreichte ich jemanden, der sich zu einem Vorgespräch mit mir bereit erklärte: Sabrina.

Als ich Sabrina ein paar Tage später aufsuche, führt sie mich nach einer recht sachlichen Begrüßung nach oben in den zweiten Stock, wo ihre Wohnung und ihr Büro sind. Sabrina ist in meinem Alter, und an diesem Punkt hören unsere Gemeinsamkeiten auch schon auf. Sie ist ein blondgefärbtes Wesen – nein, das ist inkorrekt. Denn ich habe noch nie einen Menschen mit so vielen verschieden farbigen blonden Strähnen gesehen. Mir war bis zu diesem Zeitpunkt noch nicht einmal bewusst, dass es so viele verschiedene Blondtöne überhaupt gibt, und ich gehe stark davon aus, dass die meisten Nuancen in der Natur außerhalb der Sperrzone von Tschernobyl auch überhaupt nicht vorkommen.

Ihr durchtrainierter Körper sagt mir, dass ihr eine negative Energiebilanz wichtiger ist als eine Orgie mit in Nutella getauchten Toffifee. Ihre leicht orangefarbene Haut sagt mir, dass sie Solarium und Hautkrebs einer noblen Stubenhocker-Blässe vorzieht. Der Autoschlüssel für einen Mini Cooper in der Diele sagt mir, dass sie bereit ist, sich durchaus auch etwas zu gönnen. Ihre billige Jeans mit den funkelnden Applikationen am Hintern deutet darauf, dass sie den kambodschanischen Kindern, welche die Hose in einem Raum ohne Fenster angefertigt haben, vermutlich nicht so viel gönnt.

Ich nehme in der Küche Platz. An der Wand mir gegenüber kleben mehrere braune Wand-Tattoos: *Cappuccino, Latte macchiato, Espresso* flüstern sie in jeweils anderer Typographie von den Wänden. Warum hängen sich das Menschen in ihre Küche? Wissen sie sonst nicht mehr, was sie gerne trinken? Auf der anderen Seite der Küche, direkt hinter mir an der Wand, steht in noch riesigeren Lettern *Carpe Diem* und darunter leicht schnörkelig *Genieße den Tag*! Dement und keine Lateinkenntnisse, denke ich. Super, richtig super.

Sabrina kommt aus ihrem Büro, das sich als der Flur zwischen Küche und Schlafzimmer herausstellt – wobei mich sofort eine Neugier packt, welche Sprüche oder Substantive wohl im Schlafzimmer an den Wänden hängen. *Kondom nicht vergessen*! in Comic Sans. Oder vielleicht *Migräne-Zone* in Helvetica Bold. Doch die Tür ist verschlossen, und ich muss mich mit einem Blick auf einen kleinen, weißen IKEA-Schreibtisch zufriedengeben, einem Drucker darunter und riesigen Holzlettern, auf denen *Do more of what makes you happy* steht.

Sie setzt sich auf den Platz mir gegenüber und breitet vor mir verschiedene Unterlagen aus, die ich alle ausfüllen soll. Hypnotisiert starre ich auf ihre hellrosafarbenen Acrylfingernägel – auf dem kleinen ist jeweils ein weißer Strassstein aufgeklebt. Die Vorstellung, diese Händc, diese Fingernägel – Latexhandschuhe hin oder her – halb im Uterus einer Frau zu wissen, sorgt dafür, dass ich den Rest des Gespräches mit recht verkrampftem Beckenboden in ihrer Küche sitze.

Mein Nachname findet sich dreimal in den Formularen und ist jedes Mal anders geschrieben. Ich komme mir vor, als würde ich ein Auto kaufen. Oder eine Reise buchen. Es fühlt sich nicht richtig an. Ich bin sicherlich nicht besonders gefühlsduselig, aber sollte die Beziehung zwischen einer Schwangeren / Mutter und ihrer Hebamme nicht eine vertrauensvolle sein? Wie die zwischen Mister Miyagi und Karate Kid?

Ich möchte am liebsten aufstehen und einfach gehen, fülle aber stattdessen artig und stumm alle Formulare aus und verabschiede mich mit den Worten: «Ich melde mich.»

Draußen stehe ich für einen kurzen Moment unschlüssig vor dem Haus. Dann krame ich die Unterlagen aus meiner Tasche hervor, zerreiße sie und schmeiße sie in den Mülleimer an der Bushaltestelle. «Das wird nichts mit uns, Sabrina», flüstere ich, als die kleinen Papierfetzen langsam im Dunkeln der orangefarbenen Tonne verschwinden.

Noch auf dem Nachhauseweg rufe ich den Mann an, um ihm von meinem kleinen Rückschlag zu berichten, und sein Versprechen, noch dieses Wochenende nach Bonn zu kommen und mich zu besuchen, lenkt mich für einen Moment von der immer noch offenen Frage ab, wie ich jetzt zu einer Hebamme kommen soll.

Zu Hause angekommen spiele ich sofort eine neue Runde «Finde die Hebamme!» und telefoniere nun völlig wahllos jede Praxis der Stadt ab. Irgendwann findet meine Suche in Form von Anna endlich ein Ende.

Anna hat wenig bis nichts mit Sabrina gemein: Sie ist Ende 30, hat rote, kinnlange Locken, die in alle Richtungen abzustehen scheinen, und wirkt so dermaßen tiefenentspannt, als hätte sie ein ernsthaftes Baldrianproblem. Vor allem aber willigt sie sofort ein, mich zu Hause zu besuchen.

Und da sitzt sie nun. In meiner kleinen Küche, in der statt Wand-Tattoos Jugendstilposter und Absinth-Werbung aus den Zwanzigern hängen, die meine deepe, bourgeoise Seite unterstreichen sollen.

Sie sitzt mir am Küchentisch gegenüber, ihr vermutlich selbstgefilzter grasgrüner Pullover sieht kratzig aus, die handgestrickten knatschroten Armstulpen nicht minder. Ich erkläre ihr, wieso ich einen Kaiserschnitt möchte, und sie hört zu, hört einfach nur zu, urteilt nicht, spricht keine Empfehlungen aus. Zwischendurch nimmt sie einen Schluck ungesüßten Bio-Pfefferminz-Tee, für den ganz sicher kein Tier oder Teeblatt leiden musste, und streicht sich wieder und wieder eine Haarsträhne aus dem Gesicht. Anna ist ein fleischgewordenes Hebammenklischee, und ich liebe sie von der ersten Sekunde an. Sie blättert in meinem Mutterpass und bestätigt mir, dass so weit ja alles ganz wundervoll aussieht. Keinerlei Probleme am Horizont, die sie daran hindern könnten, mich nach der Geburt bei der Nachsorge zu betreuen.

«Und?», fragt sie schließlich. «Willst du stillen?»

Ich druckse herum. Wenn es um das Thema Stillen geht, befindet man sich schnell auf einem unübersichtlichen, todbringenden Minenfeld, in dem jeder unachtsame Schritt der letzte sein könnte.

Frauen, mit denen man sich gerade noch über Nichtigkeiten wie Räuchertofu und Ingwer-Kräuterlimonade unterhält, verwandeln sich von einer Minute auf die andere in zornige Harpyien, die einem nach dem Leben trachten.

Ob und wie lange man sein Kind stillen sollte – dazu hat

nämlich jede Mutter ihre eigene, feststehende Meinung. Eine Meinung, die auch für alle anderen verbindlich ist.

Du willst nicht stillen? Klar ist das deine Entscheidung – nur schade, dass du dein Kind nicht liebst!

Du willst nur zwei Monate stillen? Natürlich ist das eine Option – wenn du möchtest, dass dein Kind später schwerer Asthmatiker ohne Immunsystem wird!

Du stillst dein Kind mit drei Jahren immer noch? Selbstverständlich kannst du das machen – wenn du später eine Norman-Bates-artige Beziehung zu deinem Kind haben möchtest.

Wenn man schwanger oder Mutter ist, scheinen alle von einem zu erwarten, dass man keine eigenen Bedürfnisse mehr hat.

Egal, ob man einen alkoholfreien Sekt trinkt oder sein Kind vegetarisch ernährt oder wie lange man sein Kind stillt – es geht nicht darum, was man selbst als richtig erachtet, es geht darum, was diese Meute von anderen Frauen und Müttern glaubt. Und wehe jenen, die es wagen, eine andere – also eigene – Meinung zu haben! Da wird der Scheiterhaufen schon angezündet, noch bevor man «Also, ich glaube ja ...» zu Ende gesagt hat.

«Um ehrlich zu sein», sage ich, «weiß ich es noch nicht.»

«Kein Problem!», erwidert Anna. «Du hast ja noch genügend Zeit. Und notfalls können wir jederzeit immer noch abstillen.» Aus ihrem Mund klingt es, als wäre es das Leichteste der Welt, und heiße Erleichterung durchströmt meinen Körper.

Als ich nach unserem Gespräch Annas roten Schopf aus dem Fenster nachsehe, wie er Richtung Innenstadt davonwippt, habe ich das erste Mal das Gefühl, dass alles gut wird.

KAPITEL 11

Die Broschüre

«Du solltest Sport machen.» Meine Mutter steht in ihrer weiß gekachelten Küche und raspelt hochkonzentriert Gouda über das Kartoffelgratin. Sie sagt es mit unbeschreiblicher Gleichgültigkeit, blickt weder auf noch zu mir herüber, und ich bin mir zuerst nicht sicher, ob sie überhaupt mit mir spricht oder vielleicht doch eher mit sich selbst.

Innerhalb kürzester Zeit hatte es sich eingebürgert, dass ich jeden Sonntagnachmittag zu ihr nach Hause komme und mir, nur wenige Meter von meinem ehemaligen Kinderzimmer entfernt, Geschichten über meine eigene Kindheit und die täglichen Herausforderungen von Müttern anhöre. Da es dazu immer gratis Kuchen gibt, bin ich bereit, mir im Gegenzug all die Dinge anzuhören, an die ich bisher noch nicht gedacht habe.

«Ein wenig. Zumindest», fügt sie hinzu und schaut mich nun doch an. Ich schiebe mir gerade eine überladene Gabel mit ihrem Erdbeer-Quark-Kuchen in den Mund und fühle mich beobachtet.

«Aha», nuschle ich und blättere weiter in einer der zahlreichen Illustrierten, die bei ihr überall herumliegen.

Meine Mutter ist immer noch unbeschreiblich froh, dass ich wieder hier wohne, nicht mal zehn Minuten mit dem Auto von ihr entfernt. Nachdem der erste Schrecken, dass ihre Tochter ein uneheliches (noch einmal mit Emphase: UN-EHE-LICHES!) Kind bekommen wird, verdaut ist, scheint sie sich auf ihre neue Rolle als Großmutter geradezu zu freuen. Seit sie letztes Wochenende den Mann kennengelernt hat, ist sie von der Vorstellung beseelt, wir wären nur noch wenige gemeinsame Wochenenden davon entfernt, wieder ein glückliches, normales Paar zu werden und ich müsste nicht ihr Schicksal einer alleinerziehenden Mutter teilen.

Ich vermute jedoch, dass sie davon ausgeht, dass ich lediglich ein einziges Mal Sex gehabt habe und genau bei diesem einen Mal mit genau diesem Mann schwanger wurde und meine Vagina seitdem wieder wie einen kostbaren Schatz sorgsam unter Verschluss halte. Ich lasse sie sowohl bei der einen als auch bei der anderen Sache in dem Glauben, da ich mir keinen Vorteil davon verspreche, Mütter darüber aufzuklären, dass man Koitus durchaus, wenn nicht vornehmlich aus reinen Spaßgründen vollziehen kann.

Man sollte das Weltbild seiner Eltern nicht übermäßig oft ins Wanken bringen, und ich habe nicht vor, ihre allgemeine Fröhlichkeit durch hässliche Details über Orgasmen und Oralverkehr zu schmälern. Endlich ist ihre älteste Tochter nicht mehr in dieser taubenkotverschmierten Metropole. Dieser Hauptstadt, in der die Menschen nie oder nur sehr unregelmäßig duschen und komisch riechen und in Jogginghosen vor Spätis ihren Tag verbringen. Diesem kulturellen und kreativen Schmelztiegel, in den all jene Menschen flüchten, die in Niederbayern und Sachsen und Madrid arbeitslos sind, sich verkannt und/oder ungeliebt fühlen und sich dort nun neu erfinden können.

Niemand aus meiner Familie – selbst meine Schwester, die ebenfalls aus Bonn geflohen ist und nun ein züchtiges Leben in der Schweiz führt – hat meine Begeisterung für Berlin ernsthaft nachvollziehen können. Wie sollten sie auch?

Der Bonner an sich ist eben glücklich unter seiner kleinen Kuppel. Hier sind Rasen und Hecken auf den Zentimeter genau getrimmt, der Bus riecht nie nach Kotze, und das ortsansässige Prekariat lebt abgeschieden in seiner architektonisch fragwürdigen Enklave Tannenbusch.

Es ist schön hier in Bonn. Schön und friedlich und still. Bewegungslos könnte man auch sagen. Starr könnte man auch sagen. Eine Atmosphäre eines geistigen Friedhofs könnte man auch sagen. Sagt aber niemand, weil es hier alle so hübsch finden.

In den zwei Jahren, in denen ich in Berlin lebte, gab es eine Reihe von Brandanschlägen auf Autos, in mehreren Treppenhäusern wurden Kinderwagen angezündet, eine Nagelbombe wurde in einem nahegelegenen, kleinen Park bei Moabit gefunden, und ein Mann schlug seiner Frau den Kopf ab – während die Kinder im Nebenzimmer waren – und schmiss ihn aus dem Fenster. Der Berliner würde sagen: Na ja, in anderen Städten passieren auch schlimme Sachen! Der Bonner würde nichts sagen, weil er spätestens bei dem Teil mit dem abgeschlagenen Kopf einen kleinen Infarkt erlitten hätte und gerade reanimiert werden würde.

«Findest du nicht?», fragt meine Mutter.

«Was jetzt?»

«Das mit dem Sport.»

«Ja.»

«Ja, was?»

«Ja, ich weiß nicht.»

Ich hoffe, dass sie endlich mit dem Thema aufhört. Doch sie geht zum Stuhl und holt eine Broschüre aus ihrer Handtasche. *VHS* steht in blauen, großen Lettern vorne drauf, und in mir fängt etwas leise an zu wimmern.

Sie schlägt die Broschüre auf und tippt auf einen mit rosa Textmarker angestrichenen Kurs:

Yoga für Schwangere

In der Kursbeschreibung steht etwas von «intensiver Berücksichtigung des Atems» und «Balance zwischen Stabilität und Flexibilität». Meine Mutter sieht mich mit großen, wartenden Augen an.

«Ich bin im siebten Monat, Mutter», sage ich, als befände ich mich kurz vor meiner Notschlachtung.

Sie ignoriert mich und fragt: «Hast du nicht mal Yoga gemacht?», und tippt wieder auf die Broschüre. Für den Fall, dass ich das Thema der Unterhaltung vergessen habe.

«Ich habe in der achten Klasse auch schon mal heimlich eine Ratte im Kleiderschrank gehalten. Nicht alles, was ich schon mal gemacht habe, eignet sich für eine Wiederholung, Mutter.»

Sie sieht mich an, als wäre ich ein dummes, kleines Kind, das nicht weiß, was gut für es ist. Und wie ein Kleinkind halte ich ihrem Blick trotzig stand.

Ich habe keine Lust auf Sport, hatte ich noch nie, egal welcher Art. Das Maximum körperlicher Aktivitäten war regelmäßiges Rennen zum Bus. Oder wenn ich vom Schreibtisch zum Kühlschrank und zurück joggte. Aktuell ist das einzig Schweißtreibende in meinem Leben Koitus während der Stippvisiten des Mannes – was ich aus den genannten Gründen nicht als Argument ins Feld führen kann.

Außerdem will ich einfach nicht noch eine weitere Verpflichtung in meinem Leben.

«Ich hab dafür kein Geld», sage ich stattdessen.

«Zahl ich dir!», ruft sie aus, geradezu ekstatisch darüber, dass mir offensichtlich die Gründe und Ausreden ausgehen.

Ich blättere lustlos in der Broschüre, in der noch weitere, unspannende Aktivitäten und Kurse für Schwangere und andere Menschen mit zu viel Freizeit aufgeführt sind.

Na ja, denke ich, während ich mir noch ein weiteres Stück Kuchen auf den Teller hieve, vielleicht wird es ja nicht so schlimm. Vielleicht schadet mir ein bisschen Bewegung tatsächlich nicht.

«Wann genau startet der Kurs?», frage ich und ergebe mich endgültig meinem Schicksal.

«In zwei Wochen. Ich melde dich gleich morgen an!» Meine Mutter hopst vergnügt zurück in die Küche und schiebt das Gratin in den Ofen.

«Fuper», nuschle ich, während ich mir eine weitere Kuchengabel zuführe, «daf wird ficher richtig fuper!»

Und als wären meine Mutter und ihre Ambitionen, mich doch in ein Lebewesen zu verwandeln, das sich gerne sportiv bewegt, nicht genug, wartet direkt am Montag die nächste Begegnung der besonderen Art auf mich: mein neuer Frauenarzt.

Der Gynäkologe, den ich mir in Bonn gesucht habe, ist etwa 40, vielleicht auch schon Ende 40. Seine Halbglatze ist so weit fortgeschritten, dass davon auszugehen ist, dass seine Schädelplatte schon vor längerer Zeit den aussichtslosen Krieg gegen den Haarausfall verloren hat. Gewissenhaft blättert er in meinem Mutterpass, schaut zwischendurch auf und mich an, nickt, als hätte ich irgendetwas von Bedeutung gesagt. Ich überlege kurz, tatsächlich etwas zu sagen, aber ich weiß eigentlich nicht was und gucke ihm weiter zu, stumm und emotionslos wie ein Goldfisch.

Früher wäre es mir nie in den Sinn gekommen, zu einem

Gynäkologen mit Penis zu gehen. Aber das war, bevor ich mich im Monatstakt zum Frauenarzt begeben musste, um sicherzustellen, dass mit dem kleinen, namenlosen Alien in mir alles in Ordnung ist – und das Ganze kein absurder Traum ist und auch nicht zum Trauma werden würde.

Ich bin inzwischen also abgehärtet. *Was einen nicht umbringt, macht einen stärker* – wusste schon Nietzsche. Wobei er sicherlich nicht davon gesprochen hat, seine Beine einmal im Monat für einen vaginalen Ultraschall breitzumachen. Ich bin nicht prüde, sonst hätte ich mich nicht mit fremden Männern aus dem Internet getroffen, aber um ehrlich zu sein, unterstelle ich männlichen Frauenärzten erst einmal unredliche Absichten. Gut möglich, dass ich den Frauenärzten dieser Welt damit fürchterliches Unrecht tue, aber das ist meiner Vagina fürchterlich egal.

«Oho», sagt der Penis plötzlich, und ich mag nicht, wenn Ärzte «Oho» sagen, insbesondere, wenn man gerade ziemlich schwanger ist.

«Nichts Schlimmes, nichts Schlimmes!», wiegelt er ab. «So langsam müssen wir nur wegen Ihres Gewichts ein wenig aufpassen!»

Soso, müssen wir das?, denke ich. Aufpassen – schwammiger geht es wohl kaum. Was heißt das? Dass ich nicht aus Versehen eine Packung Toffifee einatme?

«Sie sind jetzt im siebten Monat und haben schon kurz nach dem ersten Trimester das Gewicht erreicht, das Sie eigentlich während der *gesamten* Schwangerschaft zulegen sollten.» Er schaut mir lange in die Augen, damit ich die Bedeutung seiner Worte auch wirklich verinnerliche. «Wissen Sie, die meisten denken immer, man müsse während der Schwangerschaft für zwei essen, aber das stimmt so nicht. Streng genommen nimmt man durch die Schwangerschaft selbst nur etwa 13 Kilo zu. Alles, was darüber hinausgeht ... Nun ...» Er zieht die Augenbrauen nach oben. Ja, ja, raune ich stumm, ich hab's gerafft: Ich bin zu fett!

Ist ja nicht so, dass ich so viel esse, weil ich Angst hätte, das Alien verhungert sonst. Oder weil ich sonst nichts zu tun habe. Aber wenn man das erste Mal schwanger ist – und bei Gott, es muss bei diesem einen Mal bleiben –, verbringt man Wochen und Monate voller Selbstzweifel und Unsicherheit. Unsicherheit darüber, wie man sein Kind nennen soll, damit niemals ein Screenshot seines Personalausweises im Internet für allgemeine Erheiterung sorgen kann. Unsicherheit darüber, was man essen soll, ob man auch tatsächlich genügend Obst und Folsäure und anderen Unsinn zu sich nimmt, auf den unsere Vorfahren alle einen feuchten Dreck gegeben haben. Unsicherheit ausgelöst durch Dokus über Aluminium und Plastik und Aspartan und Kim Jong Un und die sich stetig nährende Furcht, das Kind auf einen Planeten zu setzen, der dem Untergang geweiht ist.

Schwangersein bedeutet doch vor allem: Stress. Es bedeutet für mich, zu versuchen, an meiner Dissertation zu arbeiten, während ich von unmenschlichen Hormonschwankungen durch den Tag gepeitscht werde; wie eine hysterische 13-Jährige zu heulen, weil mich eine Aufgabe zu Boden ringt, die ich sonst mit links absolviert hätte. Und sich dabei bewusst zu sein, wie absurd ich mich verhalte und trotzdem nichts dagegen tun zu können.

Es bedeutet für mich, Kisten für den Umzug zu packen, Wohnungsanzeigen zu studieren, mich Tag für Tag mit Menschen auseinanderzusetzen, mit dem Mann, mit meiner Familie und seiner Familie, und überhaupt ist da verdammt viel Familie im Spiel momentan.

Und in dieser Zeit voller Variablen ist Essen für mich vor allem eine willkommene, liebgewonnene Konstante. Essen ist mein Freund. Mein trostspendender Gefährte. Mein in Schokolade gegossener Samwise Gamgee. Essen verlangt nicht, dass man ihm zuhört. Essen ist duldsam und unbeschreiblich gleichgültig. Es verurteilt einen nicht. Ihm ist es egal, ob man es schnell und gierig zwischendurch inhaliert.

Für Essen brauche ich keine Zeit, keine Hingabe. Es geht lediglich um diesen klitzekleinen Moment, wenn meine Zunge und die Geschmacksknospen mit *wasauchimmer* – Hauptsache Zucker, Hauptsache einfache Kohlenhydrate, Hauptsache wenig Vitamine und viel Geschmack – in Berührung kommen und mich kurz entführen, weg von alldem hier.

Mir ist egal, dass ich innerhalb eines halben Jahres über 15 Kilo zugenommen habe. Ich fixe nicht, ich schniefe nicht, ich rauche nicht mal Lucky Strike Light. Das Einzige, was ich tue, ist einmal die Woche zum Haribo-Fabrikverkauf zu fahren und auf dem Rücksitz des Autos eine Zwei-Kilo-Tüte mit sauren Pommes wegzusnacken. Also kriegt euch wieder ein, denke ich, während ich grazillos die Treppen der Praxis herunterhopse. Ich werde ein wenig fett, nicht mehr. Ich plane nicht, die nächsten Jahrzehnte im Bett zu liegen und mich von Pflegekräften zwischen meinen Falten waschen zu lassen, während das Telefon dauernd klingelt, weil ProSieben einen dreiminütigen Beitrag über mich und meine adipöse Leibesfülle bringen will.

In ein paar Monaten wird all das vergessen und vergangen sein, und ich werde einen enormen Beitrag zur deutschen Wirtschaft leisten, indem ich Unmengen an Dingen wie Sport-BHs, Laufschuhen, Fitness-Matten und Abos von Women's Health erwerben werde.

Draußen angekommen klopfe ich mir wegen meines Optimismus auf die Schulter – nur innerlich, weil ich ja nun so fett bin, dass meine Hand sicherlich nicht mehr an meine Schulter rankommt – und bleibe vor dem Schaufenster einer Konditorei stehen.

«Der Vortrag des Frauenarztes war ganz schön stressig ...», murmle ich, während ich die Zitronenrolle drinnen an der Theke begutachte. «Verdaaaaaaaaammt stressig», füge ich etwas lauter hinzu, als ich den Laden betrete.

KAPITEL 12

Die Yogastunde

Zwei Wochen später gehe ich also morgens um halb neun pflichtbewusst zu meiner ersten Yogastunde für Schwangere. Wobei mich vor allem die Neugier treibt, wie so eine Sportstunde abläuft mit Menschen, die kaum noch aktive Kontrolle über ihren Körper haben. Das und die Tatsache, dass der weltbeste Bäcker auf dem Weg liegt und ich mir gerade selig mein zweites Rosinenbrötchen reinpfeife. Quasi als Belohnung vorneweg.

Es ist Ende September, und zu meiner Überraschung stelle ich fest, dass ich nun schon wieder fast zwei Monate in Bonn wohne. Ich würde gerne Sätze wie *Wie schnell doch die Zeit vergeht, wenn man Spaß hat* sagen, aber der hat sich in letzter Zeit nicht so häufig sehen lassen. Die Nähe zu meiner Mutter gestaltet sich zwar weitaus weniger stressig, als ich es befürchtet habe, aber schon jetzt zähle ich die Tage im Kalender, bis meine Großeltern von ihrer jährlichen Reise aus Südfrankreich zurückkehren und mich KGB-artig über meine Zukunftspläne ausfragen werden.

Einziger Lichtblick ist ironischerweise der Mann, der jedes Wochenende aus Hamburg kommt. Nicht nur wegen des Koitus, den wir weiterhin haben, sondern auch, weil er mein Gemotze wegen meiner ausufernden Körperfülle und zeltartigen Schwangerschaftsbekleidung erträgt. Und als er sagte, dass er nächstes Wochenende sogar zwei Tage länger bleiben könnte, kam ich nicht umhin, mich ein wenig zu freuen.

Aber heute steht erst mal Yoga auf dem Programm. Der Kurs findet Gott sei Dank unweit meiner Wohnung statt. Die Innenstadt ist um diese Uhrzeit wie ausgestorben, vereinzelt begegne ich Studenten, die mit schmalen Augen riesige Latte-macchiato-Becher wie eine Waffe vor sich hertragen und kaum hörbar den Moment verfluchen, in dem sie naiv «Vorlesung um neun Uhr morgens? Schaff ich schon!» gedacht haben. Ich bin hier immer gerne zur Uni gegangen. Meine Vorlesungen und Seminare haben im ehemaligen kurfürstlichen Schloss stattgefunden, weswegen man sich unbeschreiblich schick, wichtig und schlau fühlte. Und wer fühlt sich nicht gerne schick, wichtig und schlau – wenn man mit der Realität des Arbeitsmarktes konfrontiert wird?

Endlich stehe ich vor dem Gebäude, in dem der Kurs stattfinden soll. Normalerweise braucht man für die Strecke nicht mehr als 15 Minuten, da die Bonner Innenstadt in etwa den Durchmesser des Berliner KaDeWes hat, aber wenn man fast im achten Monat ist, wird jede noch so kleine Strecke zum Marathon.

Schnaufend betrete ich das Gebäude und suche auf dem Schild in der Eingangshalle nach Hinweisen zu meinem Kurs.

Yoga für Schwangere
Freitags, 9.00–10.00 Uhr
2. Stock

Als ich endlich oben ankomme, sind die anderen Teilnehmerinnen schon da. In einem Kreis angeordnet liegen, hocken und sitzen sie, fünf an der Zahl, auf den vorbereiteten Yoga-Matten. Es sieht aus, wie ein Wassermelonenbuffet oder wie das internationale Jahrestreffen der Seekühe.

In einer Ecke steht eine kniehohe, elfenbeinfarbene Buddha-Statue, die mit extrem unnatürlich aussehenden Stoffblumen behangen ist, davor ein paar Räucherstäbchen, die leicht süßlichen Weihrauchgeruch verbreiten und uns in die richtige Stimmung bringen sollen. Welche das auch immer sein soll.

Eine Frau mit langen blonden Haaren, hellblauen Leggins und sehr, wirklich sehr bunten Stulpen – eine Art Hippie-Jane-Fonda – beugt sich über einen kleinen, türkisfarbenen Ghettoblaster, aus dem indische Flötenmusik ertönt. Als sie mich entdeckt, ruft sie: «Ah, du musst Claudia sein! Dann können wir ja gleich anfangen!» Sie zeigt auf die letzte freie Matte, und unwillkürlich kommt bei mir die Frage auf, wie unhöflich es wohl wäre, wenn ich das Ding erst einmal mit Sagrotan abreiben würde.

Ich ziehe meine Turnschuhe aus und lasse mich in Zeitlupe auf meiner Matte nieder. Nicht, ohne vorher mit gerümpftem Gesicht mein Handtuch darüber auszubreiten.

Zu meiner Rechten lächelt mich eine kleine, dunkelhaarige Frau offensiv an. Ihrer eher kleinen Schwangerschaftsplautze nach zu urteilen, ist sie erst im vierten oder fünften Monat. Sie strahlt über das ganze Gesicht, dass es mir fast unheimlich ist, und ich bin kurz davor, ihr zu sagen, dass sie das bitte lassen soll, es gibt schließlich keinerlei Grund, dermaßen fröhlich zu sein.

Zu meiner Linken hingegen sitzt eine Frau unbeschreiblichen Umfangs im Schneidersitz und atmet intensiv vor sich hin. Sie ist nicht fett, sie wirkt nur wie ein gigantischer Heliumballon, der kurz vorm Platzen steht. So wie sie atmet, würde es mich nicht weiter wundern, wenn sie das Kind gleich hier auf der Matte kriegt.

Von irgendwo schwappt der Geruch von Käsefüßen zu mir herüber, und ich schließe die Augen und wünsche mich ganz weit weg. Wir beginnen mit einer Vorstellungsrunde. Ich mache mir überhaupt nicht die Mühe, mir die Namen der anderen zu merken, sondern versehe sie einfach selbst mit welchen: Da wären, wie schon gesagt, der Heliumballon und die creepige Lächlerin, dann noch die Asthmatikerin (ich weiß nicht, ob sie eine ist, aber entweder das, oder sie hat wirklich starke Tuberkulose), Lady Käsefuß (es war überraschend einfach herauszufinden, wer für dieses ganz bestimmte Odeur in diesem Raum verantwortlich ist), die Kleinbrüstige (selbsterklärend) und zu guter Letzt die Frau mit Bart (der eigentlich kein Bart, sondern nur ein Sommersprossenmeer über der Oberlippe ist, aber hey, ich habe mir die Regeln für Spitznamen nicht ausgedacht).

Als wir mit den Übungen beginnen, gestaltet sich das Ganze genauso schwierig, wie ich vermutet hatte. Yoga mag vielleicht kein typischer «Sport» sein, aber in diesem Fall hat er etwas ähnlich Halsbrecherisches wie Free Climbing oder Bungeejumping. Spätestens beim *herabschauenden Hund* bin auch ich am Ende – nicht nur meiner Kräfte, sondern vor allem meiner körperlichen Möglichkeiten. Die Kugel unter meinen Brüsten ist schlicht zu groß. Im dritten Trimester den Sonnengruß zu absolvieren, ähnelt einer Selbstmordmission.

Nach der Mitte des Kurses liege ich nur noch japsend auf dem Rücken im *Shavasanah*. Bei dieser Übung macht man dem restlichen Kurs weis, man würde sich derbe aufs Atmen konzentrieren, während man in Wirklichkeit versucht, nicht zu laut zu schnarchen. Aber selbst in der Position bekomme ich nach wenigen Minuten Rückenschmerzen. Um mich herum ein Ballett aus stöhnenden und schnaufenden Frauen, die vermutlich genauso lieber vom Sofa aus in die glückspendenden

Untiefen von Netflix abtauchen würden. In eine Welt, in der es keine Rolle spielt, wie viel du wiegst, wie sehr die Blase zwickt und das Iliosakralgelenk schmerzt.

Vielleicht liege ich aber auch falsch, und ich bin die Einzige in diesem Raum, die es nicht schafft, sich der Maximierung ihrer Dehnbarkeit und/oder Erleuchtung entgegenzuhecheln. So oder so, noch vor Ende der Stunde weiß ich, wo ich nächsten Freitag um diese Uhrzeit nicht sein werde: hier.

KAPITEL 13

Das Krankenhaus

Ich brauche für die Geburt zwar keine Hebamme, aber einen Arzt und ein Krankenhaus. Die Wahl des richtigen Krankenhauses ist so kompliziert, zeitintensiv und nervenraubend wie die der richtigen Hebamme. Oder eines neuen Autos. Die Krankenhäuser selbst veranstalten für so was Besichtigungen. Monat für Monat schleusen sie kleine Rudel von dickbäuchigen Frauen und ihren Angetrauten durch die Gänge ihrer Klinik. Wegen des Umzugs bin ich wie bei fast allem spät dran und schlage daher prall gefüllt im achten Monat in den Krankenhäusern Bonns auf.

Es ist sieben Uhr abends, und ich sitze in einer riesigen, schon halb abgedunkelten Cafeteria in einem der oberen Stockwerke des Marienhospitals. Ich bin nicht allein, rund um den langen Tisch platziert sitzen rund 20 andere Schwangere. Natürlich haben alle ihre Männer und Freunde dabei. Nur ich sitze hier mit Caro, die sich erbarmt hat, mitzukommen, damit ich nicht mit meiner Mutter hier sitzen muss. Nicht dass ich etwas gegen meine Mutter als Begleitung hätte, aber ich ziehe es vor, für ein lesbisches Pärchen gehalten zu werden, statt einer schwangeren Version von Norman Bates, der mit Mutti überall hingeht. Zum ersten Mal fehlt mir der Mann an meiner Seite, und ich verfluche die Tatsache, dass er 400 Kilometer weit weg lebt und nur an den Wochenenden hier ist.

Und als wäre das nicht schlimm genug, hat die Cafeteria ungeachtet meines knurrenden Magens schon geschlossen. Auf dem Tisch stehen lediglich Wasserflaschen und Plastikbecher. Ich persönlich halte es für ziemlich unklug, eine Horde regelmäßig unterzuckerter Weiber ohne Snacks warten zu lassen, aber mich fragt ja keiner. Wahrscheinlich fressen wir uns alle gegenseitig auf, wenn wir noch fünf Minuten länger warten müssen. Wie in so einer Tier-Doku auf N24.

Doch schließlich betreten eine Krankenschwester, die wie Schwester Ratched aussieht, und ein hagerer, dünnlippiger Arzt die Cafeteria. Die Krankenschwester stellt sich als Schwester Cordelia und ihren desinteressiert dreinblickenden Begleiter als Dr. Dr. Schneider vor.

Nach einer bedingt spannenden Einführung von Sr. Ratched werden wir runter ins Untergeschoss geführt, «where ...», und das wird der einzige Satz von Dr. Dr. Schneider an diesem Abend bleiben, «the magic happens». Wie eine Herde ausgehungerter Wasserbüffel, die auf dem Weg zum Wasserloch sind, ziehen wir einmal quer durchs Krankenhaus, bereit, alles niederzuwalzen, was sich unserer körperlichen Imposanz in den Weg stellt.

Unten im Keller angekommen, wird recht schnell klar: Hier ist relativ wenig magisch. Ganz im Gegenteil. Alles ist kühl, steril und hat den Gemütlichkeitsfaktor des Führerbunkers. Da hilft es auch nicht, dass die Wände in einem blassen Eierschalenweiß gestrichen sind und mehrere, grell bemalte Schwangerschaftsbäuche aus Gips an den Wänden hängen – die, so erklärt uns Sr. Ratched direkt, von einer Künstlerin stammen, mit denen das Krankenhaus eng zusammenarbeitet und die wir bei Interesse ebenfalls buchen können. Ich bekomme das Gefühl, auf eine Kaffeefahrt geraten zu sein.

Ob es an mir liegt, dass dieser sterile Ort in mir keine inneren

Jubelschreie auslöst und ich krampfhaft versuche, in den Gesichtern der anderen Gebärfreudigen irgendwas zu entdecken, was nach Verzücken oder Vorfreude aussieht? Aber überall, wo ich hinsehe, blicke ich in wahnsinnig ernst dreinblickende Gesichter, deren Maximum an Expression ein hin und wieder stattfindendes Nicken ist. Als wir schließlich in einen Raum geführt werden, in dem der martialisch aussehende Gebärstuhl zum Fenster hin ausgerichtet ist, blicke ich Caro entsetzt an.

«Wer will denn bitte stundenlang in so einem Stuhl hängen?», zische ich ihr halblaut zu. «Und der Welt mit weit geöffneten Schenkeln sein Innerstes zeigen?»

«Ich glaube», flüstert Caro zurück, «dass sie vermutlich vorher die Jalousien zumachen werden. Außerdem: Was schert es dich? Du kriegst doch einen Kaiserschnitt!»

Ich schüttle den Kopf: «Ich hab dir doch erklärt, dass ich auf Nummer sicher gehen will, falls vorher die Wehen einsetzen.»

Caro tippt auf ihr iPhone und sagt: «Verstehe. Was aber viel gravierender ist als das fehlende Feng Shui hier unten: Wir haben hier keinen Empfang!» Ich starre erst sie und dann mein Smartphone-Display an, auf dem bedrohliche null Balken erscheinen. Wir treten wortlos und zügig den Rückzug an.

Ohne Internet, ohne mich – das ist auch mein Motto, als ich vier Tage später zur nächsten Besichtigung aufbreche: Das nächste Krankenhaus liegt in St. Augustin und damit nicht mehr in Bonn, aber was tut man nicht alles, wenn man auf der Suche nach der perfekten Location ist?

Falls die Wehen vor dem Kaiserschnitt-Termin losgehen sollten – und wie wir alle wissen, ist Mutter Natur ein unberechenbares, launisches Miststück –, wäre ich binnen von 15 Minuten dort.

Heute Abend hat Caro leider keine Zeit, sie muss auf ir

gendeine Einführungs-Veranstaltung der Uni zum Beginn des Wintersemesters. Und da der Mann immer noch in Hamburg weilt, komme ich in das Vergnügen, diesen Besuch mit meiner Mutter zu absolvieren, die die Gelegenheit natürlich nutzt, um mich über den Mann auszufragen. Wann er wieder nach Bonn käme, wie nett er doch sei und wann wir denn nun planen, zusammenzuziehen.

Da ich weder auf diese, noch auf eine der anderen, zahlreichen Fragen meiner Mutter eine halbwegs zufriedenstellende Antwort geben kann, versuche ich ihr Interesse auf die Vorzüge des Krankenhauses zu lenken. Denn es ist unter anderem auch die Tatsache, dass direkt im Nebentrakt der Geburtsstation die Kinderklinik sitzt und meinen stets überbesorgten, hin und wieder zu Hypochondrie neigenden Verstand besser schlafen lassen würde, die uns an diesem Tag raus aus der Einöde Bonns in die noch einödigere Einöde St. Augustins führt. Nur für den Fall, dass der Krümel doch mit Flossen oder ähnlichem genetischem Schnickschnack geboren wird, kann so eine Kinderklinik nur von Vorteil sein. Da nimmt man dann in Kauf, dass das Kind einen hassen wird, weil auf ewig St. Augustin als Geburtsort in seinem Personalausweis stehen wird.

Die Geburtsstation in St. Augustin wurde erst vor wenigen Jahren komplett neu gemacht und offensichtlich von jemandem eingerichtet, der IKEA wirklich sehr, sehr gerne hat. Das ist keine Kritik, im Gegenteil: Das IKEA-ige Ambiente, die orangefarbenen Wände, das weiße Billy-Hemnes-artige Mobiliar führen dazu, dass man sich direkt zu Hause fühlt.

Allgemein herrscht hier sehr viel Farbenfroheit. Vermutlich kein Zufall. Sicher haben irgendwelche britischen Wissenschaftler herausgefunden, dass fliederfarben und laubfroschgrün eine beruhigende Wirkung auf Gebärende haben. In einem der Geburtszimmer hängt eine Art dickes Seil von der Decke herab – für all die, die derbe Bock haben, das gesamte Spektakel im Stehen zu absolvieren –, in dem anderen steht eine monströs anmutende Badewanne, fast schon ein Jacuzzi.

Die zuständige Schwester erläutert präzise – den Gesichtern zufolge für den ein oder anderen begleitenden Ehemann vielleicht etwas *zu* präzise – den Ablauf der sogenannten Wassergeburt.

Ich persönlich nehme noch nicht einmal Schaumbäder, weil ich die Vorstellung, ewig lange in meiner eigenen Körpersuppe zu liegen, wenig schmackhaft oder erträglich finde. Das eigene weiche, weiße Fleisch, wabbelig, scheinbar schwerelos, durchs Wasser treibend, nur notdürftig hier und da mit Schaum bedeckt.

Ne, dann doch lieber das Kind im Stehen kriegen, wo ich ohne Brille und kurzsichtig wie ein Nacktmull das Elend unterhalb meiner Brüste nur als schwammiges Etwas ohne feste Umrisse wahrnehme. Vielleicht gleich in einer Dusche, dann würde die Schweinerei auch direkt im Abfluss verschwinden.

Um die Ecke entdecke ich einen prall gefüllten Snackautomaten. Letztlich ist es doch völlig egal, welche Farbe die Räume haben, ob grottenhässliche Gipsbäuche an den Wänden hängen oder ob man sein Kind im Liegen, Stehen oder hockend zur Welt bringt, solange es einen gut bestückten Snackautomaten gibt! Beinahe liebevoll stehe ich vor dem Automaten und unterdrücke den Wunsch, ihn zu streicheln.

«Alles in Ordnung?»

Unbemerkt hatte sich meine Mutter an mich herangeschlichen und meine traute Zweisamkeit gestört. Ich grinse: «Das XL-Mars kostet hier nur einen Euro.»

Sie schaut mich und dann den Marsriegel an.

«Und?», fragt sie schließlich, weil sie manchmal nicht weiß, was sie sonst zu mir sagen soll. «Uuuuuuuund», erwidere ich unverhältnismäßig aufgeregt und hole mein Handy heraus, «ich habe hier oben LTE!» Ich strahle über das gesamte Gesicht. Manchmal bin ich eben verdammt einfach glücklich zu machen!

KAPITEL 14

Der Mann und die Liebe

«Liebst du mich eigentlich?», fragt der Mann aus heiterem Himmel und meint zu meinem Entsetzen tatsächlich mich. Nicht, dass hier noch jemand im Schlafzimmer wäre, auch wenn ich mir das in diesem Moment wirklich gewünscht hätte. Nicht auf eine sexuelle, Ménage-à-trois-Weise, sondern lediglich auf eine «Oh, Gott sei Dank! Er redet nicht mit mir!»-Weise.

Wir liegen nackt und eng aneinandergeschmiegt unter dem warmen Plumeau, so wie man eben nackt und aneinandergeschmiegt liegt, wenn man vor wenigen Minuten Koitus hatte. Auf dem kleinen Bücherregal zu unserer Rechten steht eine Armada an dicken Blockkerzen, die den ganzen Raum in ein angenehm warmes Licht tauchen und so das Maximum an Romantik verbreiten, zu dem ich fähig bin. Ich weiß nicht, ob es die Kerzen oder schlicht querschießende Hormone sind, die den Mann zu derlei Fragen veranlassen. Was auch immer der Auslöser ist: Ich bin auf dieses Gespräch einfach nicht vorbereitet.

Es lief in den letzten drei Monaten, seit meinem Umzug, überraschend gut mit uns beiden. Beinahe reibungslos. Und dieses Mal ist er fast zwei Wochen am Stück hier. Hat sich extra Zeit freigeschaufelt, um bei mir zu sein. Manchmal scheint es, als hätte es das Thema Abtreibung nie gegeben. Mit geradezu stoischer Geduld erträgt er meinen täglichen Wahnsinn, hört sich seelenruhig an, wenn ich stundenlange Hasstiraden ausstoße, begleitet mich sogar zum Arzt, ist einfach da und redet, wenn ich seines Rates bedarf, und schweigt, wenn ich keinen brauche.

Und auch wenn ich ihn vermisse, wenn er nicht da ist, hat so eine Fernbeziehung durchaus seine Vorteile: Er geht, wenn ich kurz davor bin, ihn umzubringen, und kommt erst wieder, wenn ich vergessen habe, wieso. Das alles plus die Tatsache, dass wir es tatsächlich geschafft haben, in puncto Sex da anzuknüpfen, wo wir vor einem halben Jahr aufgehört haben, sorgt dafür, dass ich das, was wir nun haben, als beinahe perfekt bezeichnen würde. Okay, das mit dem Sex wird jetzt im achten Schwangerschaftsmonat langsam schwierig, aber ansonsten: beinahe perfekt.

Allein dieser Moment war bis vor fünf Sekunden noch so wunderschön, dass er genauso gut die Schlussszene in einem dieser ARD-Filme am Samstagabend hätte sein können. Wenn man von der grellbunten Sailor-Moon-Bettwäsche und dem verblichenen Kinoposter von «Star Trek IV – Zurück in die Gegenwart» über dem Kopfende des Bettes mal absieht. Ansonsten aber sind wir fast wie eines jener Pärchen, das nach 90 Minuten voller Intrigen, Irrungen und Wirrungen zueinanderfindet.

Man kennt das Schema dieser Filme ja: Der uneheliche Sohn des jüngst verstorbenen Lords kehrt nach Jahrzehnten im südafrikanischen Exil in seine Heimat zurück – die York, Cork oder irgendwas mit -shire heißt – und sinnt auf Rache. Es gibt stets zu wenig Regen für die englische Insel, und man sieht irgendwelche zerklüfteten Landschaften nahe der See. Der von Neid zerfressene, aber durchaus attraktive verstoßene Sohn hat stets einen zwielichtigen Namen wie Richard und verbündet sich nun mit dem hinterfotzigen Dienstmädchen gegen seinen tadellosen, nicht minder attraktiven Bruder Henry und dessen große Liebe Elizabeth – von Henry in den Momenten rarer Zweisamkeit liebevoll Lizzy genannt. Am Ende, gegen 21.37 Uhr, triumphieren jedoch Henry und Lizzy und ihre shakespearehafte Liebe, und engumschlungen, zufrieden mit sich und der Welt, blicken sie ihrer gemeinsamen Zukunft entgegen.

Genauso ist es bei uns. Nur eben ohne Richard, ohne hinterfotziges Dienstmädchen und ohne sattgrüne Landschaften und dafür mit Sailor-Moon-Bettwäsche und einer ungeplanten Schwangerschaft – aber ansonsten: genauso!

Nur Henry würde Lizzy nie fragen, ob sie ihn liebt! Warum kann der Mann nicht ein bisschen mehr wie Henry sein, denke ich schmollend und ignoriere, dass ich Henry vor drei Sekunden erst erfunden habe und der Mann nichts von ihm und seinen Vorzügen ahnt.

Vor allem aber bin ich nicht Lizzy. Sie würde nicht zögern und mit bebender Stimme ihrem Liebsten sofort versichern, wie sehr sie ihn liebte und dass ein Leben ohne ihn für sie nicht lebenswert wäre! Ich aber bin vorrangig überfordert. Denn vor allem postkoital hat die Frage auf mich die gleiche verstörende Wirkung wie ein: «Na, wie war ich?»

Es gibt Dinge, nach denen fragt man nicht. Die weiß man, oder man weiß sie eben nicht. Warum nur brauchen Menschen ständig diese verbale Bestätigung für Gefühle? Gehen sie davon aus, dass ihr Gegenüber so geschickt und gut im Vortäuschen ist, dass sie ihrer Wahrnehmung nicht trauen können?

Letztlich ist die Idee der Liebe doch nur ein Trick der Natur: Von uns nicht zu kontrollierende Hormone, die dafür sorgen, dass wir sicher durch das endlose Meer an koituswilligen Partnern gelotst werden, um am Ende genarrt und getäuscht Kinder in die Welt zu setzen, und das Spiel von vorne beginnen kann. Nein, ich glaube nicht an die Liebe, nur an die Evolution. Und in meinem Fall kann ich nur sagen: Well played, Mutter Natur, well played indeed!

Ich kann durchaus verstehen, dass man das volle Programm möchte. Die Schmetterlinge im Bauch, die nicht von verdorbenem Essen beim ersten Date herrühren. Die fest ineinander verhakten Finger, die sich beim Spazierengehen nicht mehr lösen. Die Lippen, die nie genug voneinander bekommen. Die schlaflosen Nächte, in denen man nur an den anderen denkt, die grenzenlose Freude über jede Nachricht, jede Gefühlsregung, jedes leise in der Nacht gewisperte «Ich liebe dich».

Wir alle wollen doch unseren Mr. Darcy. Ich hätte auch gerne einen. Aber ich hätte auch gerne ein Einhorn. Wünschen kann man sich ja bekanntlich viel. Vermutlich ist es nur meine Angst, noch einmal enttäuscht zu werden, die dafür sorgt, dass ich mich am liebsten wieder in die Eiskönigin verwandeln würde. Gefühle können so anstrengend sein, dass ich es manchmal vorziehen würde, keine zu haben. Doch ich widerstehe dem Wunsch, den Mann zu fragen, was genau sein Problem ist, und begnüge mich mit der zweitbesten Antwort:

«Ich hatte gerade Sex mit dir.»

Der Mann setzt sich halbwegs auf und obwohl ich dort liegen bleibe, wo gerade noch seine Armbeuge war, kann ich spüren, wie sein Blick unangenehm meinen Hinterkopf durchbohrt.

Ich richte mich ebenfalls auf und sehe ihm direkt in die Augen: «Ist das nicht Liebesbeweis genug?» Nur mit Mühe schaffe ich es, beim Wort «Liebesbeweis» keine Anführungszeichen mit den Fingern zu machen.

«Ich verstehe nicht. Das kann man doch nicht … Das ist doch nicht das Gleiche», stottert er, und ich kann hinter seinen

Pupillen sehen, wie er vergeblich nach der richtigen Klassifikation für meine Persönlichkeitsstörung sucht.

«Du hast recht», sage ich, «es ist nicht das Gleiche. Es ist eigentlich besser, es ist mehr. *Ich liebe dich* kann schließlich jeder sagen. Ich liebe dich. Siehst du? Ich kann es hart und schnell sagen. Ichliebedich! Oder langsam und sanft. Ich. Liebe. Dich. Und ich kann es zu jedem sagen, jederzeit.» Ich nehme das in der Mitte des Bettes liegende Kissen, streichle langsam mit dem Handrücken darüber und flüstere: «Ich liebe dich.»

Im Augenwinkel sehe ich, wie der Mann mich entsetzt anstarrt. Zu Recht. Ich weiß selbst nicht, warum ich solche Dinge sage, warum sie aus mir heraussprudeln, giftig und verletzend. Und da ich auch nicht weiß, wie ich mich selbst stoppen kann, fahre ich fort: «Diese Worte bedeuten doch letztlich nichts. Sie geben einem keine Sicherheit, weil Worte das nie tun. Nur das, was man tut, zählt – und ...» Ich fahre mit der Hand seinen Oberschenkel hoch und halte, kurz bevor meine Fingerspitzen seinen Schritt erreichen, inne. «... ich hatte gerade Sex mit dir. Ich bin im achten Monat schwanger und hatte gerade Sex mit dir. Versteh mich nicht falsch, ich habe gerne Sex. Aber nicht mehr unbedingt im achten Monat. Ich bin überrascht, dass es überhaupt noch geht: Ich wiege gefühlt eine Tonne und habe die körperliche Flexibilität von Jabba the Hutt. Aber aus irgendwelchen Gründen bist du immer noch scharf auf mich und da du keine Ahnung hast, wer Jabba the Hutt ist, gehe ich davon aus, dass du auch tatsächlich mit mir bumsen willst und keinen Star-Wars-Fetisch hast.»

Der Mann schaut mich weiterhin stumm an, seine Lippen sind halb geöffnet, als könnte er sich nicht überwinden, sie zu schließen. Ich könnte ihm einfach sagen, dass ich nicht an das Konzept von Liebe glaube und es mir deswegen so schwerfällt, das zu sagen, was er hören möchte. Dass ich mich dessen aber völlig ungeachtet freue, ihn hierzuhaben. Hier bei mir. Und ich mir wünschen würde, dass er nicht morgen schon wieder abreist. Stattdessen sage ich nichts.

Wir sitzen uns im Bett gegenüber, ich starre wie ein lidloses Reptil ins Nichts, während er so schnell blinzelt, als hätte er Mühe, das Gehörte synaptisch zu verarbeiten, und stünde vor einem Kurzschluss.

«Okay», sagt er und steht auf.

«Okay? Was meinst du mit okay?», frage ich verunsichert und schaue ihm nach.

Er bleibt im Türrahmen stehen: «Weißt du, bis zu diesem Gespräch dachte ich, ich würde dich lieben. Nach all den letzten Wochen und Monaten dachte ich, wir hätten das, was uns entzweit hat, überwunden. Mehr noch: würden uns sogar nun näherstehen. Und ich dachte, du würdest auch so empfinden.»

Ich schlucke. Und da ich Angst habe, wieder etwas furchtbar Dummes zu sagen, schweige ich. Er blickt mich an, wartet offensichtlich darauf, dass ich irgendwas sage, egal was.

Schließlich zuckt er mit den Achseln: «Offensichtlich war das ein Irrtum. Ich weiß, man kann Gefühle nicht erzwingen. Aber für mich ist das nichts. Nicht mehr.» Er blickt mich noch einen Moment an, in seinem Gesicht spiegeln sich Irritation und Wut wieder: «Vielleicht ist es besser, wenn ich doch heute Abend schon fahre.» Als ich weiterhin nichts sage, dreht er sich wortlos um und geht ins Bad. Durch die halb geöffnete Tür höre ich die Toilettenspülung, höre, wie Hygieneartikel in einen Kosmetikbeutel geschmissen werden, höre das metallische Klicken einer Gürtelschnalle und den Reißverschluss seiner großen Reisetasche. Dann ist es für einen Moment ruhig, und wir atmen beide angestrengt in die Stille hinein.

Erst als die Wohnungstür sich öffnet und krachend wieder ins Schloss fährt und die anschließende Stille unerträglich wird, finde ich die drei richtigen Worte: «Bitte, geh nicht.»

KAPITEL 15

Der Spaziergang

Es ist Samstag. Seit vier Tagen, seit dem Abend, an dem er so fluchtartig meine Wohnung verlassen hat, herrscht zwischen dem Mann und mir Funkstille. Vermutlich läge es an mir, mich zu melden. Vermutlich sollte ich mich entschuldigen. Sehr wahrscheinlich sogar. Nur nicht heute. Heute habe ich andere Pläne.

Normalerweise verlasse ich samstags nicht gerne das Haus. Eigentlich verlasse ich nie gerne das Haus. Aber samstags eben besonders nicht. Denn jeden Samstag, spätestens ab zwölf strömen die Menschen aus ihren Häusern und Wohnungen, als wären sie die letzten fünf Tage gegen ihren Willen zu Hause festgehalten worden, hätten das Tageslicht nicht gesehen und müssten nun unfassbar viel nachholen.

Bedürfnisse dieser Art sind mir fremd. Zu Hause kann ich die Temperatur selbst bestimmen. Ich schwitze nicht, wenn ich es nicht will; ich friere nicht, wenn ich es nicht will. Es stehen hier auch keine Menschen im Weg, weil sie beim Anblick überraschend schöner Stiefel im Schaufenster abrupt vor mir abbremsen. Ich remple niemanden an, niemand rempelt mich an; ich fluche und zetere nicht, es kommt zu keinerlei Handgemenge. Überhaupt ist der größte Vorteil am Zuhausesein, dass dort keine Menschen sind. Deswegen kann ich diese Begeisterung für «Draußen» nur mäßig bis gar nicht teilen.

Da aber nicht alle Menschen meiner bestechenden Logik

folgen, bete ich an diesem Samstag nicht mein DSL-Modem an, sondern verlasse um ein Uhr mittags – zur Todeszeit – das Haus, um mich mit Marlies zu treffen.

Der Kontakt zu Marlies war mehr oder weniger in der Sekunde abgebrochen, als ich damals nach Berlin gezogen bin. Er war noch nicht einmal langsam ausgelaufen, wie das manchmal ist, wenn man unterschiedliche Wege im Leben einschlägt. Es war einfach vorbei.

Wir hatten uns im zweiten Semester in einem unfassbar fesselnden Proseminar über den Sachsenkrieg Heinrichs IV. kennengelernt und uns während der kommenden Jahre mindestens zwei Mal die Woche in einem Café nahe der Uni getroffen. Wir haben in all den Jahren kaum telefoniert, geskypt oder Ähnliches. Wie sollte so eine Freundschaft auch weiter existieren, wenn sie darauf basierte, dass man sich alle paar Tage in die Augen sah? Genauso wie manche Beziehungen über die Entfernung eine einmalige Intimität entwickeln können und dann, wenn man sich tatsächlich mal gegenübersitzt, nicht weiß, was man sagen und erzählen soll. Menschen sind komisch, Beziehungen erst recht und sich unnötig mit den unvermeidbaren Veränderungen aufzuhalten, liegt mir nicht. Zumindest sagte ich mir das und glaubte es auch die meiste Zeit.

Daher habe ich das Ende unserer Freundschaft zwar sehr wohl zur Kenntnis genommen, sie aber schließlich lediglich mit dem Stempel «Schade» versehen und weitergemacht.

Umso mehr überraschte es mich, dass Marlies mir etwa eine Stunde, nachdem ich auf Facebook meinen Wohnort wieder auf Bonn geändert hatte, eine Nachricht schrieb:

Bist du wieder in Bonn? Oh mein Gott! Wie toll! Hast du Zeit auf einen Kaffee?

Ihre Zeilen klangen, als wäre ich von einem zweiwöchigen Spanienurlaub zurückgekehrt. Und obwohl ich ihr nicht grollte, antwortete ich ihr erst nach ein paar Stunden. Da Marlies inzwischen ebenfalls ihr Studium (Kunstgeschichte und Soziologie – auch so Knallerfächer, mit denen man anschließend nichts werden kann außer Akademikerin oder Supermarkt-Kassiererin) beendet hatte und nun unter der Woche Vollzeit in einer Werbe-Agentur als Junior-Texterin arbeitet, gehört sie zu jenen, die sich soziale Kontakte grundsätzlich nur am Wochenende, frühestens jedoch Freitagabend gönnen.

Da ich mir freitagabends immer Zeit mit der wichtigsten Person in meinem Leben – mir – gönne, blieb für uns nur der Samstag. Denn der Sonntag ist bekanntlich heilig, und selbst Gott verlässt an diesem Tag weder seine Schlafanzughose noch sein Sofa.

Als ich eine Stunde später an der Starbucks-Filiale ankomme, denn wo sonst sollten wir jungen, hippen Hühner uns in Bonn treffen, steht Marlies schon da und wartet. Sie lächelt, als sie mich sieht. Ein wenig zu viel, ein wenig zu offensiv, fast so, als hätte sie es vorher vor dem Spiegel geprobt. Sie umarmt mich, zumindest in dem Maße, wie es in meinem hochschwangeren Zustand möglich ist und versichert mir zweimal hintereinander, wie sehr sie sich freue, mich zu sehen.

Selbst wenn ich ihr gegrollt hätte, wäre dieses Gefühl direkt verflogen. Ich kann schönen Menschen einfach nicht lange böse sein – und Marlies ist eine elfengleiche Erscheinung mit langen Beinen, großen, blauen Augen, die nicht zu eng und nicht zu weit voneinander entfernt stehen, vollen, rosafarbenen Lippen, die stets einen Hauch geöffnet sind, und seidigem, blondem Haar. Als wäre sie gerade einem L'Oreal-Werbespot entschlüpft.

«Ich habe mir überlegt», beginnt sie, «dass wir vielleicht etwas spazieren gehen könnten. Also wenn das geht. Ich weiß ja nicht. Wir könnten uns was auf die Hand holen ...» Sie wirft beim letzten Satz ihren Kopf in Richtung des Starbucks. «... und dann runter zum Rhein.»

Ich nicke: «Klar. Falls es zu anstrengend wird, können wir uns ja auch irgendwo hinsetzen.» Bloß weg hier aus diesem Innenstadtgewusel. Der Nachteil an Bonn ist zugleich der größte Vorteil: Binnen zehn Minuten ist man aus der Innenstadt raus und am Rhein, der breit und gewaltig durch die Stadt fließt und an beiden Seiten entzückende Grünanlagen und Biergärten bietet, in denen man die Sonne und den Ausblick genießen kann. Ersteres nicht unbedingt jetzt im November, aber selbst der nahende Winter und die kalten Temperaturen halten nicht alle davon ab, dort spazieren zu gehen.

«Und, wie geht's dir?», fragt Marlies, als wir mit einem Triple Hot Chocolate mit Sahne und einem Chai Tea Latte bewaffnet runter Richtung Rhein laufen. «Gut. Wirklich gut. Okay, ich bin fett, aber ansonsten gut. Vermutlich sollte ich so was ...», und ich nicke Richtung meiner heißen Schokolade, «... gar nicht mehr trinken, aber genau genommen weiß ich gar nicht, was da so drin ist, und es ist viel einfacher, Kalorien zu ignorieren, wenn man nicht weiß, in welcher Zahl sie irgendwo vorhanden sind.» Sie lacht, so wie sie immer lachte, wenn ich einen unbeholfenen Witz gemacht hatte.

«Aber du freust dich auf das Baby?», fragt sie.

«Ja, klar», antworte ich, «ich denke schon. Nicht dass ich wirklich weiß, was da auf mich zukommt. Aber ja.» Ihre großen blauen Augen fixieren mich, als befürchte sie irgendetwas zu verpassen, wenn sie mich nur einen Moment aus dem Blick verlieren würde.

«Das heißt, du bereust es noch nicht? Die Entscheidung getroffen zu haben, meine ich», hakt sie erneut nach. Schon als wir uns auf Facebook hin und her geschrieben und sie von der Schwangerschaft erfahren hatte, hatte sie mich mit allerlei Fragen bombardiert.

«Ist alles … Ich meine», stottere ich irritiert, «wieso willst du das denn so genau wissen?»

Sie bleibt stehen: «Weißt du, es ist nur, wir überlegen auch, ein Baby zu bekommen.» Sie klingt, als würde es sie Überwindung kosten, das zuzugeben. Als wäre es etwas moralisch Fragwürdiges, in einer Kategorie mit «Wir überlegen auch, Mohnpflanzen auf dem Balkon zu züchten» oder: «Wir überlegen auch in den internationalen Menschenhandel einzutreten.»

«Oooooookay», sage ich erleichtert, dass es hier gar nicht um mich geht. Das Letzte, worüber ich im Moment reden will, ist der Mann, unsere konfuse Geschichte und meine allgemeine Beziehungs-Inkompetenz.

«Und das ist nicht gut, weil?», frage ich, bereit, mich auf die Beziehungs- und Kinderwunschprobleme eines anderen Menschen zu konzentrieren. Doch sie weicht meinem Blick aus und sucht in der Ferne nach etwas, was gar nicht da ist.

«Nein, nein, es ist alles gut», antwortet sie schließlich und schaut mich wieder an, «ich bin nur so unsicher. Warst du gar nicht unsicher?»

«Heilige Scheiße, natürlich war ich das. Ich bin es noch! Aber im Gegensatz zu dir hatte ich auch nicht die Möglichkeit, mir vorher Gedanken zu machen.»

«Ich verstehe», murmelt sie, aber wie sollte sie?

«Wollen wir uns vielleicht setzen?», schlage ich vor. Sie nickt.

«Weißt du», sagt sie, «Olli und ich sind jetzt seit vier Jahren zusammen, und seit April habe ich endlich die Festanstellung, einen unbefristeten Vertrag – wenn nicht jetzt, wann dann? Nicht wahr?»

Sie schaut mich wieder an.

«Du sagst gar nichts», meint sie schließlich, fast verletzt.

«Nun, ich weiß nicht recht. Du sagst es selbst: Ihr seid vier Jahre zusammen, eure Beziehung scheint stabil, ihr steht beide beruflich auf sicherem Boden, und ihr wollt ein Kind. Das klingt alles recht ...» Ich suche nach dem richtigen Wort. «... schlüssig.»

Sie seufzt: «Es klingt so einfach. Aber das ist es nicht. Seit Jahren nerven alle aus der Familie, wann wir denn Kinder kriegen, nicht ob, sondern wann. Sie fragen es jedes Mal, auf jeder Hochzeit, jedes Weihnachten, jeden Geburtstag – und als ich nun das erste Mal fallenließ, dass wir es versuchen wollen, sagen plötzlich so viele, ob wir uns das auch gut überlegt haben, ob der Zeitpunkt der richtige ist. Kannst du verstehen, dass einen das verunsichert?»

«Ich bekomme ein nicht geplantes, uneheliches Kind von einem Mann, den ich nicht mal ein Jahr kenne, und jeder, wirklich jeder, den ich treffe, hat dazu unaufgefordert eine Meinung: Ich kann das sehr gut verstehen.»

«Und?»

Und? Was meint sie mit «Und?».

Schlagartig wird mir bewusst, dass sie sich deswegen mit mir treffen wollte, weil ich in einem Zustand bin, den sie gleichermaßen herbeisehnt, als auch fürchtet.

Wir sprechen ständig über Kinder. Wir, die Gesellschaft. Wir sprechen darüber, Kinder zu kriegen, Kinder zu haben, darüber, dass wir Kinder brauchen, um den demographischen Wandel aufzuhalten, der seit dem Kommunismus offenbar die größte Bedrohung Westeuropas bildet. Wir sprechen über Pisa-Studien, wir sprechen über Kitas, mangelnde Kita-Plätze, verheerende Kita-Streiks und über Kitas, aus denen Kinder fliegen, die ein Duplo statt ungesüßter Bio-Dinkel-Kekse dabeihaben. Wir sprechen darüber, dass wir sie brauchen, und da Frauen immer noch diejenigen sind, von denen die Produktion primär abhängt, sprechen wir auch permanent über Frauen.

Seitdem es keine Preise und kein überschäumendes Lob mehr gibt, hat fließbandartiges Kinderkriegen seinen Charme verloren. Wieso sollten mich oder sonst jemanden die Worte einer an sich gesichts- und überzeugungslosen Familienministerin, die in ein paar Jahren von einer anderen gesichts- und überzeugungslosen Familienministerin abgelöst wird, überzeugen, Kinder zu bekommen, wenn ich gleichzeitig lesen muss, dass vor allem Alleinerziehenden später die Altersarmut droht?

Und? hallt Marlies' Frage in meinem Kopf nach.

«Nun, vermutlich habt ihr euch das gut überlegt», sage ich, aber eigentlich glaube ich das nicht.

Kinder kriegen ist wie Krieg führen. Man kann im Vorfeld alles beachten, alle existierenden Ratgeber gelesen haben, alles über das Baby wissen, aus den vergangenen Fehlern von anderer gelernt haben, um sie nicht zu wiederholen, die Finanzen wälzen, um zu errechnen, ob man sich das ganze Unternehmen überhaupt leisten kann – aber letztlich weiß man nicht, was da auf einen zukommt, was passieren wird, wenn man sich erst dazu entschieden hat.

Mit jedem Tag wird die Ungewissheit größer werden. Die Variablen steigen ins Unermessliche und ehe man sich versieht, sieht man ein, dass man die ganzen schönen Pläne beiseitelegen muss, weil es nur noch darum geht, auf die immer näher kommenden Einschläge zu reagieren und einfach bloß nie aufzugeben.

«Wir haben uns überlegt, ich mache ein halbes Jahr Elternzeit und dann noch mal Olli zwei Monate. Er steht da wirklich sehr dahinter.» Wow, denke ich, zwei Monate, was für ein Held. Ob der Mann sich Elternzeit nehmen würde? Darüber hatten wir bisher nicht gesprochen, und nun scheint dieses Thema beinahe absurd.

«Weißt du», führt sie weiter aus, «es ist nicht selbstverständlich, dass Väter in Elternzeit gehen. Sicher, man liest mehr und mehr davon, aber es ist immer noch nicht selbstverständlich heute.»

Ich blicke sie an und erkenne, dass ich nicht die Erste bin, der sie das sagt, die sie überzeugen will, wie durchdacht und superduper das alles ist.

«Ja, ist toll, dass er das macht», sage ich ein wenig zu laut. Wenn er in der Elternzeit auch noch die Spülmaschine von alleine ausräumt, ohne dass man es ihm vorher sagen muss, kommt sicherlich Angela Merkel persönlich vorbei und verleiht ihm mit dankbaren Tränen in den Augen das Mutterkreuz am selbstgehäkelten Bande.

Marlies spiegelt den gesamten gesellschaftlichen Druck wider, der um das Thema Kinderkriegen gewachsen ist. Und das erste Mal empfinde ich tiefe Dankbarkeit, dass mir die Entscheidung, ein Kind zu bekommen, mehr oder weniger abgenommen wurde. Das Kind war im Brunnen, lange bevor ich darüber nachdenken konnte, was für eine Art Brunnen ich überhaupt gerne hätte. Ich hatte nichts durchdacht. Das nimmt den Druck enorm!

«Weißt du», sage ich schließlich, «das Erste und vermutlich auch Einzige, was du machen solltest, ist, dich von den Erwartungen anderer zu lösen. Normalerweise möchte ich denen, die mir so einen Rat geben, gerne ein paar aufs Maul geben, aber ich glaube, bei keinem anderen Thema ist es so wichtig. Denn zum einen ist es deine Entscheidung und nur deine. Du musst das Baby austragen, du musst es zur Welt bringen, du musst es groß- und erziehen und vorzugsweise dabei auch noch lieben. Du. Nicht die anderen. Wenn du ein Kind haben möchtest, mehr als alles andere, dann bekomm eins. Ich sage nicht, dass es dich glücklich machen wird. Ich sage nur, dass es dich verdammt unglücklich machen wird, wenn du deine Entscheidungen von den Zweifeln und Einsprüchen anderer abhängig machst.»

«Das klingt so einfach, wenn du es sagst.»

«Ist es aber nicht», entgegne ich, «ich habe in Bezug auf meine berufliche Laufbahn vermutlich eine der dümmsten Entscheidungen meines Lebens getroffen. Und ruiniere gerade nicht nur mit vollem Eifer meinen ehemals gottgleichen Körper, sondern stürze meine gesamte Existenz in eine derartige Ungewissheit, dass es mir manchmal nachts die Luft zum Atmen nimmt. Aber es ist meine Entscheidung, meine ganz alleine. Denn letzten Endes muss ich dieses Leben führen und die Konsequenzen tragen, nicht die anderen.» Ich atme hörbar ein und wieder aus und merke, wie gut es mir tut, das alles auch einmal laut auszusprechen.

«Dann hast du auch Angst?», fragt Marlies.

«Klar. Ständig. Aber das ist okay», antworte ich und fühle mich plötzlich sehr weise, «denn es ist nicht die Angst davor, etwas falsch zu machen oder sich nicht für das Richtige zu entscheiden, was uns lähmt und zittern lässt. Es ist der Irrglauben, wir wären die Einzigen, die unsicher sind und nicht wissen, was sie machen sollen.»

Eine Frau schiebt einen dunkelblauen Retro-Kinderwagen an uns vorbei. Ich deute mit dem Kopf in ihre Richtung: «Sieh sie dir an. Sieh dir an, wie die Farbe ihres Kinderwagens perfekt zu der Farbe ihres Daunenmantels passt. Und die passende Wickeltasche, in der sicher alles drin ist, was eine Mutter braucht, um einen Atomschlag zu überleben. Und ihre perfekt frisierten, splisslosen, glänzenden Haare – sie sieht so aus, als hätte sie alles im Griff, als würde sie die Worte *Zweifel* und *Unsicherheit* nicht einmal buchstabieren können. Und dennoch verwette ich alle Schokoriegel dieser Welt darauf, dass auch sie diese dunklen, tiefschwarzen Nächte kennt, in denen sie sich in den Schlaf weint und in ihr Kopfkissen schreien möchte.»

Marlies starrt der Unbekannten hinterher, und ich kann durch ihre Schädeldecke hindurch sehen, wie sie sich gerade ausmalt, wie die Frau wohl mit verschmiertem Mascara aussähe.

«Das Wichtige ist nur», sage ich und lege meine Hand auf ihren Oberschenkel, um sie von ihrem Kopfkino zu befreien, «dass man sich stets bewusst wird, dass es normal ist, panisch zu sein und Angst zu bekommen. Es wird wahnsinnig viel Schönes und wahnsinnig viel Beschissenes auf dich zukommen, wenn du schwanger bist und ein Kind hast, aber am Ende ist es dein Schönes und dein Beschissenes, deins ganz allein.»

Marlies lächelt, und ich merke zum ersten Mal, dass ich mich – dem ganzen emotionalen Hin und Her mit dem Mann zum Trotz – auf mein Schönes und mein Beschissenes tatsächlich freue.

KAPITEL 16

Die Geburt

Irgendwann zwischen dem vierten Monat und heute hatte ich mir selbst geschworen, dass ich – Puddingteilchen hin oder her – die explodierenden Ausmaße meines Körpers im Zaum halten würde. Und mit im Zaum halten meine ich, sie im zweistelligen Bereich zu belassen.

Als ich an diesem Morgen auf meinen persönlichen Endgegner, die Waage, steige, muss ich mich geschlagen geben. Besorgt blinzle ich zur leicht geöffneten Badezimmertür, vielleicht kommen ja genau in diesem ungünstigen Moment irgendwelche Schaulustigen vorbei und erkennen die drei kleinen Zahlen auf dem Display:

100,50 kg

Ich starre auf die Waage und wieder auf den Spalt der Tür und wieder auf die Waage und bin für ein paar Sekunden nicht in der Lage, mich zu bewegen, um die Tür schnell zu schließen. Ob vor Schreck oder wegen meiner Körperfülle kann ich nicht sagen.

«Fuck», murmle ich vor mich hin, als ich unsicher wie ein Grizzly auf einem Drahtseil von der Waage steige. Und noch einmal: «Fuck.» Ich steige noch einmal drauf und noch einmal und noch einmal. Aber das Ergebnis ändert sich nicht. Nicht mal hinter dem Komma.

Ich ziehe kurz in Erwägung, den Nagellack von meinen Fingernägeln zu entfernen oder das Haargummi rauszunehmen, aber verwerfe das schnell. Was rege ich mich denn überhaupt so auf? Gut, liege ich halt süße 501 Gramm über dem, was ich mir als Maximum gesetzt hatte. Aber in wenigen Stunden wird all das Geschichte sein und ich wieder rank und schlank und wunderschön. Denn heute ist der Tag der Tage!

Hinter mir liegt ein windelloses Leben, geprägt von wilden Partys, durchzechten Nächten und atemraubenden Momenten – okay, geprägt von Wochenenden im Bett, meinem Laptop vor mir, einer Schüssel mit Vanilleeis zu meiner Linken und ein Arsenal von Schoko-Soße, Schoko-Streuseln und Cookies zu meiner Rechten –, und vor mir ein Meer aus Ungewissheit, vollgeschissener Windeln und Elternabenden.

Ich betrachte die fein säuberlich gefalteten Thrombosestrümpfe auf dem Badewannenrand. Dass sie schwarz sind und oben am Rand neckisch verruchte Spitzen haben, macht sie nicht wirklich attraktiver und den täglichen, mühseligen Anziehprozess nicht angenehmer. Niemand hatte mir vorher von den Thrombosestrümpfen erzählt, oder von dem Wasser in den Beinen und Füßen, den Schmerzen, der Unmöglichkeit, Schuhe anzuziehen, den Unmengen an Ananas, die man isst, weil irgendeine Tante meint, dass das helfen würde.

Oder die Sache mit der Blase! Die ab einem gewissen Punkt in der Schwangerschaft eine Art Eigenleben entwickelt. Sobald man abrupt niest oder hart lachen muss zum Beispiel. Man denkt ja immer, diese Slipeinlagen im Drogeriemarkt wären nur für ältere Damen an der Grenze zur Inkontinenz. Hahaha.

Niemand erzählt einem von diesen Dingen. Alle reden nur von diesem beknackten inneren Strahlen, dem schmetterlingsartigen Gefühl im Innern, wenn das Baby sich bewegt und natürlich den größer werdenden Brüsten – wenn man wie ich von der Natur ursprünglich mit Körbchengröße A gesegnet ist, ist das allerdings tatsächlich mal was Gutes. Abgesehen davon: Verklärung, Verklärung, Verklärung!

«Wir müssen langsam los! Wie weit bist du?», ruft der Mann aus der Küche.

«So gut wie fertig!», brumme ich durch den Schlitz der Badezimmertür. Letzte Woche, als sich der Termin für den Kaiserschnitt hartnäckig immer näher schob, habe ich es endlich über mich gebracht, den Mann anzurufen.

«Ich bin nicht böse», antwortete der Mann auf meine Frage, ob er mir noch grollt, «nur ... enttäuscht.»

Ich nickte, wohl wissend, dass er das am anderen Ende gar nicht sehen kann.

«Es tut mir leid, wenn ich nicht so reagiert habe, wie du es dir gewünscht hättest oder ...»

«Lass uns einfach im Moment nicht mehr darüber reden. In Ordnung?», unterbrach er mich direkt. Er sagte nicht «nie wieder». Nur «im Moment». Und auch wenn er noch einmal betonte, dass er nicht sauer sei, konnte ich an dem lauten Atmen zwischen den Sätzen hören, dass es ihn nicht losließ. Dennoch wollte er bei der Geburt dabei sein.

«Es ist egal, wie es zwischen uns steht», sagte er, «ich habe dir von Anfang gesagt, unabhängig von deinen Entscheidungen bin ich ein Teil davon. Es ist auch mein Kind. Und solange du es dir nicht anders überlegst, wäre ich gerne dabei.»

Ich hatte es mir nicht anders überlegt, und aus diesem Grund sitzt der Mann, der gestern Abend aus Hamburg angekommen und die Nacht auf der Couch verbracht hatte, nun in der Küche, während ich mich in die einzige Hose werfe, die mir noch passt.

Ich mache zehn Kreuze, wenn dieser Tag vorbei ist: endlich wieder Mensch sein, endlich wieder diesen Körper für mich allein haben, endlich nicht mehr den Durchmesser eines deformierten Borg-Kubus haben! Ich schaue auf die Uhr im Badezimmer: 6.12 Uhr. In nicht einmal zwei Stunden würde alles vorbei sein.

Auf der Fahrt ins Krankenhaus versuche ich an all das zu denken, was nun vor mir liegt. Aber es ist so viel, dass ich vielleicht doch lieber an gar nichts denke. Draußen zieht die noch ins Dunkel getauchte Landschaft an mir vorbei und tut so, als wüsste sie von nichts. Der Mann sitzt neben mir am Steuer und konzentriert sich auf den Verkehr. Gestern Abend nach seiner Ankunft hatte ich ihn direkt vorgewarnt, dass ich irgendwann in den kommenden Stunden vermutlich das Reden einstellen würde. Was für ihn kein sonderliches Problem darstellen würde, da er im Moment ohnehin nicht in Plauderlaune ist.

Das ist mir nur recht. Soziale Interaktionen brauchen einfach Kraft. Kraft, die ich heute dringend für etwas anderes, mich selbst, brauche.

Es ist ein komisches Gefühl, ins Krankenhaus zu fahren. Ich habe ja keine Beschwerden. Mir geht es, abgesehen von den fast dreißig zusätzlichen Kilos, gut. Geradezu prachtvoll. Ich habe keine Organe, die langsam versagen oder andere Dinge, die aus mir herausgeschnitten werden müssten, weil sie schädlich sind und mir sonst der Tod droht. Ich fahre nur deswegen ins Krankenhaus und lasse mich freiwillig aufschneiden, weil ich den Gedanken nicht ertrage, fremde Menschen zwischen meinen weit gespreizten Beinen herumwurschteln zu wissen.

Ist das Egoismus oder doch nur meine neurotische Ader? So oder so, ich fühle mich schlecht und stelle damit vermutlich einen Weltrekord auf: Ich bin die erste Mutter, die sich schon vor der Geburt des Kindes wie die schlechteste Mutter der Welt vorkommt.

Ich dachte immer, dieses quälende Gefühl setzt erst ein, wenn einem das Kind wutheulend erklärt, wie sehr und inbrünstig es einen hasst, weil man ihm irgendwas verboten hat, ein Haustier oder Crack.

«Alles okay?», fragt der Mann, als wir vom Parkplatz Richtung Krankenhaus laufen und unterbricht damit die Stille. Ich nicke einfach, und er fragt nicht weiter, und ich bin ihm mehr als dankbar dafür.

Wir melden uns in der Geburtsstation an der Rezeption, und ich komme mir vor, als würden wir in einem Hotel einchecken.

«Wir haben reserviert», sagt der Mann zu der Krankenschwester, die in ihrem monströs anmutenden Windows-Bildschirm nach unseren Namen forstet.

Ihre Kollegin bringt uns in das orangefarbene Zimmer, und ich bekomme schicke, weiße Krankenhausstrümpfe, aus denen meine Zehen keck rausgucken, was ich ehrlich gesagt nicht sehen kann, weil, nun ja: Bauch.

Außerdem darf ich einen blau-weiß gemusterten Kittel anziehen, der diese Bezeichnung nicht verdient, und einen löchrigen Schlüppi, den es in den handelsüblichen Sex-Shops sicherlich in einer Latex-Variante für teuer Geld zu erwerben gibt. Unter anderen Umständen würde ich mich extrem unwohl fühlen oder genieren oder vielleicht sogar ein bisschen weinen, aber ich bin viel zu weit von mir selbst und alldem hier entfernt, als dass irgendeine Emotion zu mir durchdringen könnte.

Ich beobachte das Treiben um mich herum, betrachte mich wie von außen, wie ich da, in diesen seltsamen Klamotten, fast ein wenig verkleidet, auf dem Krankenhausbett liege und sich außer meinen Augen nichts in meinem Gesicht zu regen scheint.

Ich beobachte, wie eine andere Schwester hereinkommt und mir einen Zugang oder eine Art Infusion, auf alle Fälle irgendetwas mit einem durchsichtigen Beutel und einer Nadel, legen will. Ich könnte sie fragen, was genau das ist und wozu es gut ist, vielleicht hat sie es sogar gesagt, aber letztlich spielt es keine Rolle, denn ich bin nicht in der Lage, die Information angemessen zu verwerten.

Die orangefarbenen Wände kommen mir inzwischen ziemlich aufdringlich und gar nicht mehr beruhigend vor. Falls sie überhaupt jemals diese Wirkung haben sollten. Es hat eher was von dem fehlgeschlagenen Versuch eines Teenagerzimmers, individueller und ein wenig rebellischer wirken zu wollen. Was ist so verkehrt an der Farbe weiß, wenn es um Tapeten geht?, denke ich noch, während ich stumm beobachte, wie sich bei dem Zugang eine immer größer werdende Flüssigkeitsblase unter der Haut bildet, die auch zunehmend zu schmerzen beginnt.

Als sie schließlich so groß wie ein Hamster ist, frage ich die Schwester, ob das so normal ist. Sie guckt drauf, teilnahmslos, als hätte das eigentlich nichts mit ihr zu tun, zieht die Nadel wieder raus, patscht ein wenig unbeholfen an der nun nässenden Ellenbeuge herum und legt erneut einen Zugang. Das alles geht stumm und wortlos vonstatten, und ich würde sie ja fragen, ob sie generell nicht gerne redet oder ob das an der frühen Uhrzeit liegt oder an mir, aber ich mag ja selbst nicht reden.

Um Punkt sieben beobachte ich, wie ich nach unten gefahren werde. Durch die Flure, die erst bunt und dann außerhalb der Geburtsstation pastellig-blass werden, in den Aufzug, tiefer, immer tiefer, bis man irgendwann ganz unten in den Eingeweiden des Krankenhauses ist, wohin sich niemand mal eben verläuft, wohin man auch eigentlich nie kommen möchte, denn wer hier unten ist, der wird aufgeschnitten, und man wird in der Regel nur dann aufgeschnitten, wenn es nicht anders geht.

Entweder das, oder man ist eben eine Durchgeknallte, die sich freiwillig aufschneiden lässt, seit Stunden das Sprechen eingestellt hat und sich wie bei einer Nahtoderfahrung seltsam entrückt von oben betrachtet, während sie leise Shakespeare-Texte zur Beruhigung aufsagt.

Der Mann ist währenddessen die ganze Zeit da. Und obwohl wir nicht reden, hat seine Anwesenheit etwas durchaus Beruhigendes.

Hin und wieder spricht man mich an, erklärt mir Dinge, und selten bin ich für die Fähigkeit des Nickens dankbarer. Bloß nichts sagen, bloß nichts laut aussprechen müssen, bloß nicht rauskommen müssen aus meinem Kopf!

Das Gesicht einer Ärztin beugt sich über mich, ihre Lippen bewegen sich, sie lächelt, sicher hat sie mich etwas gefragt. Ich nicke, einfach immer weiter nicken. Solange das Gegenüber lächelt, kann Nicken nur die richtige Option sein. Ich kenne ihr Gesicht, sie hat auch das Vorgespräch geleitet und war überraschend verständnisvoll, als ich erklärte, warum ich keine natürliche Geburt wollte. Ist ja nicht so, als wenn es normal wäre, das nicht Normale einfach zu akzeptieren.

Eine weitere Schwester kommt. Sie sieht arabisch aus oder türkisch, vielleicht aber auch nichts von alldem. Ich soll mich aufsetzen für die Spinalanästhesie, gibt sie mir kühl zu verstehen. Die ganze Aktion wird nur mit lokaler Betäubung absolviert. Dazu wird mir eine sehr, wirklich sehr, sehr lange dicke Nadel in den Rücken gestochen, die dafür sorgt, dass mein gesamter Unterkörper binnen kürzester Zeit erst wohlig warm und dann komplett taub wird.

Besser so, denn die arabische Version von Emma Frost legt mir zuerst noch einen adretten Harnkatheter. Harnkatheter gehören zu den Themen im Leben, bei denen man am liebsten so tut, als gäbe es sie nicht, als kenne man niemanden und keine Situation, in der man sie bräuchte und vor allem: Als könnte man selbst nie in die Lage kommen, einen zu benötigen.

Umso dankbarer bin ich für die Spinalanästhesie und die Gabe, mich mittels Literatur-Rezitationen in einen Zustand zu befördern, den andere nur durch mittelharte Drogen erreichen.

Der Mann drückt meine Schulter, und ich blicke ihn an in seinem putzigen grünen OP-Gast-Kittel. «Ach ja, du bist ja auch noch da», sagt die Stimme in meinem Kopf, und sie hallt schwer unter der Schädeldecke nach. Ich würde gerne nach seiner Hand greifen, aber meine liegt irgendwo tief begraben unter Dutzenden OP-Tüchern. Und während ich noch überlege, ob oder wie ich sie da rauskriegen könnte, beginnt es.

Ich sehe nichts, weil ein Sichtschutz aufgespannt wird. Die Ärztin beugt sich darüber, sie sorgt sich, weil ich nicht spreche. Ob alles okay ist, will sie wissen, und ihr Kopf schwebt beinahe körperlos über dem aufgehängten Stoff. Ich nicke erneut und imitiere als Zugabe ein Lächeln.

Dann schließe ich die Augen.

Sein oder nicht sein.

Die Ärztin setzt die Klinge an und schneidet, was ich kaum merklich spüre.

Ob's edler im Gemüt, die Pfeil und Schleudern des wütenden Geschicks ertragen.

Es ist mehr ein Ruckeln, ganz leicht, fast sanft.

Sterben, schlafen, nichts weiter.

Ich wünschte, ich hätte in meiner Schulzeit fröhlichere Texte auswendig lernen müssen. Es ist ein kleiner Schnitt nur, dann reißt sie mit den Händen, die Haut, das restliche Gewebe, alles, was zwischen ihr und dem Baby ist.

Was in dem Schlaf für Träume kommen mögen, wenn wir den Schlaf des Ird'schen abgeschüttelt, das zwingt uns stillzustehen.

Und plötzlich, von einer Sekunde auf die andere, ist er da.

KAPITEL 17

Tag 1

Er liegt seit gut zehn Minuten auf meinem nackten Oberkörper und motzt. Er. Es. Das Baby. Jonah. Das ist sein Name. Beziehungsweise: Das wird sein Name sein.

Ich betrachte ihn, wie er da so liegt, mit fast geschlossenen Augen, und halblaut irgendwelche knurrende Urlaute des Missfallens von sich gibt. Die Krankenschwester hat ihn oberflächlich gesäubert. Gerade so, dass man nicht «Igitt» denkt, wenn sie einem dieses kleine Knäuel aus schrumpeliger Haut und zerdötschtem Gesicht auf den lädierten Torso legen. Denn genau aus diesem speziellen Grund hat man ihn mir ja so hingelegt: Bonding! Damit wir eine Verbindung aufbauen. Offenbar reichen fast zehn Monate in mir drin dafür nicht aus, Babys brauchen Körperwärme, müssen den Herzschlag spüren. Was für ein Wunder es ist, dass diese Dinger überhaupt die ersten Wochen und Monate überleben und die menschliche Spezies es geschafft hat, bis heute fortzubestehen. Was für ein kleines Wunder ist dieses Kind.

Unabhängig davon bin ich unschlüssig, wie ich das hier alles finden soll. Ich hatte keine natürliche Geburt, dementsprechend bleiben alle extremen Gefühle und Hormonschwankungen, die dafür sorgen würden, dass ich euphorisch oder adrenalingeladen bin, aus. Stattdessen merke ich, dass sich mein Unterleib langsam in einem seltsamen Zwischenstadium von Taubheit und einem leise beginnenden, reißenden Schmerz befindet.

Mein Bauch, der vor gut einer Stunde noch prall gefüllt war und an eine fleischige Wassermelone erinnerte, schwabbelt nun schlaff, leblos und weich. Wie ein XXL-Hoodie aus Haut. Geil ist anders. Sexy ohnehin.

Ich versuche, diese Abteilung meines Körpers auszublenden, was aufgrund der Ausmaße alles andere als einfach ist, und mich darauf zu konzentrieren, wie verdammt großartig es bitte von mir ist, dass ich hier im Kreißsaal quasi barbusig und mehr als notdürftig bekleidet rumliege und so tue, als wäre es das Normalste der Welt. Als würde ich so was ständig machen! Normalerweise bräuchte ich vier bis sieben White Russians, um in einen ähnlich gelassenen und nackten Zustand zu geraten. Man sagt ja immer, dass man als Mutter über sich hinauswächst. Ich ahnte nicht, dass das so schnell gehen kann und dass *oben ohne rumliegen* auch dazu zählen würde.

Ich ignoriere tapfer, dass das Baby mich nur wenige Sekunden, nachdem man es mir auf Schwabbelbauch und Busen gelegt hat, mit Schmackes vollgeschissen hat. Die vielen Jahre als Katzenbesitzerin haben mich in Bezug auf Körperausscheidungen fremder Lebewesen offensichtlich knallhart vorbereitet! Die Krankenschwester, die hier die ganze Zeit herumhoppelt und die ich aufgrund ihres blonden Mega-Dutts, den sie beinahe vorne auf der Stirn trägt, nur Schwester Hipsterdutt nenne, hat mir erklärt, dass man das *Kindspech* nennt.

Da ich immer noch nicht aus meiner inneren Festung der Einsamkeit zurück in den Sprech-Modus gefunden habe, begnüge ich mich damit, ihr lediglich telepathisch mitzuteilen, dass sie es von mir aus auch Säuglings-Adamantium nennen kann – es bleibt trotzdem Scheiße.

Abgesehen von einem Räuspern hin und wieder kann ich immer noch keine Laute von mir geben. Der Mann sitzt neben meinem monströsen Bett, und ihm scheint es ähnlich zu gehen. Er starrt abwechselnd mich und das Baby an. Seine Forrest-Gump-artige Mimik wirkt ein wenig so, als könne er immer noch nicht ganz glauben, dass *das* gerade noch *da* drin gewesen ist. Als würde er nun mit der Frage hadern, wo so urplötzlich dieser vor sich hin knurrende, kleine Mensch hergekommen ist.

«Alles okay?», krächze ich schließlich zu ihm hinüber und ärgere mich ein wenig über mich selbst. Mir sollte die Frage gelten. Nicht ihm. Ich bin diejenige, die aufgeschnitten wurde. Und angeschissen. Der Mann soll heute vor allem wichtig und unterstützend und stark aussehen. Falls er das nicht ist, weil er gerade mit sich oder den Mysterien der weiblichen Anatomie hadert, hat er es zumindest vorzutäuschen.

Er nickt, erst stockend, dann übertrieben heftig: «Ja, ja!» Und dann, als würde es ihm plötzlich wieder einfallen: «Und bei dir?»

«Ich habe Scheißekrümel auf dem Bauch, aber ansonsten geht's.» Wir nicken uns gegenseitig zu, ganz so, als hätten wir gerade einen furchtbar wichtigen und komplizierten Sachverhalt einvernehmlich geklärt.

Während die Exkremente meines Erstgeborenen wie eine Fango-Heilschlamm-Packung langsam vor sich hin trocknen, knötert der kleine Prinz. Ununterbrochen. Leise. Wie ein im Traum knurrender Welpe. Keine Stunde alt und schon offenbart sich das schlechtgelaunte Herz eines Nörgelrentners. Vermutlich hätte ich auch eine Scheißlaune, wenn man mich, obwohl ich noch gar nicht das Signal zum Angriff gegeben habe, aus meiner warmen und wohligen Behausung gerissen hätte. Ich eskaliere ja schon regelmäßig, wenn sonntags das Telefon klingelt und jemand es wagt, mit mir ein Gespräch mit vollständigen Sätzen führen zu wollen.

Nicht auszudenken, wie das sein muss, wenn plötzlich brachial die Tapete aufgerissen wird und zwei riesige, in Latexhandschuhe gehüllte Hände meinen, auf dem Sofa zusammengerollten Körper nach draußen zerren, wo nur gleißendes Licht, Kälte und viele fremde Augen mich anstarren. Er hat allen Grund, motzig zu sein!

Er kommt halt nach mir, denke ich fast ein wenig stolz und betrachte sein kleines zerknautschtes, Klitschko-haftes Gesicht genauer. Ich kann mir nie merken, wer von den beiden Klitschkobrüdern wer ist – Wladimir, Vitali –, aber auf alle Fälle sieht das Baby aus der Nähe betrachtet ein wenig wie einer von beiden aus. Je länger ich ihn betrachte, desto mehr frage ich mich, woher bloß der Mythos kommt, Babys seien süß und wunderschön. Hier auf der Geburtsstation hat er seinen Ursprung ganz sicher nicht. Denn seien wir ehrlich: Neugeborenen sieht man die körperlichen Strapazen, die hinter ihnen liegen, einfach an. Und wenn ich schon aussehe, als wäre ich einem Kreislaufkollaps nahe, wenn ich nur einmal dem Bus hinterhersprinte, ist es nicht sehr verwunderlich, dass diese Dinger, die gerade ihren gesamten Körper in einem stundenlangen Prozess durch eine viel zu enge Öffnung gequetscht und gequält haben, nun mal nicht aussehen wie auf diesen knuffigen Postkartenmotiven von Anne Geddes, sondern eher wie riesige, zahnlose Nacktmulle, die man mit körnigem Hüttenkäse abgerieben hat.

Ich würde gerne irgendwas sagen und sei es nur «Dutzi dutzi du!», aber ich habe immer noch Mühe, meine Stimme wiederzufinden. Als hätte es mir schlicht die Sprache verschlagen oder als hätte ich vergessen, wie man spricht oder wie genau diese Gedanken, die sich langsam unter meiner Schädeldecke ungeordnet häufen, ihren Weg nach draußen finden sollen. Scheiße, geht mir immer wieder durch besagten Schädel, wenn ich VitaliWladimir angucke, ich habe jetzt tatsächlich ein Kind. Wie zur Hölle konnte das passieren?

Eine weitere Krankenschwester kommt herein. Ihr draller Körper, über den sich die Knöpfe ihres Kittels spannen, bewegt sich im Raum, und mit einem einstudierten Lächeln nimmt sie den Knöterich herunter und reicht mir wortlos ein feuchtes Tuch, damit ich meine Plautze, die nun in voller Pracht erstrahlt, sauber machen kann.

Während ich ungelenk an mir herumwische und mäßig erfolgreich versuche, halb festgetrocknete Babyexkremente zu entfernen, wird mir klar, dass nach der Schwangerschaft, auch diesem, nun vor mir liegenden Teil der Elternschaft wenig Romantisches innewohnt. Die halb betäubte Monsterwampe, der Kot darauf, der unbeschreiblich sexy OP-Schlüppi inklusive weißer Thrombose-Strümpfe darunter – irgendwie hatte ich mir das ein wenig zauberhafter vorgestellt.

Die neue Schwester wiegt und untersucht Jonah. Da sie nicht schreit, Würgegeräusche von sich gibt oder irgendwas in die Richtung von «Oh, Gott!» ausruft, gehe ich davon aus, dass alles an ihm dort ist, wo es hingehört.

«Wollen Sie helfen?», fragt sie den Mann, als sie beginnt, den Krümel anzuziehen. Hey, denke ich, das ist mein Baby, ich will das machen, aber dann fällt mir ein, dass ich das gar nicht will, so langsam fängt es da unten zu zwicken an, und außerdem bin ich immer noch ziemlich nackt.

Der Mann zieht den Krümel mit beeindruckender Fingerfertigkeit an, und hin und wieder glaube ich ein Lächeln seine Mundwinkel umspülen zu sehen. Nachdem ich selbst ebenfalls meine freiliegenden Körperteile bekleiden konnte und nun endlich nicht mehr wie ein gestrandeter Wal aussehe, der hilf- und nutzlos kurz vor seiner Notschlachtung rumliegt, werde ich mitsamt Baby raus aus dem Kreißsaal auf mein Zimmer geschoben, wo meine vor Glück berstende Mutter schon auf uns wartet.

Was im ersten Moment nach einer Verbesserung klingt, ist im zweiten ein Zweibettzimmer, in dem schon eine junge Frau liegt, die vorletzte Nacht entbunden hat und die offenbar selbst erst kürzlich der Pubertät entsprungen ist.

Vermutlich will man nie mit fremden Menschen in einem Krankenzimmer zusammen rumliegen, aber mit einem fremden Menschen und zwei Neugeborenen und einem nicht versiegen wollenden Strom an Besuch des fremden Menschen erst recht nicht. Zumindest den Krümel scheint das alles momentan nicht zu stören, denn er liegt wieder auf meiner Brust und schläft. Ich würde auch gerne schlafen, aber zum einen ist es aufgrund der Verwandtschaft der kleinen Ghetto-Prinzessin im Nachbarbett grotesk laut im Zimmer, und zum anderen werden mit jeder Minute, die verstreicht, die Schmerzen in meinem Unterleib stärker.

Keine Ahnung, was genau ich mir vorher vorgestellt hatte, wie die Schmerzen nach einem Kaiserschnitt sein würden. Vermutlich hatte ich gar nicht darüber nachgedacht. Das ist ja seit einiger Zeit ohnehin meine Kernkompetenz. Unabhängig davon bin ich nun doch ziemlich überrascht von der Intensität der aufkommenden Schmerzen.

Während sich die Großmutter meiner liebreizenden Bettnachbarin am Besuchertisch Zigaretten dreht und sie anschließend mit einer beispiellosen Sorgfältigkeit in einer riesigen Tupperdose verstaut, versuche ich gegen den Schmerz anzuatmen. Oder mit ihm. Auf alle Fälle atme ich sehr laut.

«Was machst du da? Ist alles in Ordnung?» Meine Mutter schaut mich mit großen Augen an und dann zum Mann, als erwarte sie eine Antwort von ihm, aber der zuckt nur mit den Schultern.

«Tut dein Bauch weh?», fragt er, und für einen Moment stelle ich das Atmen komplett ein und starre ihn nur an. Natürlich tut der weh. Die haben mich aufgeschnitten, aufgerissen, wer bekommt da keine Schmerzen aus Hölle, sobald die Wirkung der Betäubung und Schmerzmittel nachlässt oder welche Chemiebombe auch immer dafür gesorgt hat, dass mein Torso sich bis vor kurzem noch wie ein riesiger, tauber Marshmallow anfühlte?

«Du musst dich bewegen, Kind», sagt meine Mutter, die sich bis gerade eigentlich damit begnügt hatte, verzückt ihr Enkelkind zu betrachten.

«Ich muss gar nichts», presse ich voller Selbstmitleid zwischen meinen Zähnen hervor, «ich bin aufgeschnitten worden!» Ich betone jedes einzelne Wort, nur für den Fall, dass sie oder sonst jemand im Universum diesen Fakt in seiner gesamten Tragweite nicht mitbekommen hat. Ich komme mir vor wie der erste und einzige Mensch auf diesem Planeten, bei dem jemals ein Kaiserschnitt vorgenommen wurde und der deswegen auch als Einzige um die unbeschreiblichen, unmenschlichen Qualen weiß, die ich gerade heroenhaft erdulde.

Meine Mutter mustert mich einen Moment skeptisch, während der Mann neben ihr zustimmend nickt. Schlimm genug, dass unsere Beziehungssituation immer noch beziehungsweise schon wieder völlig ungeklärt ist – jetzt verbündet er sich auch noch mit meiner Mutter gegen mich?

Als jemand, der seine Kinder auf herkömmliche Weise bekommen hat, hat meine Mutter natürlich gar keine Vorstellung von dem, was ich hier erleide. Sie schüttelt kaum merklich den Kopf, tritt an den Nachttisch neben meinem Bett und nimmt die beiden leeren Flaschen Apfelschorle in die Hände und starrt sie an.

«Was?», frage ich mäßig gereizt.

«Hast du beide getrunken? Alleine?»

«Ich hatte Durst. Ich habe seit Stunden weder etwas gegessen noch getrunken. Wegen der OP. Ich wurde aufgeschnitten.» Wieso nur vergessen das hier ständig alle?

Sie stellt die Flaschen wieder hin, seufzt halblaut, als hätte ich irgendwas Dummes gesagt, wirft einen kurzen Blick auf meine Zimmergenossin, die gerade damit beschäftigt ist, irgendeiner Großcousine ihr Baby zu zeigen, und beugt sich schließlich verschwörerisch zu mir herunter: «Ich bin ziemlich sicher, dass die Schmerzen, die du jetzt hast, nicht durch die OP kommen.»

«Wodurch denn sonst?», schnaube ich entrüstet, bevor ich in mich fühle und merke, dass das Spannen und Reißen zwar durchaus aus der Nähe meines Uterus kommt, aber eben nicht vom Uterus selbst, sondern eher aus einer benachbarten Abteilung.

«Das kann echt nicht wahr sein!», stöhne ich bei jedem Schritt, den ich wenig später meinen zusammengekrampften Körper über den Flur schiebe. Sowohl meine Mutter, als auch die Krankenschwester meinten, dass Bewegung die beste Möglichkeit wäre, um der rekordverdächtigen Ansammlung von Gasen in meinem Körper den Weg nach draußen zu zeigen.

Es ist wirklich zum Wahnsinnigwerden: Monatelang hatte ich meinem Körper dabei zugesehen, wie er wie ein Ballon, in den immer weiter Luft gepumpt wurde, an Breite und Durchmesser zunahm. Ich hatte aufgrund des Wassers in meinen Beinen schon Schmerzen, wenn ich mir nur Schuhe anziehen wollte. Und irgendwann konnte ich nicht mal mehr das alleine. Ich lag nachts um drei in der heißen Badewanne, weil ich solche Krämpfe hatte, dass ich dachte, ich würde jetzt und sofort das Baby kriegen. All diese körperlichen Strapazen, der Stress, das Aufgeschnittenwerden – all das sollte doch nun hinter mir liegen. Stattdessen ist das Einzige, was mich nun davon abhält, endlich eine Runde zu schlafen, ein verdammter, quersitzender Pups.

«Ein Furz, ein Königreich für einen Furz», murmle ich, während ich über die Gänge der Station schlurfe. Alle paar Schritte halte ich an und mustere die Menschen, die meinen, ich würde nicht merken, wie sie meine seltsame Erscheinung aus dem Augenwinkel irritiert beobachten. Wie eine Kräuterhexe stehe ich da, zusammengekrümmt, mit wirrem Haar, schlecht sitzender Jogginghose und einem Pullover, auf dem in großen Lettern *Winter is coming* steht und der nur sehr ungenügend die gigantische Haut-Plautze verbirgt, die ich gerade wie einen ungewollten Pokal spazieren trage.

Ich würde den Gaffern gerne leise und unheilvoll zuwispern: Ja, schaut es euch gut an. Das passiert mit euch, wenn ihr zu doof zum Verhüten seid und Kinder haben wollt. Schaut es euch an. Schaut hin. Und dann flieht, ihr Narren!

KAPITEL 18

Nacht 1

Es ist mitten in der Nacht, und seit gefühlt zwei Stunden starre ich das Aquarell-Bild gegenüber meinem Bett an und versuche mir vorzustellen, wie kleine, pummelige Schafe über das dargestellte Weiden- und Wiesenmotiv hüpfen. Es gelingt mir natürlich nicht, denn alle paar Sekunden schweife ich ab und frage mich, was der Maler gesoffen hat, um zu denken: *So ein Bild von einer Wiese, das wär doch ein Megakracher, das gibt's bestimmt noch nicht!* Die grell fröhlichen Pastelltöne bereiten mir Übelkeit.

Ich kann nicht schlafen, weil: Der Krümel kann nur *auf mir* richtig schlafen. Bei dem Versuch, ihn in sein Bettchen zu legen, verfällt er in sein inzwischen schon fast typisches Gemecker. So viel zu der Vorstellung, man habe nach der Geburt seinen Körper wieder für sich! Es ist, als hätte ich die ganze Zeit einen kleinen, süßen Klingonen als Accessoire dabei, der alles, was ihm nicht gefällt mit halblaut gemurmelten Flüchen kommentiert. Außerdem sorgt meine kleine Ghetto-Fee im Bett nebenan dafür, dass ich seit Stunden an der Aufgabe scheitere, meinem müden Körper ein wenig Ruhe zu verschaffen, denn das kleine Moppelchen schnarcht fast durchgehend wie ein 50-jähriger, betrunkener Hafenarbeiter mit gigantischen Nasenpolypen. Ich beneide den Mann, der sicherlich gerade in meiner Wohnung den Schlaf der Gerechten schläft.

Meine Zimmergenossin ist wirklich noch ziemlich jung, 18,

vielleicht 20. Und dennoch sieht sie schon jetzt so aus, als wäre sie fertig mit der Welt. Oder die Welt fertig mit ihr. Sie sieht nicht aus wie der Typ Mensch, der morgens zum Frühstück Vollkorn-Haferflocken mit Chia-Samen isst und viermal die Woche Power-Yoga oder Krav Maga macht. Ich muss es wissen, ich gehöre demselben Typus an.

Den ganzen Tag war es unangenehm laut, beinahe schrill – und da mich zu viele Menschen schon an normal verlaufenden Tagen an den Rand des Ertragbaren treiben, war die Kombination aus frisch geborenem Baby, fremder Menschen und blähungsbedingter Schmerzen ein wenig viel für mein zartes Gemüt. Und da ich davon ausgehe, dass es morgen mehr oder weniger nahtlos so weitergehen wird, brauche ich Schlaf. Jetzt. Sofort.

Auch wenn der Mann und meine Mutter mir heute so weit geholfen haben, wie es nur ging. Sie haben mir Essen aus der Cafeteria geholt, den Kleinen zwischendurch gehalten. Damit ich auch mal alleine auf Klo gehen konnte. Und Caro von dort eine Nachricht schicken konnte, dass alles gut gegangen ist, sie aber bitte von Besuchen absehen soll, da ich mich im Moment so ansehnlich wie ein Ork-Weibchen fühlen würde. Sie schickte mir lediglich ein lachendes Emoji mit Tränen in den Augen, was ich als Zeichen deutete, dass sie meiner Bitte nachkommen wird.

Irgendwann im Laufe der Nacht döse ich schließlich ein, schrecke nur zwischendurch immer wieder kurz hoch, weil der Krümel eine solche Hitze ausstrahlt, dass sich zwischen uns eine geradezu tropische Feuchtigkeit entwickelt und sich eine warme Suppe aus Schweiß auf meinem Torso sammelt. Als am nächsten Morgen die Schwester zu einer geradezu unchristlichen Zeit hereinkommt, um uns zu wecken, habe ich eine ungefähre Vorstellung davon, wie es sein muss, sich als Zombie zu fühlen. Oder als Mutter die kommenden Jahre.

Noch bevor uns das Frühstück in Form von geschmackslosem Graubrot, geschmackslosem Käse und geschmacksloser Wurst serviert wird, ist mir klar: Einen weiteren Tag, geschweige denn eine weitere Nacht mache ich das nicht mehr mit. Mir egal, wie viel es kostet, ich will ein verfluchtes Einzelzimmer.

So wenig erfreulich die Zustände hier auch sein mögen, so ist ein Teil von mir doch froh, noch ein paar Tage Aufschub zu haben, bevor ich als frischgebackene Mutti wieder zu Hause sein werde. Allein und auf mich gestellt. Diese paar Tage, in denen man sich unter Aufsicht an das neue Leben gewöhnen kann, sind gar nicht so schlecht.

Wie zieht man so einen Knirps an, ohne ihn zu verletzen? Wie wechselt man vollgeschissene Windeln, ohne sich jedes Mal anschließend mit dem Schlauch abspritzen zu müssen? Wie verhindert man, dass man angepinkelt wird?

Das Ganze ist immer noch sehr surreal. Ich hatte angenommen, dass in der Sekunde, in der er da sein würde, meine mütterlichen Instinkte augenblicklich wachgerufen werden würden. Irgendetwas in meinem genetischen Code, von der Evolution dorthin gepflanzt, was dafür sorgt, dass ich automatisch weiß, was zu tun ist. Aber ich weiß einen Dreck. Und am zweiten Tag versteife ich mich zu der Annahme, dass jede Mutter einen Dreck weiß und sie alle nur enorm erfolgreich dabei sind, der Welt weiszumachen, es wäre nicht so.

Ich versuche mir das zu sagen. Jeden einzelnen Tag im Krankenhaus. Die Versagensängste abzuschütteln. Aber diese Ängste sind hartnäckig und rücksichtslos, und sie schon sorgen binnen der ersten 24 Stunden nach der Geburt dafür, dass ich mich unfähig fühle.

Es ist nicht das Windelnwechseln, das An- und Ausziehen dieses kleinen, unselbständigen Körpers, es ist auch nicht die Tatsache, dass er weiterhin nur auf mir einschläft, die mich an mir zweifeln lässt. Es ist das, wovor ich neben der Geburt am meisten Angst hatte und das mir auch keiner abnehmen kann: das Stillen.

Mit Abhandlungen darüber, warum Stillen gut für das Baby ist, wie lange man stillen sollte und ab wann es doch ein wenig creepy wird, kann man ganze Bibliotheken füllen. Während es beim Thema geplanter Kaiserschnitt zumindest ein partielles Verständnis für die Wünsche der Schwangeren gibt, wird hier jedoch ein so enormer, für Außenstehende kaum nachzuvollziehender Druck aufgebaut, dass man den Eindruck bekommt, es gäbe in dieser Angelegenheit gar nicht erst Bedürfnisse der Mutter, die es zu berücksichtigen gäbe. Wurde bei den zahllosen Vorgesprächen im Krankenhaus und mit den Hebammen noch der Anschein aufrechterhalten, dass es zumindest die Option gäbe, nicht zu stillen, ist davon nach der Geburt nichts mehr zu merken.

Niemand fragt, ob man stillen möchte. Niemand sagt, dass es okay ist, nicht zu stillen. Dass es vorkommen kann, dass es nicht klappt. Und vor allem, dass es nichts mit Versagen zu tun hat, wenn wieder und wieder ein schreiendes Kind an der eigenen Brust liegt.

Und natürlich ist der Knöterich dank meiner Gene nicht gerade mit einem besonderen Ausmaß an Geduld gesegnet. Er eskaliert binnen Sekunden, wenn aus der Milchbar nicht sofort sein Futter rauskommt. Ich habe ähnliche unkontrollierbare Emotionen, wenn im EDEKA mal wieder meine Lieblings-Sorte von Ben & Jerry's nicht vorrätig ist, daher kann ich seine Ausraster bis zu einem gewissen Grad durchaus nachvollziehen.

Dass Mutter Natur es jedoch so eingerichtet hat, dass es Babys gibt, die sich durch ihr hitziges Gemüt bei der Nahrungsaufnahme dermaßen selbst behindern, kann ich nicht nachvollziehen. Genauso wenig wie die stoische, ausdruckslose Mimik der Hebamme im Krankenhaus, die mir ständig Plastikhütchen reicht, die dem Krümel das Trinken erleichtern sollen, während mir heiße Tränen der Wut über das Gesicht laufen.

Das stand in keinem der Bücher. Dass es Babys gibt, die zu doof zum Trinken sind. Dass es Nippelhütchen gibt, die dem Ganzen die Atmosphäre einer Melk-Anlage verleihen. Dass es den Hebammen egal zu sein scheint, dass ein heulendes Kind und eine heulende Mutter nicht unbedingt die großartigste Voraussetzung für eine zukünftige Mutter-Kind-Beziehung darstellen.

Die Stunden zwischen den Still-Einheiten verlaufen gut und angenehm und ruhig. Meine Mutter kommt vorbei und bringt mir Salamibrötchen und Sushi und andere Dinge, die ich in den letzten zehn Monaten nicht essen durfte.

Und selbst meine kleine Schwester, die immer noch mitten in ihrer Sturm-und-Drang-und-ich-finde-alle-Kinder-zum-Kotzen-Zeit steckt, kommt extra für ein paar Tage aus Zürich angereist und steht dann etwa eine halbe Stunde wortlos und mit Pipi in den Augen neben ihrem kleinen Neffen.

Nur kann ich diese schönen Momente, die man sich eigentlich in sein emotionales Poesiealbum packen sollte, für später, zum Immerwiederangucken, nicht genießen, weil im Hintergrund die Uhr tickt und mahnend die Zeit anzeigt, wann der Krümel wieder gestillt werden muss.

Da hilft auch nicht das hübsche, ruhige Einzelzimmer, in das ich zwischenzeitlich ziehen konnte, oder die Tatsache, dass der Mann mir jede Stunde zuckerhaltige Nahrungsmittel aus der Cafeteria holt. Nichts hilft, davon abzulenken, wie sehr sich alles in und an meinem Körper zusammenkrampft, sobald die magischen drei Stunden vergangen sind.

Als ich am vierten Tag entlassen werde, fühle ich mich kaum bereit für die Welt da draußen. Es ist kalt, der Dezemberwind weht gnadenlos über den Parkplatz, als wir zu dritt auf das Auto zumarschieren. Auch wenn wir in diesem kurzen Moment wie so eine richtige Familie aussehen, fällt mir wieder ein, dass der Mann und ich in den letzten Tagen noch immer keine ruhige Minute hatten, um uns auszusprechen. Um zu klären, ob und wie es mit uns nun weitergehen soll. Ich weiß in diesem Moment noch nicht einmal, wie lange er noch bei uns in Bonn bleiben wird.

«Woran denkst du?», fragt der Mann, und ich weiß, dass ich jetzt einfach fragen könnte, wann er wieder nach Hamburg zurückmuss, aber stattdessen höre ich mich sagen: «Hoffentlich erfriert Jonah nicht. Lass uns lieber etwas schneller gehen.» Er nickt, als wenn er auch schon daran gedacht hätte, dass Babys sicherlich schneller als normale Menschen erfrieren. Sie sind so fragil, denke ich, so klein, so überhaupt nicht lebensfähig. Und ich bin es auch.

Als wir mit dem Auto Richtung Bonn fahren, wird mir langsam wirklich bewusst, dass ich jetzt tatsächlich ein Kind habe. Ich beobachte den kleinen Pups, wie er im Autokindersitz liegt und im Halbschlaf zufrieden vor sich hin sabbert. Die lassen uns ihn wirklich mitnehmen, schießt es mir durch den Kopf. Niemand hält uns auf, am Ausgang, der Ausfahrt oder als wir die Stadtgrenze nach Bonn passieren. Niemand fragt nach unserer Befähigung oder verlangt einen Eltern-Führerschein. Als ob in dieser Gesellschaft wirklich jeder einfach so ein Baby kriegen kann.

«Alles in Ordnung?», fragt der Mann. Er strahlt eine beeindruckende Ruhe aus, oder er täuscht sie sehr gut vor. So oder so, ich merke, wie sie ein wenig zu mir herüberschwappt und sanft an mir kitzelt, ganz so, als wäre innere Ruhe etwas, das man abgeben und teilen könnte. Und kurz bevor ich beginne zu glauben, dass alles gut wird, spüre ich den Milcheinschuss und wie sich mein Pullover plötzlich in etwas Ekliges, Feuchtes verwandelt.

«Scheiße!», fluche ich angemessen drauflos.

«Was ist los? Soll ich anhalten?»

«Nein. Fahr weiter. Wir müssen nach Hause. Ich muss stillen.»

KAPITEL 19

Der Weihnachtsmarkt

Ich stehe am Fenster im Wohnzimmer, starre wie Morgan Freeman in «Die Verurteilten» sehnsüchtig nach draußen in eine unbestimmte Ferne und erschrecke mich fast zu Tode, als der Mann mich wie aus dem Nichts fragt: «Warum gehst du eigentlich nicht mal raus?» Er ist unbemerkt ins Zimmer geschlichen.

«Was?», frage ich und drehe mich kurz zu ihm um, nur um dann wieder ein wenig stumpf aus dem Fenster auf die Dachterrasse und in die Kälte zu schauen.

«Raus. Geh doch mal raus. Wann warst du das letzte Mal draußen?»

«Vorgestern», murmele ich.

«Du warst Pampers kaufen. Und beim REWE. Das gilt nicht», erwidert er, und ich drehe mich richtig zu ihm um. Ich bin ein wenig genervt, weil ich gerade ganz weit weg war, wobei ich nicht sagen könnte, wo genau, nur eben nicht hier, und das ist alles, worauf es ankommt.

Ich will etwas schnauben oder stöhnen, aber da sehe ich, dass er den Krümel auf dem Arm hat, der bei meinem Anblick sein kleines Köpfchen hin und her wiegt und wirkt, als würde er lächeln. Seltsam, wie mir vorhin nicht aufgefallen ist, dass er Jonah auf dem Arm hat, denke ich und frage mich, worüber Jonah wohl gerade nachdenkt, dass er sein Köpfchen so hin und her wiegen muss, und warum man sagt, dass Babys nicht lächeln, wenn sie es doch ganz eindeutig tun. Der Anblick hat etwas Friedliches.

«Worauf willst du hinaus?», frage ich schließlich, nehme den Kleinen auf den Arm und schniefe wie ein Kokain-Junkie eine Prise seines Baby-Geruchs von seiner Kopfhaut. Ich habe das Gefühl, diese Frage schon mehrfach gestellt und die Antwort nur immer vergessen zu haben.

«Dass du mal raus solltest!», sagt der Mann. «Eine Runde um den Block drehen. Vielleicht irgendwo eine heiße Schokolade trinken. Oder dir was zum Anziehen kaufen. Irgendwas unternehmen. Dir was gönnen.»

Jetzt dämmert mir, was er da vorschlägt: «Alleine? Ohne den Krümel?» Ich lege Jonah vorsichtig aufs Bett und streichle vorsichtig seine kleine, blonde Irokesenfrisur, die ihm für so einen kleinen Furz einen beeindruckend rebellischen Charakter verleiht.

Der Mann nickt sehr bestimmt: «Ja, ich glaube, das brauchst du mal. Vielleicht hat ja auch Caro spontan etwas Zeit?» Ich kann mich nicht zwischen Schwermut und Euphorie entscheiden und antworte lediglich übermäßig laut mit einem Seufzer.

Seit gut drei Wochen sind wir nun zu Hause und spielen Vater, Mutter, Kind – ohne dass uns bis heute irgendjemand die Spielregeln erklärt hätte. Wer auch? Angesichts des erwarteten Chaos schlagen wir uns überraschend gut. Es ist natürlich die Frage, wo genau man die Messlatte ansetzt, und wir haben uns der Einfachheit halber dafür entschieden, sie erst einmal ganz niedrig zu legen.

Es ist inzwischen kurz vor Weihnachten und nachdem der Mann seit unserer Entlassung aus dem Krankenhaus vor gut zwei Wochen einfach geblieben war, habe ich mich vorige

Woche endlich zusammengerissen und ihn gefragt, wie es nun mit uns weitergehen soll.

Er schien ein wenig überrascht, dass ich es doch noch geschafft habe, das klärende Gespräch mit ihm zu suchen, wobei ich mich auch weiterhin erfolgreich um ausstehende Liebesgeständnisse drückte. Wir drucksten beide ein wenig wie 13-jährige Teenager herum und kamen schließlich überein, dass er erst einmal bei Jonah und mir bleibt, bis er spätestens Mitte Januar aus beruflichen Gründen wieder nach Hamburg muss. Bis dahin möchte er so viel Zeit wie nur möglich mit seinem Sohn verbringen. Und schauen, wie es sich mit uns beiden entwickelt. Ganz ohne Druck. Denn der hätte in der Vergangenheit bei mir ja noch nie zu irgendwas Gutem geführt.

Ein Lösungsvorschlag, mit dem ich sehr gut leben kann. Schließlich gibt es seit kurzem noch einen zweiten Mann in meinem Leben, der meine ganze Aufmerksamkeit fordert. Wobei es durchaus beeindruckend ist, wie schnell sich der menschliche Körper umstellen und an neue Gegebenheiten anpassen kann. An so lebensumwälzende Änderungen wie ein Baby. An den damit verbundenen Schlafmangel, der so gar nichts mit dem Schlafmangel während des Studiums zu tun hat. Oder dem Stress damals.

In den Nächten, in denen ich nach vier Stunden Schlaf aufspringe und direkt funktioniere, nur um dann sofort auf Knopfdruck wieder einzuschlafen, bin ich immer ein wenig stolz auf mich und diesen Körper. Wie reibungslos er funktioniert. Wenn man von der Stillsache einmal absieht.

So ein Baby zu haben ist gar nicht mal so viel anders als ein Haustier zu halten. Ich kann das beurteilen, ich hatte immer Haustiere. Katzen, Meerschweinchen, Ratten, Wellensittiche, Hamster und einmal ein Huhn.

Und am Ende ging es nur darum, sie regelmäßig und ausreichend zu füttern, Ausscheidungen aller Art wegzumachen (vor allem, wenn man eine Katze hat), dafür zu sorgen, dass niemand aus seinem Käfig ausbricht oder Dinge frisst, die er nicht fressen sollte. Kurzum: sie am Leben zu erhalten. Angesichts der Tatsache, dass mir das Huhn nach einer Woche verstorben war, lag ich mit dem Baby nach drei Wochen verdammt gut im Schnitt. Das mag albern klingen, aber wenn man bedenkt, wie fragil so ein Säugling ist, und wie oft mir im Alltag Dinge hin- und runterfallen, die auch zerbrechlich sind, sehe ich jeden weiteren Tag, den ich Jonah heil, nicht blutend und atmend überstehen lasse, als eine Leistung meinerseits an.

Am Ende reden wir hier schließlich von einem Erwachsenen, dem binnen eines halben Jahres zwei iPods, der Haustürschlüssel und sieben Nassrasierer unbeabsichtigt ins Klo gefallen sind. Wie das Huhn zu Tode kam, wollen wir an dieser Stelle vielleicht besser gar nicht aufklären, sondern konzentrieren uns lieber auf das Wesentliche und Positive: Das Baby lebt, und ich bin recht optimistisch, es in diesem Stadium zu halten. Und wenn mich das nicht zur Mutter des Jahres macht, dann weiß ich auch nicht.

Nun aber raus, so ganz ohne Kind? Ein, vielleicht sogar zwei Stündchen ganz für mich alleine? Während ich mich eilig in meine Jacke schmeiße, überschlage ich im Kopf die Momente in den vergangenen Wochen, die ich tatsächlich mal für mich hatte. Doch außer zügig durchgeführten Toilettengängen fällt mir beim besten Willen nichts ein.

Selbst das Duschen und im Grunde jede Form von ausgeweiteter Körperhygiene verwandelt sich mit einem Neugeborenen im Haus von etwas Erholsamen zu einem olympischen Sprint: Man wartet immer so lange, bis das Baby wirklich tief und fest schläft, reißt sich auf dem Weg zum Bad alle Klamotten runter und schrubbt sich dann in einem Eiltempo den Dreck vom adrenalinausschüttenden Leibe. (Daran ändert auch die Anwesenheit des Mannes nichts. Denn wie jede angehende Helicopter-Mom lasse ich das Baby möglichst nur Sekunden aus den Augen.)

Zwischendurch hält man kurz inne, wie ein nervöses Erdmännchen, verharrt regungslos in der Dusche, während das heiße Nass weiter auf einen niederprasselt, und horcht angestrengt in die scheinbar unendlichen Weiten der Wohnung hinein. War da nicht gerade ein Schreien, ein Husten, ein Räuspern? Ist *es* etwa schon wieder wach?

Alleinzeit wird plötzlich zu etwas unvorstellbar Kostbarem. Einer Währung, die es nur äußerst umständlich zu kaufen gibt und bei der man sich recht schnell eingesteht, dass man sie wohl nie wieder in ausreichender Menge besitzen wird. Zumindest nicht in den nächsten 20 Jahren. Also gewöhnt man sich lieber ganz schnell an diesen Umstand.

Draußen ist es tatsächlich so kalt, wie es von drinnen durch das Wohnzimmerfenster ausgesehen hat. Aber das ist mir egal. Ich stehe vor dem Haus und sauge die eiskalte Dezemberluft tief in meine Lungen ein – wie jemand, den man nach Monaten aus einem stickigem Kellerverlies befreit hat und der nun zum ersten Mal wieder frischen Sauerstoff atmen kann. Für einen kurzen Moment bin ich unschlüssig, was ich mit meiner neu gewonnenen Freiheit anfangen soll. Ich hatte zwar kurz in Erwägung gezogen, Caro anzurufen und sie zu fragen, ob sie ihre Mittagspause nicht etwas vorziehen könnte, um mit mir über den Weihnachtsmarkt zu bummeln, aber sie schien in den letzten zwei Wochen, in denen wir uns lediglich knappe Nachrichten geschickt hatten, sehr gestresst und kurz angebunden. Da meine einzigen sozialen Kontakte in den letzten Wochen aus einem Neugeborenen, dem Mann, der Hebamme und meiner Mutter bestehen, wäre zwar etwas Abwechslung durchaus willkommen, aber erzwingen will ich auch nichts.

Dennoch bleibt die Frage: Was soll man machen mit derartig viel zeitlichem Luxus, der einem so unverhofft und unvorbereitet in den Schoß fällt? Andere würden vielleicht einen ausgedehnten Shoppingbummel machen. Oder sich von einer genauso zierlichen wie brutalen Thailänderin die müden Knochen durchmassieren lassen. Oder eine ausgedehnte Runde im örtlichen Freudenhaus drehen. Und allein schon, dass ich Vokabeln wie «Freudenhaus» verwende, weist darauf hin, dass ich nicht gerade zu dem Klientel gehöre.

Aber ich mag es generell nicht, von anderen Menschen angefasst zu werden, und habe keine Lust, mir Klamotten zu kaufen. Mir passt ohnehin im Moment nichts, und ich möchte es tunlichst vermeiden, im blass-grellen Licht einer Umkleide einen medienwirksamen Nervenzusammenbruch zu erleiden. Selbst der Gang zu einem Drogeriemarkt ist wenig verlockend. Was soll ich mit irgendeinem Schmonsens für die Badewanne, wie Vanille-Aromakerzen oder ein Entspannungs-Schaumbad mit Lavendel? Vermutlich habe ich ohnehin erst in ein paar Jahren wieder Zeit und Möglichkeit, ein Schaumbad zu nehmen. Zeit, Möglichkeit und vor allem den Mut, meinen Körper in seinem ganzen Ausmaß zu bewundern.

Also laufe ich einfach drauflos, Richtung Innenstadt, den Lichtern entgegen, die kurz vor Weihnachten die gesamte Fußgängerzone in ein gemütliches, warmes Licht tauchen. Es ist völlig egal, wie inbrünstig man diese Stadt oder seine Insassen hasst, denn wenn man im Dezember durch die autofreie Innenstadt läuft, mit all seiner knuffigen Dekoration, seinem Kopfsteinpflaster, den alten, verspielten Fassaden, den unzähligen Lichterketten und dieser ganzen kleinstädtischen Besinnlichkeit, wird man so sehr eingelullt vom Weihnachtstamtam, dass man es hier einfach lieben muss. Jeder, der «The Nightmare before Christmas» gesehen hat, weiß, wovon ich rede.

Trotz der zuckrigen Zauberhaftigkeit der Stadt sollte man als latenter Sozialphobiker die Innenstadt in diesem Zeitraum lieber meiden. Denn da Bonn außerhalb «der City» lediglich aus einer Ansammlung von absurd vielen Dörfern besteht und diese Dörfer offensichtlich über keine nennenswerte Infrastruktur oder ausreichend ausgestatteten Einzelhandel verfügen, die diese Bezeichnungen verdienen, überschwemmen die vielen, vielen Dorfbewohner in diesen Wochen die Stadt. Wie Heuschrecken in Jack-Wolfskin-Jacken und farblich abgestimmten Volvos. Jona hatte den Wal, Gott prüft mich und meine Leidensfähigkeit mittels einer mit Menschen überschwemmten Fußgängerzone. Dass ich Atheist bin, ist Gott scheißegal und scheint ihn nur noch mehr anzuheizen.

Überall Menschen, die mich anrempeln, weil ich mit meinen ein Meter 80 vermutlich sehr leicht zu übersehen bin. Menschen, die mir in den Nacken atmen oder ins Gesicht husten. Aber vor allem Menschen, die bewundernswert achtlos mit ihren Regenschirmen herumfuchteln, als durchlebten sie gerade ein Trauma aus dem Ersten Weltkrieg. Es regnet zwar nicht, soll es auch nicht, aber es könnte ja ein Krieg ausbrechen, und dann hat man zumindest einen Regenschirm dabei und könnte dem Russen ja ein Auge ausstechen. Der Bonner ist eben ein Fuchs.

Während ich mir noch fest vornehme, auch heute niemanden zu töten, entdecke ich zu meinem Entsetzen einige Meter vor mir eine ehemalige Mitschülerin: Anni. Da ich auf einem katholischen Mädcheninternat war, erkennt man die ehemaligen Insassen auch noch Jahre später sofort: Die Haare glatt und zu einem Pferdeschwanz hochgebunden, Perlohrringe in den Öhrchen, Burberry-Schal um den Hals, farblich passendes Mäntelchen um den Torso und am Arm die obligatorische Longchamp-Tasche. Natürlich ebenfalls farblich abgestimmt. Alles andere wäre Blasphemie.

Ich bekomme augenblicklich Schnappatmung. Meine Abneigung, mich mit Menschen zu treffen, wird nur noch von der Abneigung überboten, sie unerwartet zu treffen. Vor allem, wenn ich mich in meinem eigenen Körper nicht wohl fühle und gerade keinen zweiten zur Hand habe. Hat sie mich schon gesehen, könnte ich einfach an ihr vorbeigehen und so tun, als hätte ich sie nicht gesehen? Oder habe ich vielleicht noch genügend Zeit, mich in das nächste Geschäft zu schmeißen, unter irgendeine glitzernde Auslage mit qualitativ fragwürdigen Weihnachtsangeboten?

Vielleicht sieht sie mich nicht, ihr Begleiter – Typ Jura, 2. Staatsexamen, Seitenscheitel, Gel, ein bisschen zu viel Gel, hochgestellter Kragen, Wachsjacke und Timberland-Schuhe – hat sie voll in ihren Bann gezogen und erzählt ihr vermutlich gerade die neuesten Anekdoten vom letzten Jagdwochenende in Gloucestershire. Ich könnte einfach an ihr vorbeigehen, immer geradeaus gucken und mir nichts anmerken lassen.

Ich bin nicht bereit, auf Menschen aus meiner Vergangenheit zu treffen. Noch nicht. Es ist ohnehin erstaunlich, dass ich bisher nicht noch mehr ehemalige Mitschüler oder Ex-Kommilitonen getroffen habe. Aber vermutlich leben die meisten inzwischen irgendwo anders und kehren nun zur Weihnachtszeit alle in ihre Heimat zurück. Wie Lachse. Lachse in Polohemden. Und ich habe definitiv keinen Nerv auf dieses Jahrestreffen des Ralph-Lauren-Fan-Clubes. Nicht nur, dass ich mein Leben im Moment lediglich oberflächlich unter Kontrolle habe, bin ich auch optisch aktuell nicht ganz auf der Höhe meiner Möglichkeiten. Schließlich habe ich mich nur gerade so zurechtgemacht, dass ich mich nicht erschrecke, wenn ich draußen mein eigenes Spiegelbild in einem der Schaufenster sehen sollte. Und tun wir bitte nicht so, als wenn ein wenig mehr Make-up oder Eye-Contouring, wovon die schrillen Meeedchen auf YouTube immer erzählen, noch hätte helfen können. Denn ich und mein Körper, wir sind in einem kriegsähnlichen Zustand.

Als ich mich einen Tag, nachdem ich aus dem Krankenhaus wieder zu Hause war, auf die Waage gestellt habe, war ich beim Anblick meines Gewichts nur wenige Gramm von einer posttraumatischen Belastungsstörung entfernt. Ich starrte minutenlang auf die Anzeige und ließ sie selbst dann nicht aus den wütenden, trotzigen Augen, als sie schon längst wieder erloschen war. Zu meinem Entsetzen hatte ich durch die Geburt lediglich sechs Kilo verloren. Sechs verschissene Kilo. Es gibt Katzen, die so viel wiegen! Keine Ahnung, was ich erwartet hatte. Wenn man sich über ein halbes Jahr lang fast ausschließlich von Toffifee und sauren Pommes ernährt, sollte einem eigentlich der gesunde Menschenverstand sagen, dass selbst eine Geburt die angefutterten Kilos nicht wegzaubern kann. Es sei denn, man bringt ein 30 Kilo schweres Baby zur Welt.

Aber wenn der gesunde Menschenverstand und ich uns besonders nahestehen würden, hätte ich mich vermutlich auch nicht ein halbes Jahr lang von Dreck ernährt. Die bloße Tatsache, dass ich nun meine Füße wieder sehen kann, reicht auf jeden Fall nicht aus, um mich selbstbewusst einem Duell der Marke «Was hast du seit dem Abi alles erreicht?» zu stellen. Doch genau in der Sekunde, in der ich meine Masse an Anni vorbeischleuse und sich schon wohltuende Erleichterung breitmachen will, spüre ich eine perfekt manikürte Hand auf meiner Schulter – «Claudia?»

Verdammt.

Ich fahre herum und gucke sie überrascht-strahlend an.

«Anni!», quieke ich. «Oh. Mein. Gott!» Prompt liegen wir uns in den Armen. Sie ist so dünn, dass es für Außenstehende so aussehen muss, als würde ich versuchen, sie zu essen.

«Ich wusste gar nicht, dass du wieder in Bonn bist!» Ihre perlweißen Zähne strahlen mich an, und ich bin wie erschlagen angesichts so viel genetischer und ästhetischer Perfektion.

«Ich bin auch erst seit ein paar Monaten wieder hier», murmle ich in mein Doppelkinn. Ich habe es versäumt, meine Rückkehr in der faschistoid geführten Facebook-Gruppe unseres Abi-Jahrgangs kundzutun.

«Oh», sagt Anni, «das ist übrigens Konstantin.» Wie eine Lottofee weist sie auf ihren Begleiter, der mir staatsmännisch Hand und ein dazugehöriges Lächeln reicht. «Wir sind verlobt», fügt sie noch hinzu.

«Oh. Wow. Toll. Freut mich», sage ich tonlos, «wann heiratet ihr denn?»

Jackpot, richtiges Thema, Annis Augen beginnen mit der Straßenlichterkette um die Wette zu leuchten: «Im Juli. Wir haben eine wirklich ganz zauberhafte Kapelle in der Nähe von Koblenz gefunden, wirklich gar nicht groß, 200, vielleicht 250 Gäste, du kennst das. Und nach der Trauung feiern wir an einer echt wundervollen Location in Rolandseck, direkt am Rhein. Du kennst das. Ein Träumchen, ich sage es dir.»

Ich nicke und nicke, einfach weil ich nicht weiß, was ich sonst machen und sagen soll. Aus dem Augenwinkel betrachte ich Konstantin, der sehr professionell und geduldig neben ihr wartet. Wie ein riesiger haarloser, gut abgerichteter Irish Setter.

«Und bei dir so?», flötet sie und wechselt abrupt das Thema. «Was hast du die letzten Jahre so getrieben? Wir haben uns ja auch eeewig nicht gesehen!»

Ich überlege kurz und entscheide mich für die Pflastermethode: kurz und schmerzvoll. «Och, nichts Weltbewegendes. Du kennst das ja: Man studiert, dann hat man fertig studiert, dann zieht man weg, will seine Träume leben, vögelt mit irgendwelchen Männern aus dem Internet, lässt sich schwängern wie so eine 14-Jährige aus einer RTL2-Sendung, zieht wieder in die Stadt, die man hasst, wird fett, kriegt ein Kind, hat dann Kind und Mann, natürlich unverheiratet, um das RTL2-Flair aufrechtzuerhalten, ist auch weiterhin fett und trifft dann in der Stadt, die man hasst, auf ehemalige Mitschüler, die ein so perfektes, tolles Leben führen, dass man sich mit den schaurigen Resten des eigenen Selbstwertgefühls eigentlich nur noch zum Sterben in das Rinnsal legen möchte. Du kennst das.»

Anni und Konstantin starren mich an. Man kann förmlich sehen, wie es hinter ihren Pupillen rattert und sie sich fragen, wie das Gesprächsprotokoll für eine solche Situation wohl sein mag.

«Ich muss jetzt auch weiter», sage ich und erlöse sie aus ihrer Schockstarre, «ich habe nur etwa zwei Stunden Ausgang, bis ich wieder zu Hause sein muss, um mir von einem wütenden Neugeborenen in die Brüste beißen zu lassen. War toll, dich zu sehen, Anni, lass uns das noch mal machen!»

«Ja, ja, klar», stottert sie und wirkt in ihrer Überforderung plötzlich gar nicht mehr so perfekt, «ich melde mich.»

Ich nicke bekräftigend: «Mach das. Tschüss!»

Ich drehe mich um und gehe, so schnell ich kann. Raus aus der Situation, der Begegnung, der inneren Anspannung. Und mit jedem Schritt, den ich mache, fühle ich mich besser, spüre, wie ich wieder atmen kann und die Anspannung von mir weicht. Natürlich hätte ich auch einfach sagen können, dass ich immer noch promoviere, dass mir Berlin nicht gefallen hat und ich Heimweh nach Bonn und der Familie hatte. Ich hätte vieles sagen können, was es einfacher gemacht hätte. Für sie. Aber es wäre gelogen. Und so hässlich und fett meine eigene Wahrheit zur Zeit auch aussieht, sie fühlt sich besser an als eine Lüge. Und auch wenn ich nicht das Bedürfnis habe, so ein Erlebnis zu wiederholen, entscheide ich mich, meinen Weg fortzusetzen und steuere mutig auf die Todeszone Weihnachtsmarkt zu. Denn nur dort gibt es etwas, das mir Linderung und Entspannung verschaffen kann: Poffertjes.

Es soll ja Menschen geben, die nicht wissen, was Poffertjes sind, oder noch schlimmer, nicht verstehen, warum sie das neuzeitliche Äquivalent zu Ambrosia sind. Falls das wirklich so ist, tun mir diese Menschen leid. Zumindest in dem Maße, wie ich mit meinem schwarzen Herzen zu Mitleid fähig bin. Denn wie soll ein Mensch, der noch nie Poffertjes gegessen hat, überhaupt beurteilen können, ob sein bisheriges Leben lebenswert gewesen ist?

Zielsicher wie ein englischer Bluthund stehe ich wenige Minuten später vor der Poffertjesbude und reihe mich klaglos in die absurd lange Schlange von Menschen ein. Man mag über die Holländer denken, was man will, allein die Erfindung dieser kleinen, puffigen, perfekt schmeckenden Mini-Pfannkuchen rechtfertigt die Existenz der Niederlande.

Während ich in der Schlange stehe und noch darüber nachdenke, ob ich gleich eine kleine oder doch eine große Portion mit oder ohne Nutella nehmen soll, spüre ich, wie ich mich wieder unwohl fühle. Ich komme mir nackt vor. Exponiert. Wenn man einen Kinderwagen inklusive Neugeborenem vor sich herschiebt, hat man zumindest eine Ausrede für seine ausgedehnte Leibesfülle. Das Bild von Promi-Model-Müttern, die wenige Stunden nach der Geburt besser und schlanker und schöner aussehen als vor der Schwangerschaft, hat sich eingefräst in mein kleines zuckersüchtiges Köpfchen.

Als ich endlich dran bin, bestelle ich eine doppelte Portion. Mit Nutella. Stellvertretend für all die anderen Frauen, die aus Scham vielleicht nur eine kleine Portion genommen haben. Ohne Butter. Und auch wenn mir bewusst ist, dass ich allein meinen Knien zuliebe wieder mehr auf meine Ernährung achten und auch ein wenig Sport treiben muss, genieße und zelebriere ich in diesem Moment jede einzelne in flüssigem Nutella ersoffene Kalorie.

KAPITEL 20

Das Gemetzel

Es ist halb sechs. Morgens. Die Wohnung ist wie die gesamte Stadt noch in eine ruhige Dunkelheit gehüllt. Nur im Kinderzimmer, in dem ich gerade versuche, das Baby zu stillen, brennt Licht. Vielleicht liegt es an der Uhrzeit, dem Mond, der durch das Fenster scheint, oder der erdrückenden Stille von außen, aber ich habe das Gefühl, ich bin die Einzige, die wach ist, und selten fühlte ich mich so alleine. Dabei bin ich es gar nicht. In meinen Armen liegt Jonah und schreit. Weil er noch immer nicht gelernt hat, was er tun muss, damit Operation Stillen zu einem Erfolg wird.

Im Zimmer um uns herum stehen vereinzelt noch unausgepackte Kisten. Und auch wenn meine Mutter mir bei jedem Besuch versichert, wie schön die Wohnung inzwischen aussieht, fühlt es sich nicht an wie ein Zuhause, eines, das fertig ist, eines, wo man sich fallenlassen kann. Die Wohnung und die Kisten, die ich mich weigere, auszupacken, spiegeln meine innere Unruhe wieder, die Unsicherheit darüber, wie es weitergehen soll. Mit mir, mir und dem Mann, mir und dem Baby. Alles scheint offen und ungewiss.

Zu allem Überfluss kommt noch das Still-Gemetzel dazu, das sich zuverlässig alle drei, vier Stunden wiederholt und mich an den Rande meiner emotionalen und physischen Kraft treibt. Ansonsten ist Jonah eine Zier. Das Klitschkohafte in seinem Gesicht nehme ich kaum noch wahr, bin verzückt von jedem Quadratmillimeter seines Körpers, berausche mich an diesem Geruch, den nur Babys und Kleinkinder haben, und bestaune regelmäßig seine Versuche mich anzupinkeln, während ich ihn wickle. Selbst die Tatsache, dass man ihn fast den gesamten Tag wie ein Faultierjunges auf dem Arm haben muss, ist zu verschmerzen. Nur das Stillen macht mich fertig.

Jonah rastet binnen Sekunden aus, und da Babys nun mal Babys sind, kann man ihnen auch nicht vermitteln, dass sie sich jetzt einfach mal für 15 Sekunden zusammenreißen und konzentrieren müssen, dann kriegen sie all das, wonach es ihnen wortwörtlich dürstet.

Also sitzen wir beide hier. Erneut. Und heulen beide. Er, weil ich ihn im Angesicht des Buffets verhungern lasse. Ich, weil ich nicht mehr weiter weiß. Die Botschaft meiner Hebamme Anna ist eindeutig: weiter probieren, immer weiter. Doch ich frage mich mittlerweile, wie schlimm die Allergien sein können, die er entwickeln wird, weil ich ihn nicht mehr stille. Ich bin hauptberuflicher Allergiker, und eine dreijährige Hypersensibilitätstherapie und das stets griffbereite Cortisonspray in der Handtasche lassen mich ein fast vollwertiges Leben führen.

Wenn Anna uns besucht, zeigt sie mir wieder und wieder die Handgriffe. Wie einem Schwerbehinderten, mit dem man ganz langsam sprechen muss. Manchmal möchte ich sie schlagen. Lang und hart, weil sie nicht sieht, wie dreckig es mir geht. Weil verheulte Augen und tiefe Zornesfalten offenbar nicht Anzeichen genug sind. Weil mein «Es klappt einfach nicht. Können wir nicht abstillen? Oder zufüttern?» stoisch überhört wird. Dann sagt sie Dinge wie «Stillverwirrung», was sehr ernst klingt und bedeutet, dass das Nuckeln an der Brust und das an der Flasche unterschiedlich ist und Babys verwirren kann und sie dann weder das eine noch das andere können.

Jeder Schimpanse und jede verdammte Hyäne auf dem Discovery-Channel bekommt das hin. Es ist das Natürlichste der Welt. Eigentlich.

Der Mann steht plötzlich in der Tür, vielleicht steht er auch schon länger da, und ich habe ihn durch die ganzen wütenden Tränen nicht gesehen. Er wirkt hilflos, möchte irgendwas machen, mir helfen, aber das kann er nicht. Niemand kann das, denke ich trotzig und will, dass er weggeht. Mich nicht auch noch dabei beobachtet, wie ich versage. Live und in Farbe.

«Das geht so nicht mehr weiter», sagt er in die Stille hinein, und nur mit Müh und Not verkneife ich mir ein passiv-aggressives «Ach ne?». Es würde den Falschen treffen. Wobei ich nicht mal sicher bin, wer der Richtige wäre. Anna vermutlich. Die mir vor einigen Monaten noch mit Seelenruhe versichert hat, dass ich jederzeit abstillen könnte. Die davon nun nichts mehr hören will. Weil sie Teil ist dieser verdammten Stillmafia.

«Es reicht jetzt. Ich gehe nachher zum Drogeriemarkt und kaufe Säuglingsmilch, und wir füttern zu. Ich kann dich so nicht mehr leiden sehen. Euch beide. Okay?» Das *Okay?* am Ende ist nicht dafür gedacht, meine Zustimmung einzuholen, sondern nur, damit ich signalisiere, dass ich verstanden habe. Es ist vorbei.

Ich nicke stumm und möchte einfach nur noch weinen. Weinen vor Dankbarkeit und Erleichterung. Weil mir endlich jemand die Entscheidung abgenommen hat. Weil jemand laut und bestimmt sagt, dass es in Ordnung ist, aufzuhören. Und dass Aufhören nicht immer was mit Versagen zu tun hat.

KAPITEL 21

Die Filterblase

«Ich weiß auch nicht, was ich gerade noch wollte ...», murmle ich mehr zu mir selbst und stehe etwas ratlos im Flur rum. Jonah habe ich mir mittels eines fünf Meter langen, schwarzen Tragetuchs an den Torso getackert, wo er zufrieden vor sich hin grunzt. Ich starre das dreckige Staubtuch in meiner Hand an, bis es mir wieder einfällt: «Ach ja, Müll.»

Seitdem der Mann wieder zurück in Hamburg ist, bin ich den ganzen Tag mit dem Baby alleine und lege einen beunruhigenden Hang zu Selbstgesprächen an den Tag. Er ist inzwischen seit einer Woche weg, wir wussten, dass das früher oder später so kommen würde. So lange es ging, hatte er alles von hier aus erledigt, aber nun muss er für irgendeinen NDR-Beitrag über Gartenzwergeverstümmelung in die Lüneburger Heide.

«Noch eine Woche, dann ist der Papa wieder da», nuschle ich in Richtung Schädeldecke meines Sohnes, auf dem ein paar Brötchenkrümel von meinem Frühstück thronen. Seitdem diese lästige Stillgeschichte vom Acker ist, fühle ich mich entspannter und ausgeglichener. Zumindest so ausgeglichen, wie das eine Person meines neurotischen Naturells sein kann. Den Kontakt mit meiner Hebamme habe ich direkt abgebrochen, nachdem die Entscheidung gefallen war, in Zukunft zuzufüttern – was ein wenig vorschnell gewesen ist. Denn da sich der Krümel als Riesenfan der Fläschchen-Ernährung herausstellte und wir recht schnell entschieden, die *Operation: Stillen* komplett seinzulassen, fiel mir erst anschließend ein, dass ich nicht den Hauch einer Ahnung hatte, wie man eigentlich abstillte. Und ist die hauseigene Milchproduktion erst einmal angeschmissen, hört der Körper so schnell nicht damit auf. Er produziert fröhlich weiter. Bis einem die Brüste fast explodieren. Das wiederum ist unfassbar schmerzhaft und endete in meinem Fall mit einer Entzündung und einem Besuch im Krankenhaus. Dort endlich wurde ich in die Mysterien des Abstillens eingeführt und als ich der Ärztin vor Ort von dem Teil mit der *Stillverwirrung* erzählte, bekam sie beinahe ein Schleudertrauma vom vielen Kopfschütteln.

Jonah muss seitdem nicht mehr wütend seinem Hungertod entgegensehen. Ich muss mich nicht mehr mit meinem Versagen als Mutter auseinandersetzen – etwas, wozu ich im Laufe der kommenden Jahre sicherlich noch genügend Gelegenheit bekommen würde. Und der Mann konnte ruhigen Gewissens nach Hamburg fahren und uns hier für zwei Wochen alleine lassen.

Wobei alleine lassen nicht ganz richtig ist. Meine Mutter kommt alle paar Tage vorbei und versorgt uns mit allem, was ich nicht mittels Kinderwagen selbst besorgen kann. Oder will.

Heute aber hat Caro uns endlich ihre Aufmachung angekündigt. Was der Grund ist, warum ich seit zwei Stunden mit vorgeschnalltem Baby die Wohnung putze. In den vergangenen sechs Wochen haben wir uns kein einziges Mal gesehen und lediglich Nachrichten ausgetauscht, wobei ich versucht habe, mich mit den üblichen «Schau mal, noch ein Foto von meinem Neugeborenen!»-Bildern zurückzuhalten.

Meine Wohnung ist zwar immer noch nicht fertig eingerichtet, und im Kinderzimmer stehen weiterhin drei unausgepackte Kisten unter einer gigantischen Tagesdecke versteckt, aber zumindest die Laune ist stabil und ich wieder gesellschaftsfähig. Vor allem jedoch freue ich mich auf Caro. Sie endlich wieder regelmäßig und leibhaftig und nicht nur via Telefon, WhatsApp & Co. in meinem Leben zu wissen, macht mich geradezu trunken vor Freude. Dementsprechend wippend ist auch mein Gang, als sie wenige Minuten später klingelt. Sie stürmt herein, schüttelt ihre lange, dunkelbraune Mähne, die sich vom Nieselregen in eine wilde Lockenpracht verwandelt hat, und strahlt mich an: «Oh mein Gott, der ist ja immer noch so klein! Und du bist immer noch so dick! Aber die Wohnung sieht hübsch aus.» Sie lacht schallend und ich mit.

«Kommst du gerade aus der Uni?», frage ich mit Blick auf ihre mit Büchern gefüllte Tasche.

«Ja, ich halte dieses Semester das erste Mal ganz alleine eine Übung. Alte Geschichte. Ist mehr Arbeit, als ich dachte», stöhnt sie. Ich nicke. Jonah hat es heute zweimal geschafft, sich so vollzuscheißen, dass die grünbraune Suppe den gesamten Body bis zum Nacken hochgeschossen ist – ich habe also eine grobe Vorstellung, was es bedeutet, mehr Arbeit als ursprünglich gedacht zu haben.

Wir setzen uns in meine kleine Küche, die aufgrund des sofalosen Wohnzimmers immer noch als Wohnraumersatz dient.

«Trägst du ihn die ganze Zeit mit dir rum?», fragt Caro, während ich das Pulver in die Espressokanne fülle und Kaffee aufsetze.

Ich schaue an mir herunter: «Ist nicht so schlimm, wie es aussieht. Man gewöhnt sich dran. Ich muss nur ein wenig aufpassen, dass er mir nicht in den Mülleimer oder die Spülmaschine fällt, wenn ich mich nach vorne überbeuge. Aber ansonsten geht's.» Sie blinzelt mich einen Moment ungläubig an.

«Wenn du das sagst.» Sie zuckt leicht mit den Schultern und kramt in ihrer Tasche nach Zigaretten, bis ihr einfällt, dass Rauchen jetzt und hier vielleicht nicht die grandioseste aller Ideen ist.

«Die Übung würde dir übrigens gefallen», sagte sie dann, «ich sollte sie eigentlich mit Jasmin zusammen halten. Kennst du noch Jasmin? Sie war damals mit uns in diesem Proseminar über Antike-Rezeption im Faschismus.» Ich kannte sie nicht und erinnerte mich nur lückenhaft an das Proseminar. Irgendwas mit Mussolini und Hitler und Säulen und breiten Straßen und Leni Riefenstahl. Caro fährt unbeirrt fort und erzählt, wie Jasmin sie hängengelassen hat, sie im Grunde jetzt alles alleine machen müsse und das, obwohl sie so viel mit der Recherche für Professor Thieles neues Buch über Albert Speer an den Hacken hat. An Professor Thiele erinnere ich mich: Ein stets sonnengebräunter Mann mit lichtem Haar, gebleechten Zähnen und Maßanzügen, der nie verwunden hat, dass er nicht Joachim Fest ist. Vermutlich schrieb er deswegen alle paar Jahre ein Buch über irgendeinen Nazi beziehungsweise ließ die Drecksarbeit von seinen Doktoranden erledigen und fummelte am Ende alle Notizen und Quellen zu einem adretten Taschenbuch zusammen, das all seine Studenten kaufen und auswendig lernen mussten, wenn sie eine Eins haben wollten.

«Erinnerst du dich an Holger?», sagt Caro plötzlich und reißt mich aus meinen Professor-Thiele-Tagträumen, «der hat immer noch nicht seinen Abschluss gemacht. Ich verstehe überhaupt nicht, dass die den nicht mal langsam exmatrikulieren. Der muss doch der letzte Magisterstudent der Bundesrepublik sein!» Das Schicksal von Holger interessiert mich nicht wirklich, dennoch nicke ich, als ich ihr den Kaffee einschenke.

«Hmmm … der riecht gut. Ohne Kaffee wäre ich tot!» Sie lacht und grunzt dabei ein wenig unabsichtlich. Das macht sie schon, seitdem ich sie kenne, und schon damals fand ich es zauberhaft.

«Na ja, wie auch immer», fährt sie fort, «es ist alles im Moment auf alle Fälle ein wenig viel für mich. Die Diss, die Uni, die Studenten, und man hat ja auch immer noch ein Sozialleben. Aber jetzt gerade, genau in diesem Moment, möchte ich einfach nur in ein Auto oder ein Flugzeug steigen und ganz weit reisen. Marlies fliegt nächste Woche mit ihrem Oliver nach Kambodscha. Da würde ich ja auch gerne hin. Aber woher die Zeit nehmen?» Sie schaut mir tief in die Augen, und ich warte darauf, dass sie so etwas in die Richtung von *Du kennst das sicher selbst* oder *Aber wem erzähle ich das?* sagt, aber stattdessen meint sie: «Du kannst dir echt nicht vorstellen, was bei mir los ist.»

«Nein, kann ich nicht», antworte ich trocken. Es spielt keine Rolle, ob ich etwas sage oder nicht.

«Ich meine, letzte Woche habe ich mir vier Paar Schuhe gekauft. Vier Paar. Das sagt doch im Grunde alles über mein Stresslevel, findest du nicht?» Sie schaut mich wieder an, aber dieses Mal antworte ich nicht, sondern nicke nur. Ich habe so viel Stress, ich hab nicht mal Zeit, mir *ein* Paar Schuhe zu kaufen.

Caro schüttelt den Kopf. Sie erzählt von Übersprungshandlungen und Impulskontrollproblemen, unter denen sie leidet, und nennt noch ein paar andere schicke Wörter, die sie auf irgendeinem Blog für Menschen der Generation Y gefunden hat, die eine Entschuldigung dafür brauchen, warum sie sich nicht erwachsen und verantwortungsbewusst benehmen können.

Als sie nach etwa einer Stunde immer noch nicht den Weg

raus aus ihrem Monolog findet, bemerke ich mit einer gewissen Erleichterung, wie es sich im Tragetuch zu rühren beginnt.

«Ich glaube, er braucht sein Fläschchen», sage ich und unterbreche sie eiskalt in ihrem Vortrag über ihre neueste sexuelle Errungenschaft. Sie schaut mich verdutzt an: «Oh. Ja. Klar. Fläschchen? Stillst du nicht mehr?»

Ich schüttle den Kopf, während ich das Pulver in die kleine Flasche fülle: «Hatte ich dir doch letzte Woche geschrieben. Oder etwa nicht?» Für eine Sekunde zweifle ich an mir selber, vielleicht die Spätauswirkungen meiner ganz eigenen Stillverwirrung.

«Ah ja», ruft sie, als wäre ihr bei Günter Jauch gerade die richtige Antwort eingefallen. «Erinnere mich wieder. Kann ich supergut verstehen, hätte ich auch so gemacht. Ich meine, ist ja auch irgendwie irritierend, wenn da einer ... also die ganze Zeit so an den Brüsten ... du weißt schon. Na ja. Auf alle Fälle gut für dich!» Sie hebt die Kaffeetasse, um mir symbolisch zuzuprosten.

«Ja, gut für mich», sage ich halblaut und gebe Jonah die Flasche, was offenbar das Zeichen für Caro ist, dass sie weiterreden kann. Darüber, warum sie den Kontakt zu Jan abgebrochen hat und wieso Sandra ein elendes Miststück ist, das an Syphilis verrecken soll. Vielleicht war es auch andersrum, ich verliere den Überblick.

Als sie nach fast drei Stunden wieder geht und ich die Tür hinter ihr schließe, bleibt ein fahles Gefühl von Enttäuschung. Etwas hat sich verändert zwischen ihr und mir. Das Gefühl, ohne viele Worte verstanden zu werden, ist Ermattung und Verärgerung gewichen. Wie kann nur in so kurzer Zeit eine solche Entfremdung entstehen? Ist unsere Freundschaft eine, die nur funktioniert, solange unsere Leben in parallelen Bahnen nebeneinanderher laufen? Solange Herzen und Gedanken im selben Takt um dieselben Themen kreisten?

Ich bin nicht mehr dieselbe. Und während Caro weiterhin mit beiden Beinen in der Welt der Uni verhaftet ist, ein Leben führt, das ich bis vor einem Jahr ebenfalls geführt habe, voller Bücher, dreht sich meine Welt nun fast ausschließlich um die vielfältigen Wickelmethoden von Babytragetüchern und die geradezu existenzialistische Frage, welches Waschmittel dafür sorgen kann, dass ich spinatgrüne Exkremente aus ehemals schneeweißen Bodys herausgewaschen bekomme. Während Caro immer noch in der Mensa isst und auf Fakultätspartys geht, überlege ich, wann ich wohl das nächste Mal duschen kann, wie das mit dem Mann weitergehen soll und was zur Hölle ich nun mit dem Rest meines Lebens anfangen soll. Und ich hätte gerne mit meiner besten Freundin über all diese Dinge gesprochen.

Im Moment interessiert es mich nämlich einen feuchten Furz, ob Holger jemals sein Studium beendet oder was für Mommy-Issues Alexander der Große hatte. Diese ganze universitäre Welt mit ihren staubigen Filterblasen aus Büchern und Primärquellen spielt für mich keine Rolle mehr, weil – und das ist für jeden Geisteswissenschaftler vermutlich nur schwer zu verdauen – sie tatsächlich keine Rolle spielt. Sie bewirkt nichts, verändert nichts, außerhalb ihrer eigenen Filterblase.

Und während Caros Welt sich immer noch in dieser Filterblase abspielt, wurde ich aus ihr herauskatapultiert hinein in eine ganz andere Filterblase, in der man reduziert ist auf die simpelsten menschlichen Bedürfnisse: Schlafen, Essen, Verdauen und Saubermachen. In dieser nach Penatencreme riechenden Filterblase zählt nur noch, sich selbst und sein Mini-Me erfolgreich durch den Tag zu kriegen und möglichst selten dabei zu weinen, weil an einem das Gefühl nagt, man würde an der Verantwortung zerbrechen. Dafür gibt es hier pastellfarbene Strumpfhosen mit kleinen Kätzchen drauf, klitzekleine, superputzige Sneaker und 1200 verschiedene Varianten, Kekse ohne weißen Industriezucker und Gluten zu backen. Ha!

KAPITEL 22

Die Rückbildungs-gymnastik

Ich liege nur da und starre den Wecker an. Ich kann nicht sehen, wo genau er steht, ohne Brille und in fast völliger Dunkelheit habe ich die Sehkapazitäten eines sehr senilen Nacktmulls, aber die Wellen der Verachtung, die meinen Körper photonentorpedoartig verlassen, finden sicherlich instinktiv und zuverlässig ihr Ziel. Ich werfe mich laut schnaufend im Bett umher. Natürlich könnte ich einfach aufstehen. Irgendwas Sinnvolles machen. Duschen. Kaffee trinken. Vor dem Spiegel ein Gesicht üben, das meine Umwelt davon überzeugt, dass ich mich auf diesen Tag freue. Könnte.

Aber nicht mit mir, schnaufe ich halblaut und ernte vom Wecker nur stoisches Schweigen. Jetzt schon aufzustehen, käme doch einem Sieg dieser kleinen Bestie gleich. Nein, ich bin wie Sarah Connor. Ich lasse die Maschinen nicht über mich triumphieren. Ich gebe nicht auf. Ich bleibe hier so lange liegen, bis meine Zeit gekommen ist. In 27 Minuten.

Normalerweise brauche ich auch keinen Wecker. Ich habe schließlich die fleischige Urform davon vor wenigen Wochen zur Welt gebracht. Aber heute ist Dienstag, und da ich nun dienstags das Haus immer extremst pünktlich verlassen muss, steht am Abend zuvor immer ein martialisch aussehender Wecker auf der Kommode.

Eigentlich ist es quasi unmöglich, mit einem Neugeborenen

pünktlich das Haus zu verlassen, aber ich habe keine Wahl. Denn ab heute darf ich jede Woche meinen immer noch leicht adipösen Körper samt Verursacher – formerly known as «Das Baby» – durch die Altstadt bugsieren, um dort um Punkt neun Uhr in einer Hebammenpraxis auf dem Boden zu liegen und den Höhepunkt meiner ansonsten ereignislosen Woche zu durchlaufen: die Rückbildungsgymnastik!

Rückbildungsgymnastik – das klingt öde und langweilig und nach Seniorenturnen. Und genau das ist es. Ich rolle mich stöhnend aus dem Bett, schalte das Licht ein und bleibe so lange trotzig vor dem Wecker auf der Kommode stehen, bis er schließlich um sechs Uhr klingelt und ich ihn ausschalten kann.

Leise tapse ich durch die dunkle Wohnung ins Bad, natürlich nicht ohne kurz beim Kinderzimmer anzuhalten und den kaum wahrnehmbaren Schnarchlauten des Krümels zu lauschen. Diese immense Erleichterung, jedes Mal aufs Neue festzustellen, dass Jonah immer noch am Leben ist, ist kaum mit Worten zu beschreiben. Haben andere Mütter das auch? Um das in Erfahrung zu bringen, müsste ich mit welchen reden, aber ich mag andere Mütter nicht sonderlich. Nach dem fehlgeschlagenen Versuch, meine beste Freundin mehr in meine pampersgeschwängerte Welt einzubinden, sollte ich dieser ganz speziellen Personengruppe gegenüber aber vielleicht ein wenig aufgeschlossener sein. Was mich wieder zur Rückbildungsgymnastik bringt.

Natürlich ist selbst mir klar, dass so ein bisschen mit dem Popo auf der Yogamatte rumrutschen kein Training im herkömmlichen Sinne ist. All die fitten Ladys da draußen, die freiwillig Dinge wie Body Fit, Fat Burning Tabata oder Energy Cycling absolvieren und sich am liebsten «girlswholift» in den

Nacken tätowieren lassen würden, haben dafür sicherlich nur ein müdes Lächeln übrig. Aber ich bin bekanntlich keine dieser Ladys.

Dementsprechend besitze ich natürlich auch keine Sportsachen. Zumindest nichts, was diese Bezeichnung wirklich verdienen würde. Auf dem Badewannenrand liegt meine auberginefarbene «Jogginghose» und ein schwarzes Neckholder-Top, das zumindest optisch den Eindruck erweckt, ich wäre die Reinkarnation von Sporty Spice.

Wieso ich überhaupt jede Woche diesen Kreislauf der Folter über mich ergehen lasse? Damit ich nicht den Rest meines Lebens in meinen Schlüppi pinkle, sobald ich niesen muss. Denn das ganze Fluchen, das Meckern und Motzen – all das hilft im Gegensatz zu adretten Beckenbodenübungen nur bedingt bis gar nicht gegen Inkontinenz. Und die gehört zu der langen Liste von Sachen, die man durch eine Schwangerschaft gerne als Gratis-Bonus bekommt. Ungefragt. Natürlich.

Zwar soll die Rückbildungsgymnastik auch gegen Unterleibsschmerzen, Hämorrhoiden und etwas, was sich Gebärmuttersenkung schimpft, helfen, aber seien wir ehrlich: Seit ich hochschwanger im Aldi husten musste und mich fast eingepullert habe, bereitet mir allein die Aussicht, die nächsten Jahrzehnte im Drogeriemarkt immer eine Maxi-Packung Tena Lady aufs Band packen zu müssen, schlaflose Nächte.

Klar könnte ich die Übungen auch zu Hause machen. Bequem im Schlafanzug und ohne den Wecker verfluchen zu müssen. Aber jeder, der sich schon mal eine DVD für Tai-Chi oder Pilates gekauft und dann zugesehen hat, wie sie – eingeschweißt – langsam im Regal verstaubt, weiß um die Wahrscheinlichkeit, mit der man solche Übungen dann regelmäßig zu Hause macht. Und da es hier darum geht, die komplette

Kontrolle über meine Blase zurückzuerlangen, darf ich nicht das Risiko eingehen, mich von meiner eigenen Prokrastinationsfähigkeit überrumpeln zu lassen.

Nachdem ich mich fertig gemacht und die Windeltasche gepackt habe, in der eine Mutter von heute stets alles dabei hat, um eine Zombie-Apokalypse zu überleben, sitze ich kurz unschlüssig in der Küche und bin nicht sicher, ob ich den Kleinen nun wecken oder warten soll, bis er von alleine aufwacht. An manchen Tagen wird er recht spät wach. Wenn man dann zügig das Haus verlassen muss, heißt es binnen 15 Minuten, Windeln wechseln, anziehen, Fläschchen geben und los! Zeitstress bekommt eine ganz neue Bedeutung. Und selbst an den Tagen, an denen er früher wach wird, sorgt seine Fähigkeit, sich noch einmal genau in dem Moment komplett einzuscheißen, wenn man das Haus verlassen will, nicht gerade für Entspannung. Und ich gehe auch heute davon aus, dass ich schweißnass und völlig entnervt an der Hebammenpraxis ankommen werde.

Während ich wenig später wie erwartet mit dem Kinderwagen durch die Altstadt hetze, überlege ich, ob die Idee mit der DVD für zu Hause nicht doch eine Lösung wäre. Allein schon, damit ich bei diesen arschkalten Temperaturen nicht mehr so früh rausmuss. Aber ich erinnere mich an die Yogamatte, das Springseil und die beiden Hanteln, die ich mir im Laufe der Jahre bei Tchibo so enthusiastisch für mein «Home Gym» angeschafft hatte und die nun wie Kaspar Hauser ihr trauriges Dasein im dunkeln Keller fristen. Knapp zwei Minuten vor Beginn des Kurses komme ich an der Praxis an. Dem babylonisch anmutenden Turm aus Kinderwagen im Treppenhaus zufolge bin ich die Letzte. Ich versuche eine Stelle zu finden, an der ich meinen auch noch festschließen kann – zwar werden hier im Gegensatz zu Berlin Kinderwagen eher selten in Brand gesetzt, da sie aber oft den Wert eines deutschen Kleinwagens haben und bei Ebay Kleinanzeigen eine Großfamilie durch den Monat bringen können, sollte man sie niemals wie Freiwild in der Gegend rumstehen lassen und am besten immer mit einem dreifachen Stahlschloss sichern.

Ich überlege, ob ich nachher wohl eine Kettensäge brauche, um meinen Kinderwagen aus der Umklammerung der anderen wieder freizuroden, und mache mich auf den beschwerlichen Aufstieg in den dritten Stock. Man könnte mich als hart oder ungerecht bezeichnen, aber ich versteige mich zu der Aussage, dass es nicht von besonderer Intelligenz zeugt, eine Hebammenpraxis im dritten Stock eines Altbaus einzurichten.

Oder war man sich über seine eigene Zielgruppe so dermaßen nicht im Klaren, dass man nun völlig überrascht von den Massen an Frauen ist, die sich in den unterschiedlichen Stadien ihrer Schwangerschaft und Fettheit, tagaus, tagein, die unzähligen Stufen hinaufquälen und eine Symphonie an leisen Flüchen ausstoßen? Aber spätestens mit meiner kleinen Exkursion in die muntere Welt des Stillens gehören Hebammen zusammen mit Psychotherapeuten und vogonischen Lyrikern ohnehin zu meiner drittliebsten Berufsgruppe in diesem Universum.

Die Praxis selbst ist komplett in Lila eingerichtet – von den Tapeten über die IKEA-Stoffblumen und Deko-Kissen bis zum fliederfarbenen Teppich. Was erst noch einen goldig-putzigen Charme hat, wirkt bei Menschen wie mir, die sich ansonsten bevorzugt in verschiedenen Schwarz- und Grautönen kleiden und schon Beige als zu grell empfinden, auf Dauer leicht verstörend.

Ich begrüße die anderen Mütter, die sich alle schon umgezogen im Übungsraum eingefunden haben. Ich bin zwar nur fünf Minuten zu spät dran, aber schon scheinen sich die ersten zarten Knospen frischer Freundschaften entwickelt zu haben, die in den kommenden Wochen sicherlich zu dicken, unzerstörbaren Banden mutieren. Eigentlich kennt man sich noch nicht wirklich, aber man teilt das beschwerliche Los eines lädierten Körpers inklusive mehr oder weniger ausgeprägter Inkontinenz, sowie das Bewusstsein, dass man dringend andere soziale Kontakte braucht, um nicht wahnsinnig zu werden. Offenbar reicht das, um MüFFL zu werden. Mütter-Freundinnen fürs Leben. Und meiner persönlichen Misanthropie zum Trotz brauche ich genau das im Moment.

Ein wenig bin ich neidisch, wenn ich sehe, wie zwei angehende MüFFL, die ich Hanni und Nanni nenne, mit einer kaum nachzuahmenden Überschwänglichkeit und Innigkeit zusammenhocken. Wie Zwillinge, die nach der Geburt getrennt wurden. Hanni und Nanni haben beide die gleiche Figur, sind etwa gleich groß und tragen beide den selben brünetten, schulterlangen Haarschnitt mit Pony und auch noch das gleiche, gestreifte Oberteil. «Als hättet ihr euch abgesprochen!», lacht eine andere Mutter schallend. Ihr Baby ist gefühlt zehn Kilo schwer und liegt wie ein Orca-Baby bewegungslos auf dem Boden. Wenn ich so ein Baby zur Welt gebracht hätte, hätte ich wohl nicht so viel zu lachen.

Abgesehen von Hanni und Nanni und der Orca-Mama sind noch zwei andere Mütter da, die etwas gegen ein Leben mit Slipeinlagen unternehmen wollen. Die eine ist eine Inderin oder Pakistani mit sehr schlechten Deutschkenntnissen und einem sehr langen, komplizierten Namen, den ich mir selbst dann nicht hätte merken können, wenn ich gewollt hätte, und die ich aus stereotypischen Gründen nur Rajesh Koothrapali nenne. Die andere heißt Chayenne-Alexandra – und das ist tatsächlich ihr wirklicher Name. Spätestens als sie beim ersten Mal sagte, wir könnten sie auch Chayal nennen, wusste ich, dass ich ihren Namen nie wieder aus meinen Synapsen würde tilgen können.

Da es hier keine Umkleide gibt, ziehen wir uns im Trainingsraum selbst um, was dem Ganzen den zarten Hauch einer pubertierenden Mädchenumkleide verleiht. Nur mit mehr CK1 statt Vanille-Deo. Ich hatte überlegt, mich schon zu Hause umzuziehen, aber zum einen möchte ich meinen Mitmenschen auf der Straße meinen Anblick «in Trainingsklamotten» aus humanitären Gründen gerne ersparen, zum anderen bin ich ein latenter Voyeur und schaue mir andere Körper gerne an, um sie nach Unvollkommenheiten abzusuchen und um erleichtert festzustellen, dass man nicht die einzige Person mit seltsamen Dellen in den Oberschenkeln, faustgroßen Krampfadern an den Waden und der geradezu obligatorischen Post-Schwangerschaftswampe ist.

Britta, die Hebamme, trägt einen knallroten Trainingsanzug aus Nikki-Stoff, der sich grässlich mit dem Lila des Raumes beißt. Sie ist zwischen 25 und 55 – soll heißen, ihr blondes Haar ist voll und kräftig, das Gesicht quasi faltenfrei und der Po knackig, aber die Höhe ihrer BH-losen Brüste lässt erahnen, dass die Schwerkraft schon seit einigen Jahrzenten ihr unerbittlicher Feind sein dürfte.

Nachdem wir alle der Reihe nach gestanden haben, dass niemand von uns bisher irgendwelche Übungen zu Hause gemacht hat, legt Britta seufzend und lachend zugleich eine CD mit indisch angehauchter Meditationsmusik auf, und ich frage mich, ob genau in diesem Moment eine indische Hebamme in Mumbai eine CD mit den größten Hits von Andrea Berg auflegt.

Wir machen es uns auf unseren Matten bequem, die Babys in die Mitte, wobei Jonah, von seinem Desinteresse an anderen Säuglingen übermannt, sofort einschläft. Die Söhne von Hanni und Nanni liegen natürlich nebeneinander und schmieren sich gegenseitig ihre hygienisch fragwürdigen Körperflüssigkeiten ins Gesicht, während ihre Mütter vor Begeisterung über diese zarte Annäherung beinahe applaudieren. Ich widerstehe dem Drang, alle Anwesenden mit Sagrotan abzureiben und bemühe mich, mich auf die Übung zu konzentrieren, bei der ich meine inneren Schamlippen anspannen und in Richtung meines Uterus atmen soll. Nicht, dass ich wüsste, wie genau man seine inneren Schamlippen anspannt oder wie zielgerichtet der Teil mit dem Uterus sein muss oder ob es auch okay ist, wenn ich aus Versehen in Richtung meiner Eierstöcke atme. Oder meiner Milz.

Als ich versuche, in den Gesichtern der anderen einen Hinweis für eine vergleichbare Orientierungslosigkeit zu finden, bemerke ich, wie das Orca-Baby Zentimeter für Zentimeter immer näher an Jonah heranrobbt. Irgendwas in seinem Blick erinnert an ein Raubtier kurz vor der Fütterung. Gut, vielleicht ein ganz schön dickes Raubtier mit Stummelbeinen, aber dafür umso entschlossener! Doch bevor das Orca-Baby seinen zahnlosen Kiefer in mein Kind schlagen kann, springt die Orca-Mama mit einem Lachen herbei und zieht ihn an den stämmigen Beinchen weg.

«Was machst du denn da?», grinst sie und schaut mich an, ganz so, als hätte ich eine Antwort auf das Hannibal-Lecter-artige Verhalten ihres Sohnes. Als ich mich wortlos wieder hinlege, um erneut zu versuchen, meinen Uterus zu finden, höre ich sie noch sagen: «Du hast bestimmt wieder Hunger, was?» Das Rascheln eines Shirts und das Schnappen eines Still-BHs ist zu hören, und ich beschließe, vorerst die Augen nicht mehr aufzumachen.

Ich beneide Jonah, der immer noch schläft. Ihn kümmert nicht, dass der kleinen Maxima seit einer halben Stunde grüngelblich schimmernder Schnodder aus der Nase läuft und hustet, als würde sie an einem Tuberkulose-Sound-Test teilnehmen. Ihn kümmert auch nicht, dass seine Mutter keinen blassen Schimmer hat, wie sie in diesem Moment ihren Bauchnabel nach innen ziehen soll.

Am Ende der Stunde setzen wir uns alle noch einmal in den Schneidersitz, um zu atmen. Dieses Mal in uns hinein. Um uns zu spüren. Vermutlich sollte ich einfach froh sein, dass das nicht einer dieser Kurse ist, an deren Ende sich alle immer umarmen und die gegenseitige Liebe spüren lassen. Während alle anderen also sich spüren, spreche ich in Gedanken mein offizielles Rückbildungsgebet:

Lieber Gott,
ich glaube zwar nicht an dich – nicht, weil ich frustrierte Ex-Katholikin bin, sondern eine von Richard Dawkins zum gleißenden Licht des Atheismus geführte Erleuchtete –, aber es wäre trotzdem furchtbar nett von dir, wenn du dafür sorgen könntest, dass ich nie wieder aus Versehen pinkeln muss. Zumindest bis ich 50, 60 bin. Denn ich habe das Gefühl, dafür kann weder diese Rückbildungsgymnastik noch Dawkins selbst sorgen.
Amen. Und Danke.

«So, wer hat noch Lust auf eine Rhabarberschorle?», erklingt plötzlich Chayals Stimme und reißt mich aus meinem intimen Zwiegespräch mit dem nicht-existenten Allmächtigen.

«Oh, das klingt super!», ruft Hanni aus. Vielleicht ist es auch

Nanni. So oder so, die andere stimmt in die Begeisterung über das vermutlich langweiligste Getränk dieses Planeten augenblicklich mit ein.

«Kommt sonst noch jemand mit?», fragt Chayal und schaut mich und die Orca-Mutti an.

«Ich muss leider los. Das nächste Mal!», lüge ich und sammle den langsam erwachenden Jonah ein, während die immer noch stillende Orca-Mutti nur stumm auf ihr, an der Brust offensichtlich festgewachsenes Baby weist. Mein Bedürfnis, mich mit anderen Müttern privat zu treffen, ist nach dieser Stunde erst einmal befriedigt.

«Dann sind es nur wir drei», sagt sie und ignoriert Rajesh Koothrapali, die das hinzunehmen scheint. Doch Britta springt dazwischen: «Was ist mit dir, Abhineeti?»

Doch Abhi- und zack! habe ich den Namen wieder vergessen: Doch Rajesh Koothrapali schüttelt nur den Kopf und wirft die Hände nach oben: «Oh nein, nein. Ich keine Zeit. Nach Hause.» Sie lächelt, und man kann beinahe hören, wie Chayal in diesem Moment erleichtert ausatmet. Man ist eben nicht gleich ein anderer oder besserer Mensch, nur weil man Mutter ist.

Während die drei Grazien samt Nachwuchs schon ihrer Rhabarberschorle entgegenmarschieren, gebe ich Jonah noch schnell die Flasche und watschle anschließend langsam und müde die drei Stockwerke herunter. Im Erdgeschoss höre ich es plötzlich bei den Kinderwagen rumpeln und poltern und fluchen.

«Scheiße, verdammt!», schallt es von unten. «Ich mach drei Kreuze, wenn ich diese Scheißtreppen nicht mehr hoch und runter muss! Geh raus, du verkackter Kinderwagen!»

Als ich unten ankomme, stehe ich zu meiner Überraschung Rajesh Koothrapali gegenüber, die mich wütend und nicht minder überrascht anblinzelt. Es ist ein bisschen so wie in einem der Spionage-Bücher von John le Carré. Nur bin ich Smiley mit einem gähnenden Baby auf dem Arm und sie irgendein Doppelagent, der sich gerade aus Versehen selbst enttarnt hat.

«Wenn du nichts verrätst, verrate ich auch nichts», sagt sie schließlich.

«Verraten?»

«Denkst du, du bist die Einzige hier, die keinen gesteigerten Wert auf Rhabarberschorlen legt?»

Ich blinzle sie überfordert an: «Ich weiß nicht, was du meinst.»

«Du hast für eine Sekunde so ausgesehen, als stündest du kurz vor einer Panikattacke, als die gruseligen Zwillinge dich gefragt haben, ob du noch mitkommen möchtest. Sei ehrlich: Du musst nirgendwohin. Du wolltest nur nicht mit.» Sie beugt sich konspirativ nach vorne. «Und das ist okay. Dein Geheimnis ist bei mir sicher. Solange mein Geheimnis bei dir auch sicher ist.»

Ich kneife die Augen zusammen. Meine Tarnung ist ebenfalls aufgeflogen. Langsam gehe ich auf sie zu, und wir starren uns für einen Moment an, nicht sicher, wen genau wir da jeweils vor uns haben. Schließlich nicke ich: «Einverstanden.»

«Gut», sagt sie und reißt ihren Buggy aus dem Gewirr der anderen Kinderwagen: «Dann bis nächste Woche.»

«Bis nächste Woche», antworte ich und sehe ihr zu, wie sie durch die riesigen Flügeltüren auf die Straße verschwindet.

«Vielleicht sind ja doch nicht alle anderen Mütter scheiße», sage ich zu Jonah, der schon wieder wegschlummert.

KAPITEL 23

Die Familienfeier

«Puh, ich will nicht», stöhne ich, als ich aus dem Auto steige und die hintere Tür öffne, um Jonah aus dem Kindersitz zu nehmen.

«Was willst du nicht?», fragt der Mann irritiert.

«Da rein!», antworte ich und werfe meinen Kopf theatralisch in Richtung des riesigen Fachwerkhauses hinter uns. Ein geschwungener Weg aus High-Heels-feindlichen Kieselsteinen führt an perfekt geschnittenen Büschen und einem auf den Millimeter genau gestutzten Rasen vorbei ins Haus. Das Haus, in das ich gerade wirklich so gar nicht rein möchte.

«Dir ist schon klar, dass wir nur deinetwegen hier sind? Ich könnte zu Hause sein und Fußball gucken. Oder mir die Zehennägel schneiden», erwidert der Mann trocken und tut so, als wenn meine und damit seine Anwesenheit eine freiwillige wäre.

«Ach», sage ich und winke ab. «Du bist doch nur mitgekommen, weil du hoffst, dass ich dir damit einen Gefallen schulde, den du im Schlafzimmer dann einfordern kannst.»

Er lacht: «Hey! Das ist nicht nett. Es ist wahr, aber es nicht sonderlich nett, es laut auszusprechen.»

Ich grinse und merke, wie froh ich bin, dass er mitgekommen ist. Seit einer Woche ist er wieder in Bonn und hat es so eingerichtet, dass er neben den Wochenenden jeden Monat mindestens eine ganze Woche bei uns sein kann. Wir haben zwar immer noch kein klärendes, abschließendes Gespräch geführt, sodass ich auf die Frage nach unserem offiziellen Beziehungsstatus nur Gestammel von mir geben kann, aber wie immer man das, was wir im Moment haben, auch nennen mag: Es gefällt mir. Und ihm offenbar auch. Sonst hätte er sich vermutlich mehr dagegen gesträubt, heute den restlichen Teil meiner Familie kennenzulernen.

«Da seid ihr ja endlich! Ich hatte mir schon Sorgen gemacht», ruft meine Mutter von der Seite, als sie mit wehenden Haaren den Weg vom Haus zu uns heruntereilt und ihren Enkel an sich reißt, den sie seit gestern nicht gesehen hat – was offenbar eine unzumutbar lange Zeit für eine Großmutter ist. Kaum vorstellbar, dass das dieselbe Person ist, die vor knapp einem Jahr beinahe einen Infarkt bekommen hat, als ich ihr von meiner Schwangerschaft erzählte.

«Alle anderen sind schon da», sagt sie, und ich bin nicht sicher, ob das eine allgemeine Information, eine lieb gemeinte Vorwarnung oder doch ein latenter Vorwurf sein soll.

«Dann gehen wir mal besser schnell rein!», flötet der Mann eine Spur zu gut gelaunt, klemmt sich die Wickeltasche unter den einen Arm und nimmt meine Mutter an den anderen. Ich trotte missmutig hinter ihnen her.

Die beiden verstehen sich inzwischen ziemlich gut, was ich auf der einen Seite durchaus mit Erleichterung wahrnehme. Schließlich war er in ihren Augen in den ersten Monaten ausschließlich der Mensch, der ihre Tochter geschwängert hat. Also Sex hatte. Mit seinem Penis. Nicht, dass meine Mutter das Wort aussprechen würde, aber ich vermute, dass er genau das in der ersten Zeit für sie war: Der Penis, der ihr kleines Mädchen befruchtet hat. Inzwischen spricht sie ihn sogar mit Namen an und wechselt vollständige Sätze mit ihm. Dinge, die man mit einem Penis ja nicht ohne weiteres machen würde.

Auf der anderen Seite fürchte ich jedoch ständig, die beiden könnten sich gemeinsam gegen mich verschwören. Gott bewahre, dass meine Mutter und der Mann eine unheilige Allianz gegen mich schließen. Drinnen sollte ich die beiden am besten schnellstmöglich voneinander trennen.

Vielleicht wird dieser Nachmittag aber auch gar nicht so schlimm, wie ich ihn mir ausmale. Ich bin einfach ein notorischer Meckerer und Schwarzseher. Das ist schließlich nur die goldene Hochzeit meiner Großeltern, nicht meine eigene Exekution. Sicherlich, meine gesamte Verwandtschaft wird da sein. Vorrangig Menschen, vor denen ich damals quasi nach Berlin geflohen bin. Aber es wird auch Gratis-Essen geben. Ich mag Essen. Das Glas ist halbvoll, und wenn ich Glück habe, ist es ausreichend mit Sekt gefüllt, sodass mir ganz schnell sehr egal sein wird, was um mich herum passiert.

Das Haus meiner Großeltern war mir schon in Kinderzeiten irgendwie unheimlich. Von außen recht herrlich und stattlich, direkt in Königswinter, vor den Toren Bonns, ist es an einen Hang mit geradezu atemberaubendem Blick auf den Rhein gebaut. Von innen jedoch ist es dunkel und verwinkelt und auf eine stephen-kingsche Weise so gruselig, dass ich bis heute überrascht bin, dort niemals von einem reinkarnierten Ed Gein oder Jack Torrance himself angegriffen worden zu sein. Da meine Großmutter offenbar ähnlich empfindet, hat sie ihr Augenmerk auf den Garten gerichtet, der mit wunderschönen Rosensträuchern bepflanzt ist. Jetzt, im kalten Februar, ist davon natürlich nicht viel zu sehen.

Drinnen angekommen stelle ich fest, dass wir tatsächlich die letzten sind. Meine Mutter verschwindet sofort mit Jonah ins Nebenzimmer, um ihn irgendwelchen angereisten Großcousinen zu präsentieren. Wie einen Pudel auf einer Zuchtshow. Es ist ein Wunder, das sie ihn nicht noch mal geföhnt, gekämmt und ein Schleifchen ins Haar gebunden hat.

«Claudia? Bist du das?» Noch bevor ich Gelegenheit habe, meinen Mantel abzulegen, kommt meine Cousine Merle auf mich zugeschossen und schließt mich in ihre Arme. «Ich hab dich kaum erkannt. Wir haben uns ja ewig nicht gesehen. Du hast dich ja total verändert.»

«Fett», erwidere ich trocken und reiche dem Mann meinen Mantel, damit er ihn aufhängen kann.

«Wie bitte?», stottert sie.

«Ich habe mich nicht verändert», sage ich, «ich bin nur fett geworden.»

Sie stottert unschlüssig: «Das habe ich ... Das meinte ich nicht. Ich meinte nur ... Wir haben uns so lange nicht gesehen.»

Ich bade mich einen Moment in ihrer Hilflosigkeit, dann erlöse ich sie aus ihrem Elend: «Wo sind denn Oma und Opa?» Sie zeigt in Richtung des Wohnzimmers. «Supi. Dank dir. Wir sehen uns sicherlich noch. Ich meine, ich bin ja quasi nicht zu übersehen!» Ich lache ein wenig zu laut und ziehe den verdatterten Mann, der gerade schon zu einer Vorstellung seiner Person ansetzen wollte, hinter mir her Richtung Wohnzimmer.

«Was war das denn?», flüstert er mir im Weitergehen zu.

«Merle», zische ich zurück.

«Ein wenig Kontext wäre hilfreich?»

Ich bleibe im Türrahmen stehen und schaue auf Merle zurück, die orientierungslos im Flur steht: «Sie ist meine Cousine, väterlicherseits, du weißt schon, der Vater, zu dem ich keinen Kontakt habe. Sie ist bildschön, extrem schlau, hat ihren BWL-Abschluss mit summa cum irgendwas bestanden – und ist das größte, hinterfotzigste Miststück, das du zu beiden Seiten des Rheins finden kannst.»

Der Mann spitzt die Lippen, als wolle er *Oooooh* sagen.

«Ich habe immer versucht, nett zu ihr sein, mir ihre Anerkennung zu verdienen, weil man natürlich instinktiv die Anerkennung von Menschen sucht, die einem offensichtlich in allem überlegen sind. Vergeblich. Aber als ich sie gerade gesehen habe, das erste Mal seit zwei Jahren, oder vielleicht auch dreien, wurde mir bewusst, dass sie mir egal ist. All diese Menschen hier. Verstehst du?»

Der Mann schüttelt den Kopf: «Nicht so richtig.»

«Wie solltest du auch, du bist nicht aus Bonn», erwidere ich, ganz so, als wenn das die Erklärung für alles wäre, «der Bonner ist ein sehr oberflächliches Wesen. Er mag es, wenn seine Straßen sauber, die Menschen höflich und die dazugehörigen Lebensläufe geradlinig sind. Er mag keine Abweichungen, kein Anderssein. Er lächelt immer, obwohl es nichts zu lächeln gibt. Warum sagt man, dass man sich freut, jemanden zu sehen, wenn man sich eigentlich zum Kotzen findet? Und warum zur Hölle fragen wir ständig andere Menschen, wie es ihnen geht, wenn wir doch eigentlich nur hören wollen, dass alles okay ist, damit wir weitergehen können? Der Bonner macht all das. Meine Familie macht all das. Und ich spiele da nicht mehr mit.»

Der Mann nickt: «Du hasst diese Stadt wirklich sehr.»

«Hass ist ein sehr starkes Wort», sage ich, «aber mir fällt gerade kein besseres ein.»

«Na gut», sagt er, «lass uns auf das konzentrieren, was gut an diesem Nachmittag ist. Wir haben einen Babysitter: deine Mutter. Und wenn wir für dich auch noch irgendwo ein Mousse au Chocolat finden, dürfte der Tag doch schon fast gerettet sein.» Er grinst und küsst mich, und wir machen uns auf die Suche nach meinen Großeltern, um ihnen zu der Leistung zu gratulieren, 50 Jahre zusammen zu sein und sich nicht gegenseitig umgebracht zu haben. Vor allem der letztere Teil wird ja häufig viel zu wenig gewürdigt. Nach dem letzten Jahr mit dem Mann weiß ich, wovon ich spreche. Wobei ich mich immer wieder bei dem Gedanken ertappe, dass er mich inzwischen besser zu kennen scheint, als viele, die mich schon viel länger kennen, und ich hoffe, dass nach dem vielen Auf und Ab nun ein wenig Ruhe einkehrt.

Wir finden meinen Großvater im Wohnzimmer an den Kamin gelehnt – den er selbst gebaut hat, wie er bei jeder nur möglichen Gelegenheit erwähnt. Er ist dabei, einen seiner berüchtigten Monologe über die Schlachten Alexanders des Großen zu führen. Er war bis zu seiner Pensionierung Studienrat und Lehrer für Geschichte und Politik – eine sehr ungünstige Kombination, wenn man Gast bei ihm ist. Irgendwann hat er die Neigung entwickelt, unaufgefordert stundenlange Vorträge über die Weltgeschichte zu halten. Dabei springt er leichtfüßig von 9/11 zum Untergang des Osmanischen Reiches und von dort zu Ramses II., und ehe man sich versieht, lauscht man einer dreistündigen Vorlesung über die Auswirkungen des Zweiten Vatikanischen Konzils. Während er plötzlich vom Tode Hephaistions zu der Bedeutung der einzelnen Gauleiter unter Hitler wechselt und in den nächsten Stunden kein Ende seines Vortrages in Sicht ist, trete ich behutsam an meine Großmutter heran, die ihrem Göttergatten gebannt lauscht.

Sie umarmt mich herzlich, als sie mich sieht. Ich hatte eigentlich immer ein gutes Verhältnis zu ihr, wenn sie auch meinen Umzug nach Berlin nie gutgeheißen hat. *Zu viele Migranten* war ihr primäres und einziges Argument dagegen. Dementsprechend froh ist sie, dass ich nun wieder in den Schoß der Familie zurückgekehrt bin. Nicht, dass wir uns dadurch häufiger sehen würden, denn vor etwa fünf Jahren haben die beiden angefangen, ihr Seniorendasein voll auszukosten. Sommer in Südfrankreich, Winter am Zürcher See, dazwischen kleine Abstecher nach Rom oder Florenz. Und genau aus diesem Grund haben sie ihr Urenkelkind bisher auch noch nicht kennengelernt. Geschweige denn den Mann.

Meine Großmutter umweht ein Hauch von Queen Victoria, als sie den Mann begrüßt. Eine zurückhaltende Art der Höflichkeit, die sie bis ins Mark verinnerlicht hat. Man schüttelt sich die Hand, sagt herzliche Dinge wie «Sie müssen der Vater sein», fragt nach dem allgemeinen Befinden und dem Beruf und lässt keine Sekunde verstreichen, ohne sein Gegenüber kritisch, aber möglichst unauffällig zu begutachten. Der Mann schlägt sich tapfer, wobei man ihm ansieht, dass er sich mit Anfang 40 ein wenig zu alt für derlei Begutachtungen findet.

«Wo ist der Kleine?», fragt meine Großmutter schließlich, als sie fertig mit ihrer Erstbefragung ist.

«Mama hat ihn sich gekrallt.»

Sie nickt: «Und wie läuft es ansonsten bei dir? Alles gut so weit?»

«Es geht so», antworte ich, weil ich weiterhin nicht sonderliche Lust verspüre, so zu tun, als sei alles unter Kontrolle, «mit Jonah ist so weit alles okay, aber ich habe mich immer noch nicht daran gewöhnt, dass sich mein alter Körper wohl auf immer verabschiedet hat.» Sie blinzelt einfach nur. Also fahre ich fort, um zu sehen, wie weit ich gehen kann: «Letzte Woche habe ich eine halbe Stunde geweint, nachdem ich mich nackt im Spiegel gesehen habe. Spiegel sollten verboten werden, wenn man gerade ein Kind bekommen hat und alles an einem herunterhängt wie bei einem alten Heliumballon, der langsam Luft verliert.» Ihre Blinzelfrequenz erhöht sich, ansonsten bleibt eine weitere Reaktion vorerst aus.

Schließlich sagt sie: «Ach, das wird alles. Wirst schon sehen.» Dazu lächelt sie. Für einen kurzen Moment denke ich, dass sie noch etwas sagen oder fragen will, zu unserem aktuellen Beziehungsstatus oder meinen nicht vorhandenen Zukunftsplänen, aber sie beißt sich sichtlich auf die Lippen und lächelt stattdessen weiter. Ich lächle zurück – das ist wie ein Pawlow'scher Reflex. «Habt ihr euch schon was vom Buffet genommen?», wechselt sie geschmeidig das Thema. Wir verneinen und marschieren in Richtung des riesigen Tisches, auf dem sich Salate, Antipasti, Gratin, Suppe, Kuchen und – natürlich – Mousse au Chocolat stapeln, während sie sich auf die Suche nach ihrer Tochter und ihrem Urenkel macht.

«Das war doch gar nicht so schlimm», sagt der Mann und schaufelt sich Schweinemedaillons und Bohnen im Speckmantel auf einen Teller.

«Ich bin genauso überrascht wie du», erwidere ich und überlege, wie viel Mousse ich wohl essen könnte, ohne Aufsehen zu erregen.

«Na ja», meint er, «vielleicht sind deine Verwandten auch gar nicht so furchtbar, wie du die ganze Zeit meinst. Vielleicht –»

«Vielleicht solltest du nicht aufgrund einer einzelnen Begegnung urteilen», falle ich ihm ins Wort.

«Wieso? Hast du doch mit meinem Bruder genauso gemacht. Aber –», fügt er schnell an, als er sieht, wie ich gerade zu einem Vortrag dazu ausholen möchte, warum sein Bruder ein Arsch ist, «lass uns nicht streiten. Sag mir lieber, was du als Erstes möchtest.»

Erschreckend, wie er instinktiv meine potenzielle emotionale Instabilität mit leicht verdaubaren Kohlenhydraten zu festigen versucht. Ich greife wortlos nach einem der Porzellanteller mit den filigranen Blumen- und Hirtenmotiven und beerdige ein paar rosafarbene Lämmer unter einem Berg Mousse.

«Lass uns einfach hier stehen bleiben», sage ich, «in der Nähe des Essens. Bis meine Mutter uns den Knirps zurückbringt und wir gehen können.»

Der Mann angelt sich zwei Gläser Weißwein von einem vorbeiwandernden Tablett. Ich mag Weißwein genauso wenig wie Sekt, aber wer einen Schwips haben will, muss Opfer bringen!

Während wir stumm und essend neben dem Buffet Wache halten, stromern immer wieder Tanten, Cousinen und anderes angeschwägertes Volk vorbei: Mein 40-jähriger Cousin Holger, der bei solchen Anlässen allen weiblichen Verwandten an den Hintern fasst, Onkel Jakob mit seinem Jack-Russell-Terrier Stups, dem er ständig irgendwelche Dinge ins Ohr flüstert – man fragt sich, was zwischen den beiden sonst noch so passiert –, Tante Sophie, die mit so vielen Perlenketten und Schmuck behangen ist, dass man sie fast für eine verschollene Romanow halten könnte, und eine unzählbare Menge an Großcousinen und -cousins, die man im Durchschnitt alle zehn Jahre sieht, wenn jemand getauft, verheiratet oder beerdigt wird und denen man letztlich nicht näher steht als irgendeinem Menschen, der sich im Bus neben einen setzt.

Was natürlich kein Hindernis ist, um dennoch ein Gespräch anzufangen – vorzugsweise mit dem beliebten Klassiker: «Bist du nicht die Tochter von der Annemarie?» Was folgt, ist eine endlos anmutende Parade an Unterhaltungen, die selten das Planschbecken des Smalltalks verlassen. Spätestens nach dem dritten Gespräch möchte ich einfach kurz die wichtigsten Antworten auf eine Serviette niederschreiben und sie zur Ansicht reichen, damit ich nicht ständig das Gleiche wiederholen muss.

Ja, ich wohne wieder in Bonn.

Ja, ich habe einen Sohn, er ist drei Monate alt und gesund und wird gerade von seiner Großmutter hier irgendwo festgehalten.

Ja, meiner Mutter geht es gesundheitlich gut.

Nein, ich bin nicht verheiratet.

Nein, wir werden auch in nächster Zeit nicht heiraten.

Nein, ich weiß nicht, was ich beruflich nun machen möchte.

Ja, ich hoffe auch, dass wir uns bald mal wiedersehen.

Hin und wieder versuche ich, das Gespräch auf etwas anderes zu lenken. Auf den Bürgerkrieg in Syrien, die sich aufheizende Stimmung in Europa, die verwirrenden Zustände in der Türkei oder die noch verwirrendere Hautfarbe von Donald Trump, aber ich ernte meist nur ein schnelles Nicken, bevor das Thema wieder auf etwas Unverfängliches wie die Scheinwerfer des neuen Golf oder die Frage, ob das Baby durchschläft, gelenkt wird. Man möchte über heitere Dinge sprechen. Und jeder Bonner weiß, dass man bei Häppchen und prickelndem Rosé nicht über tote Kinder im Mittelmeer spricht.

«Und deine Dissertation?», fragt meine Cousine Kathleen, deren Interesse an meiner Person über das gewöhnliche Maß hinausgeht: «Lässt du das jetzt? Worum geht es da noch mal? Um Hitler oder?»

«Um den jüdischen Widerstand gegen die Nationalsozialisten in Osteuropa.»

«Aha, aha. Ist darüber nicht alles gesagt?», fragt sie und dann ohne jede Überleitung: «Und stillst du noch?»

Ich starre sie für einen kurzen Moment nur an, bis meine Augäpfel ganz trocken werden, weil die Begabung meiner Familie, dermaßen abrupt das Thema zu wechseln, auf eine gewisse Weise durchaus beeindruckend ist.

«Äh, nein», sage ich schließlich, «ich habe nach sechs Wochen aufgegeben. Es war die reinste Tortur.» Ich blicke mich hilfesuchend nach dem Mann um, der eigentlich nur mal kurz aufs Klo gehen wollte.

«Oh», erwidert Kathleen und klingt dabei, als hätte ich sie persönlich enttäuscht, «ich habe sechs Monate gestillt. Das ist sehr wichtig, weißt du? Für die Gesundheit des Babys. Das sollte man sich vorher wirklich sehr gut überlegen.»

«Na ja», sage ich, «ist jetzt irgendwie zu spät, es sich noch einmal zu überlegen. Die Tüten sind leer und die Milchproduktion eingestellt. Aber danke für den Hinweis!» Wie lange braucht ein ausgewachsener Mann bitte, um zu pinkeln?

«Man kann das ja nicht oft genug sagen, weißt du», sprudelt sie unbeirrt weiter, «ich habe Rosalie damals nur drei Monate gestillt, und sie hat letzten Sommer so häufig geniest, aber Frederik, ich sag dir, nichts, keine Beschwerden, keine Allergien. Top gesund.»

Ja, geilo, denke ich stumm und nicke, das muss ja die reinste Supermilch gewesen sein, die du da verfüttert hast. An ihrer Stelle hätte ich nie abgestillt, sondern täglich schön alles abgezapft und übers Internet an Allergiker vertickt. Am besten in Globuli-Form.

«Vielleicht hat er sich auf dem Rückweg verlaufen», murmle ich, doch meine Cousine lässt sich nicht beirren. «Zahnt er denn schon?», fragt sie, und ich rätsle, wie es nur so weit kommen konnte, dass ich eine Unterhaltung führe, in der es fast ausschließlich um Baby-Themen geht.

«Nein, noch nicht.»

«Das kommt bald! Du musst dir Dentinox besorgen, das hat bei beiden super geholfen. Ich hätte sonst keine Nacht durchschlafen können! Die schlafen so unruhig, ich meine, das tun sie ja eh schon. Hast du ‹Oje, ich wachse› gelesen? Musst du. Es nimmt dir jeden Stress.»

Das Einzige, was mich gerade stresst, bist du, denke ich und greife instinktiv nach meinem Weinglas, das ich offenbar schon geleert habe, ohne dass sich bisher eine entspannende Wirkung entfaltet hätte.

«Und wo machst du Pekip?»

«Pewas?», frage ich.

«Pekip. Du weißt schon, Peeeeekipp. Machst du kein Pekip? Jonah ist doch schon wie alt? Drei Monate? Du kannst das ab der vierten Lebenswoche machen. Also solltest du. Ist ein spezieller Kurs, der die Bewegung und die Sinne des Babys anregt. Ich habe das mit Rosalie und Frederik gemacht, man hat richtig die Entwicklungen gespürt, die sie dadurch gemacht haben. Mach das mal. Wirklich.» Sie redet wie ein Maschinengewehr, und für einen Moment bin ich geneigt, in Panik zu verfallen.

Was zur Hölle ist Pekip? Warum kenne ich das nicht? Bin ich eine schlechte Mutter, weil ich davon noch nie gehört habe? Gibt es vielleicht einen geheimen Mütter-Newsletter, den ich nicht bekomme – oder bin ich einfach nur inkompetent?

«Aber du musst natürlich selbst wissen, was du machst», fügt sie noch hinzu, und ich fühle mich wie eine Mutter, die ihr Kind mit gebrauchtem Spritzbesteck spielen lässt.

«Ja, genau. Das muss sie selbst wissen», poltert plötzlich eine Stimme von der Seite, und wir schauen beide verdutzt in das Gesicht meiner Schwester, die ihre blonden Augenbrauen so zusammenzieht, dass es fast schmerzhaft aussieht.

«Helena», entfährt es mir, und es klingt geschockter, als es meine Absicht ist.

«Ja», sagt sie und umarmt mich fest, «das ist meine Name. Schön zu sehen, dass er dir trotz Stilldemenz wieder eingefallen ist.»

«Sie stillt gar nicht mehr», schaltet Kathleen sich wieder ein.

«Vielen Dank für die Info. Bitte. Erzähl mir mehr über den Körper meiner Schwester.» Sie baut sich mit ihren ein Meter 80 vor Kathleen auf und funkelt sie an: «Ich meine, wenn nicht du, wer dann sollte mir oder ihr erzählen, was sie macht – und vor allem falsch macht.»

Kathleen verengt die Augen zu Schlitzen und versucht ebenfalls bedrohlich zu wirken, aber mit ihren gut ein Meter 60 und ihrer zierlichen Statur gelingt ihr das nur mangelhaft: «Weißt du, Helena, irgendwann bekommst du mit deiner Art noch mal Probleme.»

«Das einzige Problem», erwidert sie, «das ich im Moment habe, bist du.»

Kathleen öffnet mehrmals den Mund und schließt ihn wieder, doch ihre gute Bonner Kinderstube lässt ihr keine passende Replik einfallen, also dreht sie sich einfach um und geht.

«Oh. Mein. Gott», hauche ich und umarme meine Schwester noch einmal, «das war großartig.»

«Immer zu Diensten.»

«Ich wusste gar nicht, dass du kommst. Seit wann bist du in Bonn?»

Sie schaut auf ihre Armbanduhr: «Ziemlich genau 20 Minuten. Es sollte eine Überraschung sein. Nur Mama wusste Bescheid. Irgendwie hatte ich im Gefühl, dass du heute vielleicht ein wenig Rückendeckung brauchst. Warum lässt du dich von solchen Kröten so leicht verunsichern? Dem kleinen Lord Furzleroy geht es doch prächtig. Wo ist der überhaupt?»

Ich zeige in Richtung des zweiten Esszimmers: «Mutter hat ihn entführt. Aber vermutlich hat Oma ihn inzwischen in ihrer Gewalt. Ich werde ihn vermutlich nie wiedersehen.» Meine Schwester lacht, laut und kehlig. Ich habe sie vermisst, meine kleine Schwester. Mehr als mir vielleicht bewusst war. Schließlich ist sie die Einzige, die meine komplizierte Beziehung mit dieser Stadt nachvollziehen kann. Die wie ich aus ihr geflohen ist.

«Machst du das hier schon die ganze Zeit?», fragt sie.

«Was denn?»

«Dir ungebetene Ratschläge und Anweisungen von anderen Müttern anhören.»

«Ja, ist mein neues Hobby», scherze ich und meine es todernst, «jedes Mal, wenn ich mit einer anderen Mutter spreche, ganz egal, ob ich sie gut kenne oder sie eine Wildfremde ist, fängt sie sofort an, die Erfahrungen mit ihrem Kind auf alle Kinder zu übertragen, die auf diesem Planeten leben oder jemals gelebt haben. Und das machen sie alle mit einer solchen faschistoiden Überzeugung und Unumstößlichkeit, dass so ein Newbie wie ich, gar nicht auf die Idee kommt, dass mit einem selbst vielleicht alles in bester Ordnung ist.»

«Quasi Momsplaining: Mütter, die anderen Müttern das Muttersein erklären. Klingt toll», sagt sie lachend, «kommt auf meine Liste der tausend Gründe, warum ich keine eigenen Kinder haben will! Apropos kein eigenes Kind: Lass uns meinen Neffen suchen gehen.» Sie hakt sich bei mir ein und schiebt mich weg vom Buffet: «Versteh mich nicht falsch, du bist meine große Schwester, aber du allein bist kein ausreichender Grund, um den weiten Weg aus der Schweiz hierher zu machen.»

Bereitwillig will ich mich gerade von ihr wegziehen lassen, als der verschollene Mann wieder auftaucht.

«Gott», stöhnt er lediglich, «dieses Haus ist vielleicht groß.» Er hatte sich tatsächlich verlaufen.

«Keine Sorge, ich war nicht allein.» Ich zeige auf meine walkürenhafte Schwester, die vermutlich nur ein Blinder übersehen könnte. Die beiden haben sich bisher nur ein einziges Mal gesehen und zwar vor zwei Monaten im Krankenhaus, kennen aber vermutlich jede Anekdote und Geschichte über den jeweils anderen. Verschwiegenheit gehört nicht gerade zu meinen Stärken.

«Wir wollten gerade euren Sohn suchen gehen», erklärt Helena, nachdem sie sich begrüßt haben.

«Gute Idee», sagt der Mann, «verdammt gute Idee.»

«Hast du dich tatsächlich verlaufen?», raune ich dem Mann im Gehen zu.

«Sagen wir so», flüstert er, «ich bekomme langsam eine Ahnung, warum du dich damals auf dem Sommerfest bei meiner Familie so lange auf dem Klo aufgehalten hast.»

KAPITEL 24

Die Verhütungspanne

«Können Sie mir noch einmal sagen, wie genau das passiert ist?» Der Gynäkologe schaut nicht auf, während er mich fragt, sondern fuhrwerkt weiter zwischen meinen gespreizten Schenkeln herum. Das Ganze hat aus meiner Perspektive ein wenig von einem rohen Truthahn, der zu Thanksgiving mit irgendwelchen abstrusen Sachen gefüllt wird. Nur dass hier gerade versucht wird, etwas aus mir herauszuholen und nicht reinzustopfen.

Ich hatte den Mann, so lange es ging, vom Koitus abgehalten. Nicht, weil ich selbst nun zu einer von jenen Müttern geworden war, die nach der Geburt eines Kindes ihre evolutionäre und sexuelle Pflicht als erfüllt ansehen und sich in etwas Asexuelles, Beiges mit unrasierten Körperpartien und gefilzten Hauspantoffeln verwandeln. Wenn ich den Mann ansah, stellte ich ihn mir wieder bevorzugt nackt vor und schwelgte hin und wieder sehnsüchtig in Erinnerungen an die ersten Wochen, als wir dem Begriff *kopulationswütig* eine ganz neue Bedeutung gegeben hatten.

Aber ich selbst hatte in den Monaten nach der Geburt eher die sexuelle Ungezwungenheit eines verunsicherten, unerfahrenen Teenagers. Der Körper, den ich immer noch mit mir herumschleppte, war mir immer noch fremd, und wenn ich anderen Menschen erzählte, dass ich beim Anblick meines nackten Körpers im Spiegels weinen musste, war das nicht übertrieben, geschweige denn gelogen. Ich wog immer noch rund 15 Kilo mehr als vor einem Jahr, und diese 15 Kilo befanden sich an den unterschiedlichsten Orten, wo sie meiner Meinung nach nicht hingehörten. Im Gegenzug fehlten sie an anderen Stellen. Mein Hintern war fast gänzlich verschwunden, genauso wie meine Brüste, deren Anblick mich erahnen ließ, was Frauen dazu bewegt, sich mit Silikon zu behelfen. Meinen Bauch zierten feine Risse in der Haut und erinnerten an ausgetrocknete Flussbette auf Naturfotografien. Die Krampfader an der rechten Wade würde, genauso wie die kleinen, lilafarbenen Besenreißer, die meine Beine wie eine blinkende Autobahn durchliefen, nie wieder verschwinden.

Ich hasste meinen Körper. Hasste ihn mit Inbrunst. So wie ich die Schönheitsideale meiner Gesellschaft hasste, dem Druck, dem ich mich dadurch ausgesetzt sah und dem ich unmöglich gerecht werden konnte, und natürlich die Natur, der die Schönheitsideale meiner Gesellschaft furzegal war.

Da half auch nur mäßig, dass der Mann mir wieder und wieder versicherte, dass er mich wunderschön und begehrenswert fand. Ich glaube, so ein Mann ist da ganz einfach gestrickt. Er hat einen Penis, er hat Druck, da ist eine Vagina, deren Tücken er schon kennt – wo genau ist also das Problem? Ich hatte zwar schon in den vergangenen Monaten recht eindrucksvoll bewiesen, dass ich im Bereich Beziehungenführen ein paar schwerwiegende Defizite vorzuweisen hatte – das hielt mich aber nicht davon ab, auf der These zu beharren, dass Männer über kein nennenswertes Gefühlsleben verfügen, das über Erektion und Ejakulation hinausgeht. Dementsprechend mindergut kam es beim Mann an, als ich ihm im Januar bei einer seiner Beteuerungen, wie sexy er mich immer noch fände, sagte, dass er auch ein totes Opossum bumsen würde, solange es noch warm wäre und ein Foto mit meinem Gesicht an seinen Kopf getackert hätte.

Kurzum: Ich war recht schwer davon zu überzeugen, dass man mit so jemandem wie mir durchaus Sex haben möchte und dass es mir auch mit 15 Kilo mehr auf den Rippen erlaubt ist, die unangebrachte Scham gegen Spaß zu tauschen. Genau genommen war es meine babysittende Mutter, die erste Nacht ohne Baby im Haus, ein sehr ausgiebiges Essen beim Portugiesen mit dem Mann – und damit das erste offizielle Date seit einem Jahr –, sowie vor allem 1,5 Flaschen Pinot Grigio, die mich überzeugten.

Und nachdem das körperliche Unbehagen erst einmal dem ersten Orgasmus gewichen ist, scheint es fast wie damals zu sein. Nur dass wir inzwischen versuchen, dabei ein wenig leiser zu sein, wenn im Nebenzimmer Jonah schläft.

Im Nachhinein bin ich doch froh, dass ich dem Mann meinen Vorschlag, übergangsweise zu einer Prostituierten zu gehen, nicht unterbreitet habe. Es wäre in meiner Vorstellung natürlich eine von den High-Class-Escort-Edelnutten gewesen, nichts vom Straßenstrich, was einem für fünf Euro und eine Cola Zero einen runterholt. Ich hätte sie persönlich ausgesucht. Vielleicht hätte ich auch zugesehen. Irgendwann musste ich mir eingestehen, dass bei diesem Gedankenspiel wohl Pragmatismus und sexuelle Phantasie durcheinanderkamen.

Auf solche Ideen kommt man eben, wenn ein Mann einen wochenlang mit glasigen Augen anstarrt und man nicht weiß, an wen er einen nun mehr erinnert: Ausgehungerter Löwe, dem man ein echt fettes Zebra vor die Nase hält, oder ein Pawlow'scher Hund, der gar nicht anders kann, als zu sabbern. Erbarmt man sich seiner oder führt ihn raus in den Wald, um ihn von seinem Leiden zu erlösen? Man lebte ja ständig in der

Angst, in seinen Hoden würde sich ein so enormer Druck aufbauen, dass sie irgendwann explodieren und Bonn dem Erdboden gleichmachen würden. Um Bonn wäre es nicht schade, aber um die Hoden und den Mann natürlich. Das konnte ich natürlich nicht zulassen. So viele Gefühle für den Mann hätte ich dann doch.

Demzufolge musste zeitnah gehandelt werden. Der arme Mann hatte sicherlich schon Schwielen an den Händen. Natürlich nahm ich die Pille nicht. Und da das ja beim letzten Mal schon so wahnsinnig gut geklappt hatte, entschieden wir uns auch nun wieder für die Verhütungsversion für Faule: Kondom. Zumindest war das der Plan, als wir noch nüchtern waren.

«Ihnen ist bewusst, dass Sie erst letzte Woche hier waren», nuschelt der Gynäkologe in meinen Uterus hinein.

«Mmmh, ja», grummele ich vom Behandlungsstuhl. Unnötig, mich daran zu erinnern. Es ist ja nicht so, als wenn ich das extra machen würde. Ich bin offensichtlich nur der Typ Mensch, der nicht besonders geschickt im Verhüten ist.

Denn erst als der Schuss gefallen und wir nach schätzungsweise 2,73 Minuten japsend und keuchend – komplett aus der Übung – in den feuchten Laken lagen, fiel mein Blick auf das Kondom, das eingeschweißt und jungfräulich neben dem Bett auf dem Nachttisch lag. Die Freude über den Orgasmus war also von kurzer Dauer. Mir blieb nichts anderes übrig, als am nächsten Morgen direkt um acht bei meinem Frauenarzt vorstellig zu werden und mit zerknirschtem Haupt um die Pille danach zu bitten. Wie so ein dussliger 14-jähriger Teenager, der vor lauter Geilheit sein Hirn nicht eingeschaltet hat, als der coole Aufseher vom Autoscooter einen hinter der Geisterbahn vernascht hat.

Und als wäre das Bitten um das Rezept für die Pille danach

nicht schon schlimm genug für meine zarte, katholische Seele, lief ich in der proppenvollen Apotheke natürlich auch noch meiner ehemaligen Biologie-Lehrerin Sr. Franken in die Arme. Es gibt vermutlich keine bessere Methode, einer Biologie-Lehrerin zu zeigen, dass ihr Sexualkunde-Unterricht in der sechsten Klasse komplett für die Tonne gewesen ist, als ihr – mit der Pille danach in der Hand – von meinem jetzigen Leben und der ungeplanten Schwangerschaft zu erzählen. Da wich die anerzogene Scham über mein lüsternes Dirnendasein schnell einer gewissen Genugtuung: Sr. Franken würde es sich in Zukunft vermutlich sehr gut überlegen, ob es reicht, einem Stück Obst ein Kondom überzuziehen, um einem Haufen Zwölfjähriger zu verdeutlichen, worauf es beim Geschlechtsverkehr wirklich ankommt.

Natürlich weiß ich, dass ich mich für Geschlechtsverkehr nicht zu schämen brauche. Auf rein rationaler Ebene weiß ich das. Dummerweise bin ich die meiste Zeit nicht sonderlich rational. Vielleicht ist es meine Bonner Verwandtschaft, vielleicht meine katholische Erziehung, vielleicht mein Besuch eines erzbischöflichen Mädchen-Gymnasiums – aber Sex war in meinem Umfeld etwas, worüber man nicht sprach und das bevorzugt verheiratet, bei zugezogenen Gardinen und ausgeschaltetem Licht vonstattenging. Sprach man doch darüber, dann bitte ebenfalls bei zugezogenen Gardinen und hinter vorgehaltener Hand, lediglich unterbrochen von Mädchengekicher. Dass Sex gerne laut und ein wenig dreckig sein darf, damit er richtig Spaß macht, hatten mir weder meine Eltern noch meine Freundinnen und geschweige denn Sr. Franken deutlich gemacht. Und so kam es, dass ich auch noch mit über 30 am liebsten im Erdboden versinken würde, als ich später im Drogeriemarkt stehe und zwei Packungen Kondome aufs Laufband lege. Wir hatten zwar schon genügend Kondome zu Hause, aber vielleicht würden ja die beiden zusätzlichen Sorten (einmal *Fruity Tasty Mega Mix* – was immer das bedeutete – und einmal *Sinnesrausch* mit extra Noppen und Rippen) uns besonders motivieren, sie auch tatsächlich zu verwenden!

Als ich also wenige Tage später feststellte, dass ich mein Nacktsein auch nüchtern ganz gut wieder ertragen konnte – zumindest wenn das Licht aus war und wir es gut bürgerlich in völliger Dunkelheit trieben –, war ich überraschend schnell mit von der Partie. Schließlich hatten wir Kondome mit Noppen und Rinnen und fancy Obstgeschmack und wer da keinen Bock bekommt, dem kann auch Beate Uhse nicht mehr helfen. Wir steigerten unsere Leistung auf gute drei Minuten, was sicherlich allen Schamlippen-Kniffs und -Tricks zu verdanken war, die ich bei der Rückbildungsgymnastik in den letzten Wochen gelernt hatte.

Aber natürlich läge ich nicht in diesem Moment beim Frauenarzt und würde unangenehme Fragen beantworten, wenn beim zweiten Mal alles glattgegangen wäre.

«Wo ist das Kondom?», fragte der Mann und leuchtete mit dem Handy das Bett ab, während ich mich bemühte, meinen Leib zu verdecken. Anfall von postkoitaler Scham oder so.

«Was?», fragte ich dümmlich zurück.

«Es ... es ist weg», stotterte der Mann.

«WAS?», fragte ich erneut, ganz so, als hätte ich ihn nicht schon beim ersten Mal sehr gut verstanden.

«Ist es noch ... Ich glaube, es ist noch in dir drin!»

Ich versuchte mich gerade aufzurichten, um ihm ein drittes Mal meine Frage entgegenzuschleudern, da riss er meine Beine auseinander, um nachzusehen. Wie ein Pferd, dem man ungefragt an die Hinterläufe packte, trat ich aus: «Was machst du da? Lass das!»

«Ich will es suchen. Es muss noch drinstecken», rief er.

«Es steckt nicht in mir drin», stammelte ich und versuchte nur mäßig grazil selbst nachzusehen. «Warum sollte es da drin stecken. Es muss irgendwo anders sein!»

«Claudia, so ein Kondom ist nicht Ethan Hunt. Es seilt sich nicht tollkühn von meinem Penis ab, um dann klammheimlich mit meinem Sperma von dannen zu spazieren. Es. Ist. Noch. Drinnen.»

Mir traten Tränen in die Augen: «Scheiße. Wie kriegen wir es wieder raus?»

«Wir haben noch Essstäbchen von der Sushi-Lieferung letzten Donnerstag», sagte er und fügte entrüstet, als er meinen Blick sah: «WAS DENN? SIE SIND UNBENUTZT!» hinzu. Was es nicht besser machte.

«Wir sind hier nicht im Mittelalter oder bei Dirty Dancing, wo wir hygienisch fragwürdige Gegenstände in Vaginas einführen!»

«Dirty Dancing?»

«Lenk nicht ab!», motzweinte ich, wobei ich nicht wusste, was mich wütender machte: Der Vorschlag mit den Essstäbchen oder die Tatsache, dass er die Szene aus Dirty Dancing nicht kannte. «Das heißt, dass ich morgen früh wieder zum Frauenarzt muss!»

«Also, wollen Sie mir noch einmal erklären, wie genau das passiert ist?», fragt der Gynäkologe, aber ich zucke nur mit den Achseln.

«Ha», ruft er plötzlich aus und noch einmal: «Ha, ha! Da ist es ja.» Triumphierend wedelt er mit dem Kondom vor meiner Nase. Als er bemerkt, dass sich meine Euphorie in Grenzen hält, bedeutet er mir, mich wieder anzuziehen, während er das Kondom wegschmeißt.

«Wissen Sie», sagt er, «nach ihren letzten beiden Besuchen drängt sich mir der Eindruck auf, dass Sie besser nicht mehr mit Kondom verhüten sollten.»

Ach, denke ich, während ich mich in meine Jeans schmeiße. Dieser Eindruck hat sich mir selbst ja noch gar nicht aufgedrängt!

«Haben Sie sich schon darüber Gedanken gemacht, wie Sie nun nach der Schwangerschaft langfristig verhüten möchten?», fuhr er fort. «Also außer mit Kondomen.» Er blättert scheinbar gedankenverloren in meiner Patientenakte, während ich noch bei dem Teil mit *langfristig* hängengeblieben bin. Denn ich hatte trotz allem in Bezug auf den Mann weiterhin nur kurzfristig gedacht. Egal, ob es um unsere Beziehung im Allgemeinen oder den Koitus im Speziellen geht. Vielleicht ist es höchste Zeit, das zu ändern.

«Ich habe eigentlich immer die Pille genommen. Früher», sage ich.

«Ja, aber ist wohl keine Lösung mehr», erwidert er, «zumindest nicht nach ihrer Thrombophilie-Diagnose im letzten Jahr. Wir wollen Sie ja nicht mit Östrogen vollpumpen und Ihnen eine unschöne Thrombose bescheren, nicht wahr?»

«Nein, das wollen wir nicht», antworte ich artig und frage mich, wieso es schon wieder meine Aufgabe ist, mich um die Verhütung zu kümmern. Kann der Mann sich nicht einfach sterilisieren lassen? Schnippschnapp. Problem gelöst. Aber ich traue mich nicht, ihn um so etwas zu bitten. Männer neigen ja zu Hyperventilation, wenn es um Eingriffe in diesem speziellen, körperlichen Areal geht. Ich könnte mal ein Diaphragma probieren, aber das muss man sich einsetzen, und vermutlich wäre ich mit dem Einsetzen und wieder Entnehmen ähnlich erfolgreich wie beim Kondom.

«Es gäbe auch noch dauerhafte Methoden wie eine Spirale», sagt er und reicht mir ein paar Broschüren, auf deren Cover ein kleiner Plastik-Anker zu sehen ist, der sich in einer Gebärmutter verkeilt hat. Wie eine Harpune beim Walfang, denke ich. Da hat man doch gleich Lust, sich so was einsetzen zu lassen. Ich nehme erst einmal ein Rezept für die Mini-Pille mit und hopse nach Hause, um dem Mann zu verkünden, dass wir in naher Zukunft wieder wie unbedarfte Teenager rummachen können.

Nachdem er vor Freude Mühe hat, meinen Worten keine Taten folgen zu lassen, begutachtet er die Broschüren und Flyer, die ich mitgebracht habe: «Was ist das alles?»

«Alternativen. Die Pille, selbst die ohne Östrogen hat so viele Nebenwirkungen, dass einem allein beim Durchlesen des Beipackzettels ganz anders wird», erkläre ich, «vielleicht lasse ich mir die Spirale einsetzen. Oder so ein Stäbchen. Dann muss ich nicht immer an die Pille denken. Der Arzt meinte tatsächlich, ich solle das erst zu Hause besprechen, ist das zu fassen?»

«Wieso besprechen?», fragt er und beginnt, sich interessiert die Broschüren durchzulesen.

«Na ja», druckse ich herum, «weil man das doch so macht. Als Paar.» Er guckt mich wortlos an, und ich meine ein Lächeln zu entdecken, das mich nur noch nervöser macht. «Dinge besprechen, meine ich», fahre ich fort und versuche mir nichts anmerken zu lassen, «und diese Dinger lässt man sich für ein paar Jahre einpflanzen und da die Krankenkasse das natürlich nicht bezahlt, wäre es blöd, wenn man es sich nach sechs Monaten wieder anders überlegt. Deswegen sollten wir das besprechen. Dachte ich. Als Paar.»

«So», meint er schließlich, «dachtest du?» Er nimmt die

Flyer wieder in die Hand, wiegt sie sorgfältig hin und her, als wolle er ihr Gewicht erraten und nicht über ihren Inhalt sprechen.

«Hmm ...», sagt der Mann.

«Was *Hmm ...?*», frage ich, weil mir sein Tonfall nicht gefällt.

«Nein, du hast recht: Wäre schade, wenn man es sich anders überlegen würde. Vielleicht wollen wir ja in zwei Jahren noch ein Kind.»

Ich stehe im Türrahmen der Küche und blinzle ihn einfach nur an, wie er da sitzt, mit der Broschüre in der einen Hand, einem Kaffeebecher in der anderen, und mich grinsend anschaut, als hätte er gerade gefragt, ob wir heute was beim Inder bestellen.

«Ich verstehe die Frage nicht», stammle ich schließlich.

«Nun. Wir haben nie darüber gesprochen. Das ist ja wohl unser Ding: nicht über bestimmte Sachen zu sprechen. Aber ich möchte viele Kinder. Mindestens zwei oder drei. Und es wäre ja wirklich irgendwie dumm, sich für teuer Geld so was einsetzen zu lassen, wenn wir in einem Jahr ein zweites Kind wollen.»

Ich merke, wie mein Brustkorb sich schneller hebt und senkt. Aus irgendeinem Grund wird die Luft in der Küche knapp, ich verspüre das Bedürfnis in eine Tüte zu atmen. Oder mich in eine solche zu erbrechen. Vielleicht auch beides gleichzeitig.

Ich möchte viele Kinder, hallt es in mir nach. «Nun», stottere ich, «vielleicht können wir den Teil mit den vielen Kindern erst einmal hinten anstellen und einigen uns darauf, dass wir nun offensichtlich eine Beziehung führen, in der man darüber spricht, dass man viele Kinder haben möchte.»

«Miteinander», ergänzt der Mann, und ich bekomme zusehends den Eindruck, er labt sich an meinem sich windenden Anblick.

«Miteinander. Natürlich!»

«Dann hätte ich nur noch eine Frage», sagt er daraufhin, steht vom Stuhl auf und kommt auf mich zu.

«Und die wäre?», frage ich, wobei ich ein wenig Angst habe, was er sich nun wieder ausgedacht hat.

Er grinst breit: «Ab wann genau wirkt deine neue Minipille?»

Ich lache erleichtert: «Das tritt nach meiner Kenntnis ... ist das sofort, unverzüglich.»

KAPITEL 25

Verschiedene Welten

«Das ist doch totaler Bullshit!», schnauft Abhineeti sichtlich aufgebracht in ihren Kaffee. Wir sitzen im Café direkt neben der Uni, um uns herum wuseln zahllose Studenten und tragen riesige To-go-Becher und Laptops vor sich her. Vor gar nicht so langer Zeit war ich eine von ihnen. Nun bin ich eine Mutter, die von ihrer letzten Rückbildungsgymnastikstunde kommt und einfach nur froh ist, dass ihr Baby auf dem Rückweg eingeschlafen ist, damit sie in Ruhe einen Kaffee trinken gehen kann.

Abhineeti und ich hatten schnell festgestellt, dass wir neben dem Besitz eines Neugeborenen den latenten Hang zur Misanthropie teilten, und uns angefreundet. Soweit zwei Misanthropen sich eben anfreunden können. Ich hütete ihr Geheimnis und kommunizierte mit ihr während der Stunde nur mit stummen Blicken und verdrehten Augen.

«Das hat sie wirklich so gesagt?», schimpft sie wieder. Ich nicke.

Caro hatte sich nach Wochen des Schweigens letztes Wochenende wie aus heiterem Himmel bei mir gemeldet. Nachdem unser letztes Treffen bei mir zu Hause zumindest für mich einem halben Desaster glich, war ich verunsichert, in welcher Form sie weiterhin Teil meines Lebens bleiben würde. Meine Verunsicherung paarte sich bald mit Verärgerung, als sie sich in den Wochen danach kaum noch bei mir meldete. Meine beste und älteste Freundin schien sich vor meinen Augen aufzulösen. Hin und wieder schrieben wir uns kurze, oberflächliche Nachrichten auf Facebook, die aber nur selten über ein <3 hinausgingen – und anschließend tauchten wir wieder in unsere Leben, die jeden Tag mehr auseinanderdrifteten.

Umso mehr freute ich mich, als sie diese Nachricht schickte. Sie wolle sich mit mir treffen. Sie müsse mit mir reden. Den zweiten Teil überlas ich zuerst. Die Freude, sie wiederzusehen, war groß. Unserem letzten Treffen zum Trotz.

Der Mann war erst am Mittag von einer mehrtätigen Reise für eine Reportage in Süddeutschland zurück nach Bonn gekommen und hatte sich glorreich bereit erklärt, den Babysitter zu spielen. Es war Ende März und immer noch saukalt, aber das war mir egal, denn ich fühlte mich seltsam unbeschwert, beinahe schwerelos, als ich aus dem Haus marschierte, das erste Mal seit langem ohne Kind. Es fühlte sich an wie früher, als man von seinen Eltern die Erlaubnis bekam, bis Mitternacht ausgehen zu dürfen.

Ich sah nicht sofort, wie angespannt sie war, geradezu verkrampft, so überschwänglich war ich, als ich sah, wie Caro da im Sushi-Laden unseres Vertrauens saß und hochkonzentriert auf ihr Handy starrte. Aber dann merkte ich es doch. Ihr Körper fühlte sich hart und kantig an, als ich sie umarmte. Erst dachte ich, sie hätte einfach abgenommen. Aber als ich ihren Mund sah, waren dort, wo sonst kleine Lachfältchen unbeschwert tanzten, nur eine glatte, marmorhafte Oberfläche zu sehen. Ihr ganzer Körper sendete mir einen solchen Schwall an Gefühlen und Signalen, dass ich kurz befürchtete, einfach hinfortgespült zu werden. Vor ihr stand ein leeres Weißweinglas.

Noch bevor ich die Jacke abgelegt hatte, fragte ich also: «Ist alles okay?»

Sie bestellte ein weiteres Glas Weißwein, und erst als es vor ihr stand, fasste sie all ihren Mut zusammen: «Wie lange kennen wir uns schon?» Sie hatte über den Eröffnungssatz sicherlich lange nachgedacht. Er klang viel zu dramatisch, um nicht einstudiert zu wirken.

«Zwölf Jahre? Nein. 15», antwortete ich, ohne auf die Melodramatik einzugehen.

«Und wir standen uns immer nahe, oder nicht?»

«Ja.» Ich fühlte mich unwohl. So müssen sich diese Menschen fühlen, die in Talkshows wie Jerry Springer sitzen und deren Ehemann gleich gesteht, dass er eigentlich transsexuell sei, Corinna heiße und seit vier Jahren eine intime Beziehung mit einem anderen Mann namens Jorge habe, mit dem er in wenigen Wochen ein Kind aus Nepal adoptieren würde. Auch wenn eine solche Offenbarung unwahrscheinlich war, begann ich mich innerlich zu wappnen.

Sie habe eine Entwicklung, eine Veränderung bei mir festgestellt, sagte sie. Vermutlich sei das normal, ich sei ja nun Mutter, sie könne sich durchaus vorstellen, wie verändernd das sein muss, fügte sie hinzu, und es klang, als hätte ich etwas Absonderliches wie eine Entführung durch Aliens erlebt, weswegen ich mich eben nicht mehr normal verhielt.

Ich nickte wie durch einen trüben Schleier hindurch. Ich wusste nicht, wieso ich nickte, schließlich stimmte ich dem Gesagten nicht unbedingt zu, wusste aber nicht, was ich stattdessen machen sollte.

Sie würde mich vermissen, sagte sie. Die Zeit mit mir. Und die Gespräche. Vor allem die Gespräche. Die vielen Nächte, die wir durchgequatscht, über alles und jeden, über unsere Sorgen und Träume gesprochen hatten. Und die Nähe, sie vermisse die Nähe, die man im Laufe eines Leben mit nur ganz wenigen

Menschen teile. Der letzte Teil klang wieder eine Spur zu melodramatisch, aber ich vermisste sie auch. Ich vermisste so vieles.

Aber nun, fuhr sie fort, wäre ich so weit weg. Weiter als zu der Zeit, als ich 600 Kilometer entfernt in Berlin gewohnt hätte. Denn selbst da konnten wir uns zu jeder Tages- und Nachtzeit anrufen. Und nun sei alles anders. Sie schwieg kurz, ihre rechte Hand fest um das Weinglas gekrallt, und schaute mich an. Etwas Abwartendes lag in ihrem Blick. Doch ich sagte nichts.

«Weißt du», sagte sie schließlich, «ich habe Verständnis gehabt. Das habe ich wirklich. All die Monate.» Ich wusste zwar nicht, wo genau ich dieses Übermaß an Verständnis gefordert hatte, aber das würde sie sicherlich noch ausführen. Sie kam langsam in Fahrt.

«Aber denkst du auch mal an mich?» In ihrer Stimme schwang eine solche tiefe Traurigkeit mit, dass ich für eine Sekunde sicher war, ihr großes Unrecht getan zu haben.

«Ich weiß, dass das alles für dich eine enorme Belastung sein muss. Der Mann, das Baby, so viel Neues. Aber hast du dich einmal gefragt, wie das alles für mich ist?» Der Vorwurf war unüberhörbar.

«Ich habe meine beste Freundin verloren», sagte sie. *Ich auch*, wisperte ich durch den Schleier. «Sie ist mir einfach so abhanden gekommen. Wie ...» Sie suchte nach den richtigen Worten und fand sie zu meinen Bedauern. «... eine Laufmasche. Die man anfangs gar nicht bemerkt und die irgendwann, scheinbar plötzlich, so riesig und unleugbar ist, dass man sie nur noch als kaputt und irreparabel bezeichnen kann.»

Ich war die Laufmasche in der Strumpfhose unserer Freundschaft. Vielleicht war ich auch die Strumpfhose. Das war ganz sicherlich die beschissenste Metapher aller Zeiten. Passierte das gerade wirklich? Worum ging es hier genau? Um mein

Versagen als Freundin? Reichte das latente Gefühl, als Frau, Sexsymbol und Mutter zu versagen, nicht aus als Gesprächsstoff für die Therapiestunden der nächsten Jahre? In Gedanken spielte ich alle sozialen Reaktionen durch, die in einer solchen Situation angemessen wären, und kam doch zu keinem befriedigenden Szenario. Die Gefühle brannten unter meiner Haut. Von allen Vorwürfen sind die am schwersten zu ertragen, die man als ungerecht empfindet. Sicherlich, ich war abgelenkt. Bin es noch. Ich wurde in eine Phase des Lebens geworfen, auf die ich nicht nur nicht vorbereitet war, sondern die ich niemals überhaupt durchlaufen wollte.

Wie viele Phasen hast du durchlaufen, die ich nicht nachvollziehen konnte und die ich trotzdem stillschweigend hingenommen habe?, schleuderte ich ihr stumm entgegen. Meine Wut kochte hoch, und ich versuchte sie wieder in Richtung meiner Eingeweide zu stopfen. Das eine Jahr, in dem Funkstille herrschte, weil du diesen Briten kennengelernt hattest und mit ihm auf irgendeinem Yoga-Ich-rette-die-Welt-Erleuchtungs-Trip quer durch Südostasien gereist bist. Wer war sofort wieder für dich da, nachdem er dich in Bangkok mit Ruby, dem transsexuellen Ladyboy, betrogen hatte? Wer hat niemals auch nur ein Wort gesagt, wenn du heimlich zu IKEA gefahren bist, um dir Hotdogs einzuverleiben, obwohl du Vorsitzende der Veganer-Vereinigung der Uni gewesen bist? Wer hat dir wieder und wieder und wieder die Haare gehalten, wenn du das Innere deines Magens nach außen gekehrt hast, weil du unbedingt Wodka trinken musstest, obwohl du ganz genau wusstest, dass du davon brechen musst wie ein bulimischer Teenager? Ich war da. Immer, jederzeit.

Jetzt bloß nicht eskalieren. Ich dachte an Hitler, an den Bunker, den Untergang, Fegelein und Göring. Bloß nicht gehenlassen, bloß nicht den inneren Hitler entfesseln. Ich starrte sie immer noch wortlos an. Sie starrte zurück, wartete darauf, dass ich etwas sagen würde, und war offensichtlich verunsichert, dass ich es nicht tat.

«Du hast recht», sagte ich schließlich, holte einen Zwanziger aus meinem Portemonnaie und legte ihn auf den Tisch. «Du hast recht, und du hast unrecht.»

Ich fand ein *«Leb wohl»* zu dramatisch und ein *«Schönes Leben noch»* zu gleichgültig, also stand ich einfach auf und ging.

Abhineeti ist immer noch außer sich und murmelt Flüche in ihren Kaffee. «Das hättest du ihr alles sagen müssen. Du hättest ihr ins Gesicht sagen müssen, was für ein hohler Unsinn das alles ist», schilt sie mich.

«Wozu?», frage ich.

«Diese ganzen Kinderlosen, die sich pausenlos über uns beschweren. Wenn wir in der Öffentlichkeit stillen. Wenn wir mit dem Kinderwagen in den Bus wollen. Wenn wir es wagen, über unseren öden Alltag zu reden. Wie mich das ankotzt. Als wären wir nichts anderes als eine gesellschaftliche Lästigkeit, die es zu ertragen gilt. So wie UGG-Boots und Leggins mit Tigermuster.» Sie redet sich in Rage, und ich finde es wundervoll. Es gibt wohl kaum etwas Schöneres, als wenn sich jemand für einen aufregt. Es nimmt einem die Notwendigkeit, es selbst zu tun. Emotionen outsourcen – wir sollten das alle viel öfter machen.

«Ich meine», fährt sie fort, «was soll denn der Mist? Natürlich sind sie genervt, von den kleinen Pupsern, von der Windelkackerei und dass wir kein anderes Thema mehr haben und nicht mehr spontan aus dem Haus können. Aber denken die, uns macht das Spaß? Ich würde auch lieber jeden Abend ausgehen und mit einer Flasche Rotwein über den Sinn des

Lebens und unerfüllte Orgasmen philosophieren. Stattdessen stehe ich zu Hause und wasche vollgeschissene Bodys mit der Hand aus. Ist das geil? Nein, ist es nicht. Aber so ist nun mal das Leben.» Sie schüttelt den Kopf so heftig, dass ich fürchte, er könnte ihr gleich abfallen.

«Weißt du», sage ich schließlich, «es ist völlig normal, sich über Jahre immer wieder über dieselben Probleme auszulassen. Dass man zu fett ist und abnehmen müsste, dass der Freund ein elendiger Schmock und der Job scheiße ist, ohne dass man etwas ändert. Aber wehe, man redet zum vierten Mal über schlaflose Nächte oder wunde Brüste vom Stillen, dann gucken sie einen an, mit diesem Blick, der sagt: Du wolltest es doch so.»

«Wir sind Paria!», stößt Abhineeti zwischen den Zähnen hervor. «Gottverdammte Paria. Wir gehören nicht mehr dazu, wir führen ein abnormes Leben, wir gehen um neun Uhr abends schlafen und können ganze Tage damit verbringen, das optimale Tragetuch oder Wirkung von Fenchel-Tee bei Blähungen zu googeln. Es ist, als wären wir in einer komischen Sekte und die anderen, all unsere Freunde von damals, die keine Kinder haben –»

«Noch keine Kinder haben!», werfe ich ein.

«Noch keine Kinder haben! Sie stehen abseits und beobachten uns. Argwöhnisch. Bedauernd. Und beleidigt. Weil wir es gewagt haben, sie zu verlassen.» Erschöpft lässt sie sich in den Sessel fallen und starrt wütend vor sich hin: «Dabei ist es das, was das Leben ausmacht. Man kann nicht immer dieselbe bleiben. Wir verändern uns, entwickeln uns. Nichts bleibt, wie es ist!»

«Ist das eine hinduistische Weisheit?», frage ich.

«Nein, du Rassistin. Das ist Biochemie. Ich bin evangelisch, verdammt noch mal», schimpft sie, «wir sind ein Haufen Zellen, der sich ständig erneuert. Wie naiv ist es zu glauben, dass man immer dieselbe Person bleiben könnte? Und wie dumm ist es, einem anderen Menschen etwas vorzuwerfen, was er nicht beeinflussen und verhindern kann?»

Ich nicke, und dieses Mal meine ich es auch so: «Manchmal bin ich auch sauer, dass ich nicht mehr die bin, die ich war. Sauer und traurig. Aber dann denke ich, dass dieses Leben und dieses neue Ich gar nicht so scheiße ist.» Ich betrachte Jonah, der im Schlaf schmatzt und langsam aufwacht.

«Ich weiß, was du meinst.» Abhineeti blickt ihre Tochter an: «Du, ich glaube, wir müssen langsam mal nach Hause.»

«Wir auch, wenn der kleine Kacker aufwacht, hat er sicher einen Mordshunger.»

«Same here. Außerdem habe ich noch einen Eimer mit braunen Bodys, die ich auskochen muss.» Sie kichert ein wenig irre, und ich muss lachen.

Als ich Abhineeti nachsehe, wie sie den Bürgersteig entlangmarschiert und den Kinderwagen wie einen Rommel'schen Panzer unbarmherzig vor sich herschiebt, denke ich, vielleicht können Mütter und Nichtmütter einfach nicht befreundet sein. So wie Männer und Frauen. Oder Romulaner und Vulkanier. Vielleicht ist das einfach gegen die Natur.

KAPITEL 26

Zurück ins Münsterland

Falls man mich in diesem Moment fragen würde, an was ich denke, wäre die Antwort vermutlich: «Suizid.» Ich schaue aus dem Fenster, starre die graue, vorbeiziehende Landschaft an. Hätte Goethe die Leiden des jungen Werthers hier spielen lassen, hätte sich der kleine Emo sicher nicht erst am Ende des Buches umgebracht.

«Was sagst du?» Der Mann schaut mich irritiert an, offenbar habe ich wieder laut gedacht.

«Suizid», antworte ich.

«Bitte?» Seine Stimme klingt entsetzt.

«Oh, nicht für mich», relativiere ich schnell und blicke ihn an, «eher ganz allgemein. Das Thema kommt irgendwie zwangsläufig auf bei dieser Aussicht, findest du nicht?»

«Ach, komm. So schlimm ist es hier auch nicht!» Er muss das sagen, das ist schließlich seine Heimat. Und egal, wie hässlich die ist, ein kleines Stück im Herzen mag es nicht, wenn Fremde schlecht über sie sprechen.

«Es gibt sicher irgendwo Schlachthöfe mit einem fröhlicheren Ambiente», murmle ich und betrachte am Waldrand mehrere große Krähen, die sich offenbar über einen Kadaver hermachen.

Wir biegen in einen Feldweg ein, eine dieser Abkürzungen, die nur Einheimische kennen, und fahren vorbei an weiteren menschenleeren Koppeln und Feldern. Wabernde Landschaften, wie man sie von den energiegeladenen Gemälden von van Gogh kennt – vermutlich hat sich der gute Vincent genau bei einem solchen Anblick das Ohr abgeschnitten. Ein paar Jugendliche kommen uns entgegen. Der Mann hatte mir schon beim letzten Mal erzählt, dass es hier in der Nähe im Wald eine Rasthütte für Wanderer gibt – nicht, dass es hier sonderlich viele Wanderer geben dürfte, aber die Hütte scheint ein beliebtes Ziel und güldener Lebensmittelpunkt der hiesigen Teenagerszene zu sein. Die leeren Wodka- und Bierflaschen, die dort herumliegen, sind ein trauriges Zeugnis der zahlreichen Versuche, sich die heimische Realität schön zu trinken.

Aber unabhängig davon, wie überflüssig ich die Existenz dieses Ortes finde, sie ist und bleibt die Heimat des Mannes, und da ich nicht in der Lage bin, gewisse Gefühle für ihn zu unterdrücken, ziehe ich das jetzt durch. Das ist nur fair. Schließlich sitzt er mittlerweile regelmäßig samstags bei meiner Mutter vor einer bunten Mischung aus Obst- und Sahnetorten und tut pflichtbewusst so, als würde er in diesem Moment nicht viel lieber Preußen Münster bei seinen tragisch-komischen Versuchen zusehen, der dritten Liga zu entfliehen.

So oder so ist es mehr als angebracht, dass ich genauso mitkomme, wenn seine Familie sich zwecks allgemeinem Beisammensein mal wieder zusammenrottet. Außerdem ist die Situation inzwischen auch eine andere. Letztes Jahr war ich noch die Bumsbekanntschaft, die dem Mann ein Kind aufnötigt. Dieses Jahr bin ich Mutter seines Kindes, offizielle Freundin und Bumspartnerin in Personalunion.

Mein Handy vibriert. Caro. Seit unserem letzten Treffen hatte sie mir drei Mails geschrieben, in denen sie ihre Vorwürfe wiederholt hat. Und sieben WhatsApp-Nachrichten, ob ich ihre Mails bekommen habe. Und elf SMS mit dem Hinweis, dass sie mir auf WhatsApp geschrieben hätte. Manchmal ist Technik ein Fluch. Ich lösche die SMS, ohne sie zu lesen. Wann wohl die ersten Brieftauben kommen, um zu fragen, ob ich ihre SMS erhalten habe?

Ich habe im Moment nicht die Ruhe, um mich mit weiteren Vorwürfen oder ähnlich Unerfreulichem auseinanderzusetzen. Schließlich erwartet mich hier im Münsterland schon genug Unerfreuliches, denke ich, als ich die vor dem Haus geparkten Autos durchzähle und mein Vergangenheits-Ich verfluche, das zugestimmt hat, mitzukommen. Ich versuche, mich zu beruhigen. Es wird nicht wie das letzte Mal sein, als ich noch hochschwanger war. Jetzt habe ich zumindest ein Baby, das ich der Meute wie das goldene Vlies präsentieren kann, in der Hoffnung, dass sich die ganze Aufmerksamkeit darauf richten würde. Darauf, wie groß er schon ist, wie schwer, wie viele Wochen alt, ob er schon Zähne hat, schon krabbeln kann. Ich habe da inzwischen die nötige Routine, sodass ich mir die Antworten auch nicht mehr mit Stabilo auf die Handinnenfläche notieren muss.

Ich hatte mir auf der Autofahrt fest vorgenommen, nicht nachtragend zu sein. Es war schließlich Ostern. Was würde Jesus tun? Außer mit durchbohrten Gliedmaßen und notdürftig mit einem Laken bekleidet durch Jerusalem zu laufen und sich mit seinen Jüngern zu treffen. Er würde vergeben. Wäre versöhnlich. All die Sachen, die mir normalerweise fremd sind.

Drinnen laufe ich direkt Helge in die Arme, meiner pullundertragenden Nemesis. Wobei der Pullunder dieses Mal nicht mehr signalfarbenorange ist, sondern grau. Ich will ihn begrüßen, doch er schaut mich nur teilnahmslos an, als wäre ich eine Fremde in der Fußgängerzone: «Und du bist?»

Ich suche nach Anzeichen für einen Witz, doch ich finde nichts. Kälte fließt stumm durch seine Augen. Kälte und Gleichgültigkeit. Und Arroganz. Ein wenig zu viel Arroganz für einen Mann, der Pullunder trägt.

Das Baby auf meinem Arm, der Mann – auch bekannt als sein Bruder – neben mir, könnten durchaus genug Indizien für meine Identität sein, sofern man nicht an fortgeschrittener Demenz leidet. Scheiß auf Jesus, denke ich und erinnere mich an einen anderen großen Gelehrten unserer Zeit, dessen Ansichten und Prinzipien meine Adoleszenz ähnlich geprägt haben. Ich reiche ihm die Hand: «Claudia», sage ich und füge hinzu, «wusstest du, dass Hannibal Lecter unhöfliche Menschen einfach aufgegessen hat?»

Er zuckt kaum merklich mit dem rechten Augenlid. «Was soll ich mit dieser Information anfangen?», fragt er und zieht sein eiskaltes Händchen zurück.

«Nichts Bestimmtes.» Ich zucke mit den Achseln. «Ich finde nur, dass wir uns das hin und wieder ins Gedächtnis rufen sollten.»

Im Augenwinkel sehe ich, wie der Mann sich ein Grinsen verkneifen muss: «Ich wusste das nicht!»

«Oh! Ich glaube, da hat jemand die Hosen voll!», rufe ich plötzlich aus. «Keine Sorge. Ich meine Jonah. Das ist das Baby. Ich gehe mal schnell die Windeln wechseln. Unterhaltet euch doch weiter.» Ohne eine Reaktion abzuwarten und mit einem satten Gefühl von Befriedigung gehe ich nach oben in eines der Gästezimmer.

«Nicht dass du jetzt denkst, ich wäre dafür, Menschen zu ermorden», sage ich zu Jonah, während ich ihn wickle, «ich bin generell dagegen. Es ist eine ziemliche Sauerei, vor allem, wenn man Teppichboden hat, und es ist gesellschaftlich in etwa so geächtet, wie in der Öffentlichkeit zu stillen.» Er runzelt die

Stirn, als höre er mir aufmerksam zu. «Und völlig egal, wie viele Menschen heute hier sein werden, wir werden niemanden umbringen. Wir können darüber nachdenken, aber wir werden es nicht machen. Das ist die erste Lektion, die ich dir mitgebe. Hast du sie verstanden?» Er zuckt mit dem Mundwinkel, was ich einfach mal als Zustimmung gelten lasse.

Vermutlich war es naiv zu glauben, dass ich nun für die meisten da unten etwas anderes als das angebumste Anhängsel ihres Bruders wäre. Und die beiden Menschen, die es vielleicht anders sehen, sind heute leider nicht da: Sophia steckt mitten in den Vorbereitungen für ihr – hoffentlich – letztes Semester, und Inga hockt seit einem Monat in ihrem Kibbuz und ist damit beschäftigt, israelische Kühe zu melken. Wie genau ich dem Rest unseren sich ständig verändernden Beziehungsstatus erklären soll, hätte ich mir vielleicht vor meiner Ankunft überlegen sollen.

«Also», sage ich zu Jonah, der endlich wieder nach frischem Babypuder und nicht mehr nach ukrainischer Kläranlage riecht, «das ist Lektion Nummer zwei: Schwängere keine Frauen, von denen du keine herzzerreißende Kennenlerngeschichte erzählen kannst! Du kannst so viel von mir lernen, mein Sohn. Ich bin wie eine Fabrik für dumme Entscheidungen. Du musst ganz einfach immer das Gegenteil von dem tun, was ich getan habe, und du wirst ein ganz fabelhafter Mensch werden!» Er gluckst und lacht, was ich erneut als Zustimmung werte.

Babys sind super, denke ich, als ich mit ihm nach unten gehe. Sie sind zwar undicht und hygienisch gesehen eine mittlere Katastrophe, aber ihre Unfähigkeit, Widerworte zu geben und energieraubende Diskussionen zu führen über Themen wie Gender Studies, Flüchtlingspolitik und die Frisur von Wolfgang Bosbach ist großartig, und in einer Zeit, in der wirklich jeder zu allem eine Meinung hat und die via Facebook und Co. in die Welt hinausrotzt, ist Schweigen eine Wohltat.

«Da bist du ja», sagt der Mann, als er mich unten im Wohnzimmer entdeckt.

«Hast du mich gesucht?», frage ich.

Er macht eine seltsame Kopfbewegung, als könne er sich nicht entscheiden, ob er nicken oder den Kopf schütteln soll: «Ich hab dich nur vermisst.»

«Wie süß. Und creepy. Ich war nur wenige Minuten weg.»

Er zieht die Augenbrauen hoch. «Guck mal auf die Uhr. Du warst fast eine halbe Stunde weg.»

Ich schaue aufs Handy: «Oh, du hast recht. Wie die Zeit verfliegt, wenn man sich gut unterhält.»

«Mit wem denn?»

«Jonah», antworte ich und grinse.

Ein kleines, helles Glöckchen ertönt, das der munteren Meute verkündet, dass es gleich Essen gibt. In anderen Familien wird einfach quer durchs Treppenhaus «Essen is fertisch!» gebrüllt, hier gibt es Glöckchen. Gleich kommt sicherlich ein Butler mit weißen Handschuhen um die Ecke gewackelt, um mit faschistoider Genauigkeit sicherzustellen, dass das Besteck an jedem Platz denselben Abstand zur Tischkante hat.

Heute gibt es Wild. Genauer gesagt Damwild-Ragout mit karamellisiertem Rotkraut und Rosmarin-Kartoffeln. Offenbar ist das die bevorzugte Fleischform in diesem Haus. Das erste Mal gab es Wildschwein. Als schlechteste Vegetarierin der Welt läuft mir das Wasser im Munde zusammen. Ich habe seit dem Frühstück, das aus einem Kaffee und einer kleinen Tüte M&M's bestand, nichts mehr gegessen und würde Bambi persönlich essen.

«Du kannst ja den Rotkohl und die Kartoffeln essen», raunt

der Mann mir zu. Er weiß um meine mäßig erfolgreichen Versuche, vegetarisch zu leben. Ich gebe nur deswegen nicht auf, weil ich finde, dass Vegetarismus, genauso wie Yoga und französische Bulldoggen meine tiefe Persönlichkeit unterstreichen. Ich habe eine Hundehaarallergie und mache etwa einmal im Monat für circa zwei Minuten Yoga, aber ich halte an meinem Traum fest.

Angesichts des süßlich-schweren Geruchs von Ragout, der in diesem Moment durch die Ritzen der Küchentür ins Esszimmer kriecht, gebe ich mich geschlagen und beschließe auch dieses Mal, dass es eigentlich ganz okay ist, Fleisch zu essen. Schließlich weiß außer dem Mann niemand von meiner geheimen Zweitidentität, und die kann ich auch morgen wieder ausleben.

Ich will mich gerade hinsetzen, da wird Jonah unruhig. So wenig Babys auch reden, so kreativ sind sie doch darin, ihr Missfallen kundzutun.

«Ach, Dreck», murmle ich und schaue den Mann an, «er hat Hunger. Seine Flasche ist längst überfällig.»

Der Mann guckt kurz mich an, dann das Baby: «Okay. Die Windeltasche mit dem Milchpulver und den Flaschen ist vorne im Flur.» Er setzt sich und sagt noch so etwas wie: «Boah, jetzt hab ich aber Hunger.»

Ich stehe immer noch neben ihm, und mein leerer Magen krampft sich zu einer brüllenden, wütenden Faust zusammen. Wieso genau muss ich das erledigen? War nicht zumindest ein Zweck dieser Fläschchenernährung, dass das Ernährungswohl unseres Kindes nicht mehr von meinen Brüsten abhängt und er im Notfall auch von einem Schimpansen, der clever genug ist, Baby und Flasche zu halten, gefüttert werden kann?

Aber der einzige Schimpanse, den ich hier sehe, stellt sich

diese Fragen nicht, sondern schaufelt sich Salat auf den Teller. Nicht irgendeinen Salat. Salat mit kleinen Hirtenkäse-Stückchen, die in liebevoller Handarbeit mit Bacon umwickelt und angebraten wurden. Mein Magen versucht, sich durch die Bauchdecke zu wühlen, um den Mann niederzuschlagen und gnadenlos über das Essen herzufallen, wie die Hunnen über Europa.

«Ganz ruhig, Attila», murmle ich und tätschle meine leere Wampe, «unsere Zeit wird kommen.»

«Hast du was gesagt?», fragt der Mann.

«Nichts», erwidere ich und funkle kleine Blitze des Todes in seine Richtung.

«Ist ... ist alles in Ordnung?», fragt er.

«Alles. In. Bester. Ordnung», zische ich, packe Baby und Tasche unter den Arm und gehe in die Küche, um dem kleinen Lord seine Mahlzeit zuzubereiten.

In der Küche stehen überall noch Töpfe und Pfannen und Schüsseln herum, in denen das Essen zubereitet wurde.

«Muttersein ist scheiße», grummle ich, als ich die Flasche mit dem Wasser erhitze. «Nichts gegen dich persönlich», sage ich zu Jonah, der gerade versucht seine Faust zu essen, «du bist reizend und riechst immer sehr gut. Aber dass irgendwie ständig ohne große Worte erwartet wird, dass ich dein Leibeigener bin, fängt langsam an, ein wenig zu nerven.» Ich rühre das Milchpulver in die warme Milch. «Diese Väter, die sich selbst so dermaßen auf die Schulter klopfen, dass sie schon ganz wund sind, weil sie einmal die Woche nachts aufstehen, um dem Baby die Flasche zu geben. Was soll das? Ich dachte, wir wären weiter und diese ganze Gleichberechtigungskiste wäre ... nun ja ... gleichberechtigter.»

Ich hieve den kleinen, hungrigen Kerl auf meinem Schoß

und gebe ihm das glückverheißende Nass, das, ich habe es selbst probiert, ein wenig schmeckt wie nasser Schuhkarton. Ich starre die Tür an. Jesus würde sich in Demut üben, hier in der Küche sitzen bleiben und anschließend den Abwasch machen. Hannibal nicht. Hannibal würde statt des Abwasches Bœuf bourguignon machen. Aus den Anwesenden.

«Das Muttersein erweckt ganz neue Seiten an mir», sage ich zu Jonah, der seinem verzückten Gesichtsausdruck zufolge kurz vor dem Zustand vollständiger Glückseligkeit steht, «man sagt zwar, das Muttersein macht einen weicher und ja, ich gebe zu, ich denke inzwischen ein paar Minuten darüber nach, bevor ich bei H&M ein Shirt kaufe, das von Vierjährigen irgendwo in einer feuchten indischen Fabrik genäht wurde, aber es macht mich auch grober und rücksichtsloser.»

Ich seufze, um die Melodramatik des Moments zu unterstreichen. «Ich werde eben mit dem ganzen Scheiß, und damit meine ich dich», sage ich und schaue ihn an, wie er sanft vom Trinken zum Schlafen übergeht, «ziemlich allein gelassen. Mir war nicht klar, wie alleine man sich als Mutter fühlen kann. Verstehst du, was ich sage?» Leise röchelndes Schnarchen ist die Antwort.

Schluss jetzt, motze ich mich an, nehme Jonah und trage ihn vorsichtig in den Flur, wo der Kinderwagen steht.

«So, du schläfst», sage ich, «und ich gehe jetzt was essen. Wenn was ist, du hast ja meine Nummer.» Als verantwortungsvolle Mutter schiebe ich den Kinderwagen noch ein wenig näher an die Esszimmertür, durch die munteres Gerede und Lachen hallt.

Doch als ich voller Elan – und Hunger – durch die Tür trete, strahlt mich nicht nur der Mann mit satten, glänzenden Augen an, sondern auch ein komplett leergefressener Tisch. Selbst die beiden Salatschüsseln scheinen ausgeleckt worden zu sein. Ich setze mich neben den Mann: «Da bist du ja.»

«Ja», sage ich, «da bin ich. Die viel wichtigere Frage ist jedoch: Ist auch noch was zu essen da?»

Das Lachen des Mannes erlischt, er schaut auf den Tisch: «Oh Gott.» Und noch einmal: «Oh Gott. Wir haben alles aufgegessen. Es hat so großartig geschmeckt, wir waren wie im Rausch. Es tut mir so leid.»

«Ist alles in Ordnung?», fragt Kerstin.

«Wir haben nichts für sie übrig gelassen. Sie hat noch nichts gegessen», erklärt der Mann und klingt, als säße ich nicht neben ihm.

«Oh», sagt Kerstin, «ich dachte, sie hat keinen Hunger.»

Halloho, ich sitze zwischen euch, ihr dürft ruhig die zweite Person als Anrede verwenden, grummelt es unter meiner Schädeldecke, und brodelnde Flüche meines Magens vereinigen sich in meinem Körper zu einem bedrohlichen Crescendo.

«Na ja», meint Kerstin schließlich, «es gibt ja noch Nachtisch. Du magst sicher Obstsalat.»

Ich wende meinen Kopf langsam in ihre Richtung. «Obstsalat», wiederhole ich und spüre, wie der Mann vorsichtig seine Hand auf meinen Oberschenkel schiebt. Ich ringe mir ein Lächeln ab: «Sicher. Wer steht nicht auf Obstsalat? Aber würdet ihr mich für einen Moment entschuldigen?» Ich stehe auf und rufe dem Mann im Rausgehen noch zu: «Fangt ruhig mit dem Nachtisch schon ohne mich an.»

«Hey», sagt er. Er kommt mir nach. Unbeeindruckt von dermaßen geballter Rhetorik, nehme ich im Flur meine Jacke vom Haken und ziehe sie an.

«Was machst du?», fragt er.

«Ich ziehe meine Jacke an.»

«Das sehe ich, ich meine nur: wieso?»

«Weil es draußen recht frisch ist und ich nur höchst ungern friere.»

«Hör zu», sagt er, «ich weiß, das ist irgendwie blöd gelaufen. Es tut mir wirklich leid. Aber Kerstin hat recht: Es gibt noch Obstsalat und ...»

«Wirke ich auf dich wie ein Mensch, der Obstsalat isst?»

Er schüttelt den Kopf.

«Gut», sage ich, «sonst müsste ich mir auch enorme Sorgen um meine Außenwirkung machen. Ich werde jetzt rausgehen, denn ich bin hungrig. Ich werde mir einen ranzigen Gasthof oder eine Tankstellen-Raststätte oder sonst was in diesem tristen Dorf suchen. Hauptsache, es gibt dort warmes Essen, totes Fleisch und leere Kohlenhydrate. Hauptsache, viel davon.»

Ich wickle mir den Schal um den Hals und deute mit dem Kopf in Richtung Kinderwagen: «Und du passt in der Zwischenzeit auf den Knirps auf. Okay?»

«Okay», antwortet der Mann und hält mir verdattert die Tür auf.

«Supi», flöte ich und küsse ihn zum Abschied auf die Wange.

Natürlich bin ich innerlich nicht so ruhig, wie ich den Eindruck mache. Ich bin kein Vulkanier. Ich bin eher Kirk. Oder Khan. Oder irgendwas dazwischen. Ich koche vor Wut. Aber es bringt nichts, sich von seiner Wut hinfortspülen zu lassen. Stattdessen muss ich mir die Tränen des Zorns abwischen und mir einfach das holen und nehmen, was ich brauche und will.

Denn wenn ich darauf warte, dass jemand kommt und es mir bringt, werde ich elendig zugrunde gehen. Vielleicht nicht gerade elendig, vielleicht auch nicht wirklich zugrunde gehen, aber es klingt herrlich dramatisch und umstürzlerisch. Und ich bin in der richtigen Stimmung, um feministische Manifeste zu verfassen und Dinge, wie «Uteri aller Länder, vereinigt euch!» skandierend durch die Republik zu ziehen. Vielleicht trete ich auch in die Feministische Partei oder einen Aktionskreis ein, wo man sich einmal die Woche trifft, um Plakate zu bemalen, sich gesellschaftskritische Hashtags auszudenken oder über die Symbolhaftigkeit von unrasierten Beinen zu diskutieren.

«Noch ein Getränk dazu?» Die Frau hinter der Theke wird sicher auch unterdrückt. Diese hässlichen Käppis sind auf alle Fälle eine Form von Unterdrückung.

«Ne, aber geben Sie mir noch so einen McFlurry. Den mit den Smarties», sage ich. Vielleicht muss ich auch nicht in eine Partei eintreten, denke ich, als ich bezahle. Vielleicht reicht es, wenn ich in Zukunft klarer formuliere, was ich will und brauche, statt ständig zu hoffen und erwarten, dass sich alles schon von alleine ergibt. Während ich zwei Cheeseburger in mich stopfe, schreibe ich auf eine Serviette mein ganz persönliches Manifest mit all den Dingen, die in meinem Leben dringend geändert werden müssen.

Und ich brauche überraschend viele Servietten.

KAPITEL 27

Das Date

«Finde ich super, dass du mit dem Kleinen jetzt immer zu der Krabbelgruppe gehst», sagt der Mann, und es ist vermutlich das seltsamste Kompliment, das ich in meinem Leben bisher bekommen habe. Auf der Rückfahrt unserer Exkursion ins Münsterland hatten wir uns noch kurz und heftig gefetzt, wobei es dabei weniger um den Vorfall selbst ging, sondern recht schnell abglitt in eine Grundsatzdebatte über die gesellschaftliche Erwartungshaltung an Frauen und die genetische Disposition zu Idiotie von Männern.

Die Argumente im Einzelnen habe ich nicht behalten – was auch vielleicht daran liegt, dass sie während des Streits nur rar vorhanden waren. Dessen ungeachtet schafften wir das Kunststück, uns dieses Mal nicht direkt wieder zu trennen. Ein ungeheurer Fortschritt, wenn auch während der gesamten Fahrt in mir eine kleine, zornige Stimme dafür plädierte, ihn aus dem Auto zu werfen. Aber Erwachsene reden. Sie arbeiten ihre Probleme aus. Sie schmeißen sich nicht aus dem fahrenden Auto oder trennen sich direkt, nur weil sie sich streiten. Stattdessen beschlossen wir, an uns zu arbeiten. Als Paar. Und ich, nachdem ich bei Fritten und Cheeseburger mein persönliches Manifest niedergeschrieben hatte, an mir selbst. Und genau deswegen sitzen wir jetzt beim Italiener. Und reden. Über Krabbelgruppen.

Eigentlich war ich vor allem zu der Krabbelgruppe gegangen, um mich mehr mit anderen Müttern auseinanderzusetzen. Denn eines ist mir inzwischen klargeworden: Das mit mir und meiner Dissertation würde in diesem Leben nichts mehr werden. Selbst wenn ich es schaffen sollte, sie in der Elternzeit fertigzustellen – was dann?

Sicher, es gibt auch an der Uni und in Museen Frauen mit Kindern. Aber das Leben als Geisteswissenschaftler ist aufopferungsvoll und fruchtlos – zumindest in finanzieller Hinsicht. Das ist okay, man entscheidet sich schließlich freiwillig dafür. Aber man sollte in seinem Leben stets nur eine Sache haben, für die man sich aufopfert. In meinem Fall hatte ich Bücher gegen Windeln eingetauscht. Und keine Ahnung, was ich nun mit diesem Leben anfangen sollte.

Deswegen war ich zu der Krabbelgruppe im nahe gelegenen Pfarrheim gegangen. Um zu erfahren, wie es ist, wenn man seine Erfüllung im Mutterdasein findet. Oder ob es lediglich darum geht, das ultimative Rezept für den weltbesten Pastinakenbrei zu finden. Was macht man als Mutter, wenn das Kind in der Kita ist? Nur putzen und kochen? Oder sucht man sich ein Hobby wie Kuscheltiere filzen? Das Wichtigste ist jedoch: Sind andere Mütter glücklich – und wenn ja, wieso genau?

Natürlich habe ich dem Mann gesagt, dass ich vor allem zur Krabbelgruppe gehe, damit das Kind ordentlich sozialisiert wird. So was kann ja gar nicht wichtig genug sein. Ich hatte mal eine Mitschülerin, die bis zu ihrer Einschulung ausschließlich mit ihrer Mutter und Großmutter engeren Kontakt gehabt hat und immer unkontrolliert zu zwinkern anfing, wenn man sie mit Namen ansprach. Heute lebt sie ein eremitisches Dasein in einer Plattenbausiedlung in Köln-Chorweiler, besitzt ihren Facebook-Fotos zufolge geradezu bizarr viele Meerschweinchen und verdient ihren Lebensunterhalt damit, Kugelschreiber zusammenzubauen. Ich kann nicht beweisen, dass das eine mit dem anderen zusammenhängt, aber ich möchte auch nicht, dass mein Sohn später in Köln-Chorweiler Kugelschreiber zusammenbaut.

«Ja, tut Jonah gut, auch mal andere Babys zu sehen», sage ich, und es klingt, als würde mein Sohn polyamouröse Beziehungen pflegen, «wir wollen ja nicht, dass er zu viel Zeit allein mit Mutti verbringt und ein zweiter Norman Bates wird.» Ich lache ein wenig lauter, als ich sollte, aber der Mann lacht nicht, sondern fragt nur, wer das sei, und ich denke, wie schlimm das ist, dass alle Menschen immer über Pisa-Studien reden und wie schlecht unsere Jugend in Rechtschreibung und Stochastik ist, aber es offenbar völlig egal ist, wenn Menschen das einfachste Film-Basis-Wissen nicht beherrschen.

«Niemand Wichtiges», lüge ich und vertiefe mich wieder in die Menü-Karte, die seit zehn Minuten aufgeschlagen vor mir liegt. Vermutlich werde ich ohnehin eine Pizza Margherita nehmen, weil ich Angst vor Gerichten habe, die ich nicht kenne.

Das italienische Restaurant, in dem wir sind, ist hübsch. Ein wenig rustikal, fast schon romantisch: Überall stehen Kerzen in bauchigen Weinflaschen auf den Tischen und tropfen auf die rot-weiß karierten Tischdecken. An den Wänden hängen Bilder von italienischen Landschaften und adipösen, nackten Männern, die vermutlich Bacchus oder sonst einen Alkoholiker des Olymps darstellen sollen. Es ist alles recht zauberhaft. Also theoretisch.

Meine Mutter passt heute Abend mal wieder auf ihren Enkel auf, sodass wir ausgehen können – wie ein richtiges Paar. Höchste Zeit, dass wir uns wie eines verhalten. Normalerweise gilt eine Beziehung als ein Mikrokosmos bestehend aus der Schnittmenge gemeinsamer Interessen, aus durchtanzten

Nächten, Brunchs mit Freunden, Kinobesuche inklusive überteuertem Popcorn, spontanen Kurztrips nach Barcelona oder Prag. Zumindest sind das immer die Sachen, die die Pärchen in Filmen machen. In unserem Fall waren das die drei großen F: Ficken, Fernsehen, Fressen.

Klingt jetzt nicht ganz so romantisch und zauberhaft wie gemeinsame Radtouren den Rhein runter, aber die Realität hat die Angewohnheit, wenig zauberhaft zu sein. Bei uns gab es eben niemals vertraute Abende auf dem Sofa, der eine vertieft in eine Thomas-Mann-Novelle, der andere Machiavellis gesammelte Werke schmökernd, auf dem Couchtisch eine Flasche Châteauneuf du Pape, im Hintergrund das neue Album von David Garrett. Wir hatten in unserer Prä-Baby-Phase zwar auch ein Sofa, aber darauf haben wir vornehmlich Tacos mit Billig-Käse-Dip von Netto inhaliert, während wir Dschungelcamp guckten, und spätestens als sich irgendein armer Tropf vollgeschleimte Kakerlakenreste im camp-eigenen See aus einer Körperöffnung fischte, fielen wir übereinanderher.

Während der vergangenen 16 Monate war uns aufgefallen, dass uns ansonsten recht wenig miteinander verbindet – wobei man den Einfluss von Geschlechtsverkehr auf die Harmonie einer Beziehung nicht unterschätzen darf. Aber auch der beste Orgasmus täuscht nicht über die Unterschiede zwischen uns hinweg.

Ich, eine konservative Ex-Katholikin mit militant-atheistischen Zügen, die immer wieder mit den Linken und Grünen sympathisiert – zumindest so lange, bis ich ein Interview mit Claudia Roth sehe –, die gerne Lena Dunham und Biographien von Leonard Nimoy liest und sich den Wecker stellt, um mitten in der Nacht die neueste Folge «Game of Thrones» zu gucken. Der Mann hingegen weiß nicht, was «Game of Thrones» ist. Er weiß auch nicht, wer Lena Dunham oder Leonard Nimoy sind und was das Schlimmste ist: Er kennt den Unterschied zwischen «Star Wars» und «Star Trek» nicht. Stattdessen liest er Sarah Kuttner und Ildiko von Kürthy und ist der festen Überzeugung, dass ein Robert-de-Niro-Mafia-Film-Marathon die ultimative Samstag-Abend-Beschäftigung ist.

Und nun sitzen wir in einem sehr schönen Restaurant, weil uns dauernd andere Eltern sagen, dass wir so was jetzt dringend machen müssen, wenn wir nicht wollen, dass unsere Beziehung den Bach runtergeht und wir in Zukunft nebeneinander auf dem Sofa sitzen und nicht wissen, was wir uns sagen sollen. Dann lieber jetzt in ein Restaurant gehen, sich dort gegenübersitzen und nicht wissen, was man sich erzählen soll.

«Ich gehe übrigens noch aus einem anderen Grund zu der Krabbelgruppe», sage ich, nachdem wir endlich bestellt haben.

«Oha», sagt er, «und der wäre?»

Ich erzähle ihm von meinem Zukunftssorgen und dass ich mich mit anderen Müttern austauschen wollte, um zu erfahren, wie sie sich selbst wahrnehmen und wie sie sich ihr weiteres Leben so vorstellen. Das Ergebnis war erhellend und ernüchternd zugleich.

«Fast alle nehmen zwei volle Jahre Elternzeit, eine sogar drei Jahre. Kaum eine will danach Vollzeit arbeiten», erkläre ich und versuche das nicht vorwurfsvoll zu erzählen. «Versteh mich nicht falsch, wenn es nach mir ginge, würde ich auch nie wieder an einem Schreibtisch sitzen und für irgendjemanden arbeiten. Aber solange das Kindergeld nicht um 1000 Prozent erhöht wird, weiß ich beim besten Willen nicht, wie man davon alleine leben soll. Und solange ich an der Supermarktkasse nicht mit Kinderlächeln bezahlen kann, sehe ich wirklich nicht, wie man so sein Leben bestreiten soll.»

«Vermutlich sind die alle verheiratet.»

Ich erinnere mich an die Parade kleiner, goldener Ringe, die mir in der Krabbelgruppe entgegenblitzte: «Nicht nur vermutlich.»

Der Mann setzt an, um noch etwas sagen, da bringt ein Kellner unsere Bestellung.

«Ich fass es nicht, dass du tatsächlich einen Salat bestellt hast», sagt der Mann.

«Low Carb», murmle ich und pikse missmutig in den Salatblättern herum. Ich hatte mich im letzten Moment auf meinen Vorsatz besonnen, alles Negative in meinem Leben in den Griff zu kriegen – und dazu gehört auch dieser Körper, dessen Ausmaße ähnlich wie die griechische Wirtschaft völlig außer Kontrolle geraten waren und nun durch gezielte Sparmaßnahmen wieder in Form gebracht werden musste.

«Wolltest du gerade was sagen?», frage ich, während ich argwöhnisch die Bestandteile meines Abendessens inspiziere.

«Wann? Ach so. Ja. Ne», antwortet er, und vermutlich wurde nie eine verwirrendere Antwort gegeben. «Es ist nur so … möchtest du lieber verheiratet sein?»

Ich überlege, ob das eine Art Antrag sein soll, und heiße Panik schießt in mir hoch. Er guckt mich ohne zu blinzeln an, während ich fieberhaft nach einer Antwort suche. Doch mir fällt keine ein. Um die zarten, fragilen Bande, die uns erst seit kurzem wieder miteinander verknüpfen, nicht gleich wieder durch eine idiotische Reaktion meinerseits zu zerstören, starre ich wortlos in meinen Salat und schwitze vor mich hin.

Ich spieße eine Kirschtomate auf und konzentriere mich darauf, mir vorzustellen, sie sei irgendwas Leckeres. Ich habe mal in einer Frauenzeitschrift gelesen, dass das helfen soll, aber im Nachhinein bin ich nicht sicher, bei was genau, denn die Tomate schmeckt wie eine Kirschtomate und nicht wie ein Puddingteilchen.

«Das Schlimme ist», sage ich schließlich und versuche, das Thema auf einen späteren Zeitpunkt zu verlagern, «dass alle in der Krabbelgruppe so verdammt glücklich scheinen. Sie gehen richtig auf in ihrer Rolle. Als wollten sie nie etwas anderes.»

«Vielleicht wollten sie tatsächlich nie etwas anderes werden», wirft der Mann ein, und ich bin einfach nur erleichtert, dass er nicht auf eine Antwort besteht. Vielleicht habe ich mir den Antrag auch nur eingebildet. Zumindest hoffe ich das.

«Mir ist schon klar, dass das bei mir anders war», sage ich, «dass ich nicht geplant habe, Mutter zu werden. Aber ich dachte, ich wachse da schon rein. Das kommt noch. Und nun stellt sich heraus: Es kommt nicht.»

Ich merke, wie mich eine wirre Mischung aus Wut und Frustration überkommt. «Letzte Woche, als du in München warst wegen dieses Drehs über die Kastelruther Spatzen, habe ich mit Louisa telefoniert. Du erinnerst dich an sie? Berlin, Kind, kleine Brüste, Öko?» Die richtigen Stichworte sind das A und O, wenn man mit einem Mann über die Freundinnen sprechen möchte. Bei «kleine Brüste» fängt er zu nicken an.

«Sie ist genauso. Sie denkt jetzt schon darüber nach, ein weiteres Kind zu bekommen. Drittes nicht ausgeschlossen. Wenn es nach ihr geht, würde sie nie wieder arbeiten gehen, und außerdem hat sie seit letztem Monat ein eigenes Nähzimmer. Nenn mich ruhig den Arsch des Jahres, aber ich möchte kein Leben führen, das sich vorrangig um selbstgenähte Kinderkleidung, das Rezept für die beste vegane Lasagne oder die obskuren Vor- und Nachteile von Gluten dreht.»

«Du möchtest ein Leben, das sich weiterhin um dich dreht», sagt er, und ich erstarre innerlich, weil er recht hat.

«Macht mich das zu einer schlechten Mutter?», frage ich, wobei die Frage eher mir als dem Mann gilt. Er zuckt mit den Schultern: «Nicht unbedingt. Aber du hast dich dafür entschieden, Mutter zu werden.»

«Ich habe mich entschieden, nicht abzutreiben. Das ist ein Unterschied», rechtfertige ich mangelhaft.

«Ein Unterschied, der letztlich keinen Unterschied macht. Bereust du deine Entscheidung?»

Ich schüttle den Kopf: «Nein. Es war richtig. Es war lediglich falsch, nicht zu verhüten.» Ich seufze, wie man seufzt, wenn man mit seinem privilegierten Leben überfordert ist.

«Und was heißt das jetzt?», fragt er.

Ich starre in eine kleine Pfütze aus Öl und Balsamico, die sich in der Mitte des Tellers gebildet hat, und verspüre den dringenden Wunsch in sie hineinzutauchen.

«Es hat keinen Sinn, vorzugeben, etwas zu sein, was ich nicht bin», sage ich schließlich, «aber dass ich in meinem Leben etwas machen möchte, das mich erfüllt und glücklich macht, bedeutet nicht, dass ich eine schlechte Mutter bin. Oder sein werde. Ich glaube sogar ganz im Gegenteil, dass je zufriedener ich mit mir selbst und meinem Leben sein werde, desto ausgeglichener und besser bin ich als Mutter.»

In dem Moment, in dem ich die Worte laut ausspreche, weiß ich, dass sie wahr sind.

«Ich möchte gerne ein paar Dinge verändern», sage ich zum Mann, der so aussieht, als fürchte er sich davor, was als Nächstes kommt.

«Alles», fahre ich fort, «was ich – was wir! – nach dem Schwangerschaftstest gemacht haben, passierte aus einer gewissen Notwendigkeit heraus. Dass wir uns wieder zusammengerauft haben. Dass ich wieder nach Bonn gegangen bin.

Dass wir uns ein zweites Mal zusammengerauft haben. Selbst, dass wir heute hier sitzen. Ich denke, es wird Zeit, dass wir jetzt ein paar Entscheidungen treffen, die sich nicht danach orientieren, was die Situation erfordert, sondern danach, wohin wir wollen. Was wir wollen.»

Er nickt und wirkt erleichtert. Vielleicht dachte er, ich wolle ihn verlassen. Oder doch heiraten.

«Ich möchte wieder weg aus Bonn», sage ich, und der Mann kann sich nur mit Mühe ein Lachen verkneifen: «Das kommt jetzt überraschend!»

«Deine Wohnung in Hamburg steht die ganze Zeit leer», sage ich und wage mich vor, «wäre es nicht eine Möglichkeit, dorthin zu gehen? Zu dritt?»

Ich erwarte Zögern, irgendein typisch männliches Verhalten, das Panik signalisiert. Aber er nickt nur. Erst langsam, dann kräftiger, dann schiebt sich seine Hand über die karierte Tischdecke, vorbei an dem Weinflaschenkerzenhalter und meinem halb gegessenen Salat, bis sie schließlich meine erreicht.

«Lass es uns tun», sagt er, «lass uns nach Hamburg gehen. Wir ziehen in meine Wohnung. Die ist zwar viel zu klein. Aber wir haben ja schon ganz andere Hürden genommen.»

Erleichterung macht sich breit. Für ein paar unerträglich lange Sekunden habe ich damit gerechnet, das alles allein durchziehen zu müssen. Dass er doch zu der Entscheidung kommt, dass der Sex mit mir zwar wirklich toll sei und man auch ansonsten ganz okay miteinander auskomme, aber man es dabei belassen solle.

«Der Kleine», fährt er fort, «wird im Dezember ein Jahr alt, das heißt, wir können ihn vielleicht bald in die Kita geben.»

«Ist ja auch wichtig. Wegen der Sozialisation», grinse ich.

«Genau! Und bis dahin hast du genügend Zeit, dir Gedanken

zu machen, was für einen Job du dir am liebsten suchen würdest. Oder ob du vielleicht noch mal eine Ausbildung machen möchtest.»

Das klingt alles phantastisch, denke ich. Zwar auch wie bei *Goodbye Deutschland! Die Auswanderer*, aber eben auch sehr phantastisch. Vielleicht scheitere ich. Vielleicht scheitere ich sogar kolossaler und grandioser, als ich jemals gescheitert bin. Aber ich weiß auch, es muss sich etwas ändern, und hier in Bonn ändert sich nichts. Bonn ist Stillstand. Bonn ist der Tod.

«Das klingt ein wenig melodramatisch», sagt er, ich habe meine Gedanken offenbar laut ausgesprochen, «aber ich denke, ich weiß, was du meinst. Dann Hamburg?»

«Dann Hamburg!», rufe ich eine Spur zu laut aus.

«Sehr gut», sagt der Mann und scheint zufrieden mit sich und der Welt, «sollen wir zahlen und noch bei einem McDrive vorbeifahren, um dir einen Burger zu besorgen? Mit Carbs und Geschmack?»

Ich schüttle energisch den Kopf: «Nein! Auf keinen Fall! Wenn schon zu Burger King. Diese Woche ist der Long Chicken wieder King des Monats!»

Vielleicht sollten wir diese baby-freie Dating-Sache in Zukunft öfter machen …

KAPITEL 28

Hamburg

Das Handy vibriert in meiner Jackentasche, zum gefühlt zwölfzigsten Mal an diesem Tag. Manchmal möchte sogar ich diese Dinger ausschalten. Unerreichbar sein. Wie in den Neunzigern, als man die letzten 30 Groschen aus dem Scout-Acryl-Portemonnaie pulen musste, um Mutter aus der uringetränkten gelben Telefonzelle anzurufen und ihr zu sagen, dass man 30 Minuten später nach Hause kommt. Das war doch schön.

Für einen Moment denke ich, es ist vielleicht Caro. Die sagt, dass ihr die Vorwürfe leidtun. Dass es ihr leidtut, wie alles gelaufen ist, wie sich alles entwickelt hat. Irgendwas Versöhnliches, was einem hilft, einen Abschluss zu finden. Doch es ist nur Abhineeti, die immer noch hofft, dass ich nicht aus Bonn wegziehe. Aber das Leben ist wirklich kein Ponyhof. Und wir kriegen nicht immer, was wir wollen.

Zielsicher laufe ich von der U-Bahn-Station vorbei an unzähligen Polizeibussen mit martialisch anmutenden Beamten. An diesen Anblick muss man sich in Hamburg vermutlich gewöhnen. Daran und an die Tatsache, dass man nie sicher weiß, ob die hier gerade so schwerbewaffnet auflaufen, weil die Außenminister-Konferenz zwei Straßen weiter stattfindet, oder doch nur, weil Sankt Pauli heute Nachmittag spielt.

Es ist das erste Mal seit einer Ewigkeit, dass ich in Hamburg bin. Und während ich Richtung Sternschanze laufe, frage ich mich, was mich so lange davon abgehalten hat. Also außer dem Kind. Hamburg ist wundervoll. Und nun bin ich wieder da. Wenn auch vorerst nur für ein paar Tage.

Meine Schritte fliegen über den Bürgersteig der Susannenstraße. Sophia sitzt schon seit dem Morgen in verschiedenen Cafés rund ums Schulterblatt und arbeitet an ihrer Abschlussarbeit. Zumindest nennt sie das so. Das Ende ihres Studiums ist tatsächlich in greifbare Nähe gerückt. Und ihre ursprüngliche Idee die leer stehende Wohnung ihres Bruders zu nutzen, um in Ruhe die letzten Seminararbeiten zu schreiben und für die Prüfungen zu lernen, mündete schließlich in der Entscheidung, ganz hierherzuziehen.

In den vergangenen Monaten hatten wir uns immer wieder geschrieben, wobei sie mir mit Vorliebe Fotos schickte, auf denen teilweise oder vollständig durch Kleinkinder verwüstete Wohnungen zu sehen waren. Sowie Fotos von Kindern, die sich selbst mit Edding angemalt hatten. Oder Mutters weiße Couchgarnitur. Oder den schlafenden Pitbull. Dinge dieser Art. Irgendwie bin ich froh, dass sich zwischen meiner aktiv gelebten Misanthropie und dem Sarkasmus doch Menschen in meinem Leben festkrallen und sich weigern, zu gehen. Und dass darunter sogar jemand aus der Familie des Mannes sein würde, hätte ich anfangs kaum für möglich gehalten.

Wir haben heute auch keine feste Uhrzeit ausgemacht, ich soll einfach dazukommen, sobald ich Zeit habe. Und dennoch habe ich das Gefühl, ich bin viel zu spät dran. Vielleicht, weil ich im letzten Jahr nicht wenige Menschen in meinem Leben aus den Augen verloren habe – absichtlich und unabsichtlich. Durch den Umzug. Durch den Lütten. Durch viele kleine und große Veränderungen, mit denen nicht immer alle klarkommen. Ich habe das Gefühl, ich muss etwas nachholen, etwas gutmachen. Ob die verlorene Zeit oder verlorene Menschen, weiß ich nicht.

Die Schanze ist voller Menschen, überall wuseln sie herum, wie Bienen oder Ameisen oder andere hyperaktive Insekten. Es ist fast drei, die Sonne brennt auf die Stadt nieder und scheucht jeden Hamburger nach draußen. Der Sommer hier ist kurz, Sonnenstrahlen während des Jahres rar, da muss man sich anpassen, jede Minute wolkenfreien Himmels auskosten.

Sophia sitzt vor dem *Dreiundsiebzig*, in dem gleich mehrere Lokale und Bühnen zu einem kulturellen Konglomerat verschmelzen.

«Hey!», schrillt es. «Hier bin ich! Siehst du mich nicht?»

Sophia ist von der Bank aufgestanden und fuchtelt nur wenige Meter vor mir mit beiden Armen herum, als habe sie gerade einen Anfall.

«Doch, doch», rufe ich und ziehe noch mehr Blicke auf uns, «ich seh dich ja. Ich war nur in Gedanken. Setz dich wieder hin. Nicht, dass die Leute noch denken, sie müssten einen Notarzt rufen.»

Sie lacht dröhnend und umarmt mich so fest, dass ich darauf warte, meine Knochen knacken zu hören. «Mir doch egal, was andere Menschen denken», krakeelt sie und setzt sich wieder. Ihre silbern glitzernde Leggins und das schwarze Batman-Shirt untermalen ihre Aussage. Sie packt den Laptop beiseite, damit ich genügend Platz habe, und ich frage mich, ob sie wohl tatsächlich seit heute Morgen an ihrer Examensarbeit gearbeitet hat. Genauso wie diese ganzen Freelancer, die den halben Tag in Cafés sitzen und sich an ihrem Soja-Latte-macchiato festhalten, während sie sehr ernst dreinblickend auf ihrer MacBook-Tastatur herumklackern. Vermutlich verbringen sie wie wir alle ihren Tag damit, auf Facebook die Seite neu zu laden, um zu sehen, wie viele Menschen ihren letzten Blogbeitrag geliked haben.

«Und?», frage ich, nachdem ich mir einen Espresso bestellt habe, «hast du heute was geschafft?»

«Ja. Ne. Ein bisschen», druckst sie rum, «ich häng ein bisschen hinterher, aber schaff ich schon!» Sie streichelt dabei über die glatte Oberfläche ihres MacBooks, so als wenn sie das gar nicht zu mir sagen würde. «Ich habe im Moment nur so viele Ideen, was ich alles nach dem Studium machen will.»

Sie erzählt mir von dem Buch, das sie schreiben will, und von einem Bagel-Laden in Berlin, in dem es die besten Bagels der Welt gebe, und dass sie überlegt, auch einen Bagel-Laden hier in Hamburg aufzumachen.

«Ich weiß nicht, Sophia», sage ich schließlich, «warum lässt du die Protagonistin in deinem Buch nicht einen Bagel-Laden eröffnen und siehst erst einmal, wie es bei ihr läuft, bevor du auch einen aufmachst?»

Sie guckt mich einen Moment entgeistert an, dann bricht sie in schallendes Gelächter aus: «Was ist denn mit dir? Freust du dich schon, bald in der schönsten Stadt der Welt zu leben?» Sie lehnt sich zurück, und eine Welle des Stolzes fegt über ihr Gesicht, ganz so, als gehöre besagte Stadt nun ihr.

«Um ehrlich zu sein, war es schon etwas komisch, als wir vorgestern Nacht angekommen sind», sage ich, «und gestern habe ich nicht viel von Hamburg gesehen, weil wir den ganzen Tag in der Wohnung waren und Platz gemacht haben für meine Sachen. Aber als ich heute Morgen unterwegs war – in der Innenstadt, am Jungfernstieg, der Alster! Ist schon nicht sooo scheiße hier.» Ich blicke um mich, sauge das Sonnenlicht, die Wärme und die gelöste Stimmung in mich auf. «Ich freu mich riesig auf den Umzug!»

«Wann ist es denn so weit?»

«Nächsten Monat», antworte ich, «ich hab direkt einen Nachmieter gefunden, deswegen kann ich so schnell aus der Wohnung raus.» Als ich das laut ausspreche, wird mir ein bisschen mulmig bei dem Gedanken, wie schnell nun alles gehen wird. Und als wenn sie das spüren würde, meint sie: «Nächster Monat? Uh!»

«Uh?»

«Das geht ganz schön fix», sagt sie und zieht die Augen katzenartig zusammen, «bist du dir denn sicher, dass du alles durchdacht hast und dieser Schritt nun die richtige Entscheidung ist?»

«Nein. Das ist nun wirklich nicht meine Art!», feixe ich. «Aber es muss eine Veränderung her. In Bonn rumsitzen und auf eine Erleuchtung warten, ist auch keine Lösung.»

«Und Hamburg ist die Lösung?», hakt sie nach. «Versteh mich nicht falsch, ich finde es super, dass du endlich mit meinem Bruder zusammenziehen willst. Aber ist Hamburg die Lösung?»

«*Eine* Lösung. Eine reale. Und damit hat sie sowohl Bonn als auch Berlin einiges voraus, denn die sind unabhängig vom Problem keine Lösung. Und unabhängig davon, was passieren wird, mag ich es hier. Ich mag, dass wenn man Sehnsucht nach Dreck, Chaos und Berlin-Flair hat, man einfach zur Schanze gehen kann. Und wenn man genug hat von den Graffitis, den bedrohlich wirkenden Polizisten und wabernden Menschenmassen, und es einen nach Ordnung, Sauberkeit und grünen Wachsjacken dürstet, geht man einfach nach Eppendorf. Ich mag die Weite der Einkaufsstraßen in der Innenstadt, die einen nicht erdrückt, obwohl man stets das Gefühl hat, Moses persönlich führt gerade die nächste Völkerwanderung quer durch die Mönckebergstraße. Ich mag die Alster und dass hier alle Menschen ständig an ihr spazieren gehen und um sie herum joggen. Als wäre das eine Art Gesetz. Aber vor allem mag ich, dass Hamburg jeweils das Beste von Berlin und Bonn hat. Ohne das Schlechte. Es ist weltoffen, pulsierend und kreativ, ohne pleite und voller Taubenkot zu sein. Es ist ernsthaft und seriös und geschäftstüchtig, ohne engstirnig, intolerant und kotzlangweilig zu sein.» Ich starre in meinen Espresso. «Ich erwarte von keiner Stadt, dass sie meine Probleme löst. Aber ich glaube, es ist eine gute Voraussetzung für einen Neustart, wenn sie nicht noch zusätzliche schafft.»

Sie nickt: «Hier ist auch niemand aus deiner Verwandtschaft, der dich wahnsinnig macht, weil du das Gefühl hast, du müsstest dich für dein Leben rechtfertigen. Und du läufst nicht ständig Gefahr, ehemaligen Mitschülern oder Kommilitonen zu begegnen, die dir vor Augen führen, was für ein Loser du geworden bist. Im Grunde bist du ein Flüchtling. Nur dass du vor Gefühlen fliehst.»

«Perfekt zusammengefasst», sage ich, obwohl ich nicht weiß, ob sie recht hat. Denn zumindest meine Großeltern sind momentan mehr als zufrieden mit meinen Umzugsplänen und sehen darin den ersten Schritt in Richtung eines normalen Lebens – oder was sie eben darunter verstehen.

«Und was natürlich außerdem immens für Hamburg spricht: Ich bin hier!», sagt sie und lächelt.

An diesem Punkt muss ich sie unterbrechen: «Ich habe schon einen sehr guten Draht zur Kassiererin beim Edeka bei uns um die Ecke. Heute Morgen hat sie sogar gefragt, ob ich den Bon brauche, und ich glaube, da geht noch was. Ich ziehe ernsthaft in Erwägung, ihr eine Freundschaftsanfrage auf Facebook zu schicken.»

«Das klingt großartig! Also, neben meinem Bruder und der Edeka-Kassiererin, die sich sicher ungemein freuen wird, wenn du sie auf Facebook stalkst, bin ich vermutlich die Einzige, die du hier kennst. Und ich sehe nicht nur blendend aus und bin unfassbar talentiert, ich kenne hier auch jeden, der für Menschen wie du und mich wichtig sein kann.»

«Für Menschen wie ich und du?», frage ich.

«Menschen, die ein bisschen anders denken», erklärt sie. Vermutlich ist das die euphemistischste Umschreibung für Vollzeit-Neurotiker.

«Und wieso genau kennst du hier so unbeschreiblich viele Leute? Du lebst seit zwei Monaten hier!»

«Du wirst schon sehen», sagt sie, «wir kriegen dich schon unter die Haube. Also jobmäßig. Das andere liegt nun nicht in meiner Hand.»

In diesem Moment setzt mein Handy in der Tasche zum nächsten Vibrationsangriff an. «Gottchen! Wer ist das denn, der dich da die ganze Zeit anschreibt?»

«Abhineeti», erkläre ich, «ich habe ihr letzte Woche erzählt, dass wir nach Hamburg ziehen. Und nun ist sie nervös, weil sie meint, ich wäre der einzig normale Mensch, den sie in den letzten Jahren in Bonn kennengelernt hat, und wenn ich wegziehe, wüsste sie nicht, mit wem außer ihrem Baby sie reden soll.»

«Tja», sagt Sophia und grinst diabolisch, «ein Verlust für Bonn, ein Gewinn für Hamburg!»

KAPITEL 29

Beziehung für Fortgeschrittene

Eigentlich lernt man einen anderen Menschen erst dann wirklich kennen, wenn man mit ihm zusammenwohnt. Also permanent. Ständig. Und man sich Fragen stellt, die man sich noch nie gestellt hat. Warum atmet er so laut? Hat er gerade ernsthaft mit den Windel-Feuchttüchern das Badezimmer geputzt? Weiß er vielleicht nicht, dass er die Tür zum Bad auch zumachen kann, wenn er auf Toilette sitzt?

Bevor man zusammenzieht, denkt man, all die gemeinsam verbrachten Wochenenden oder die mehrstündige Autofahrt ins Münsterland wären schon Probe genug gewesen. Falsch. Denn der Teufel liegt im Detail. Er liegt in den kleinen Dingen des Alltags und wartet, bis seine Zeit gekommen ist. Er hockt in dreckigen Unterhosen, die auf dem Boden liegen, er liegt neben nicht zugeschraubten Zahnpasta-Tuben und sitzt in der dreckigen Pfanne, die seit zwei Tagen unangetastet in der Spüle liegt.

Ich weiß das. Jeder weiß das. Aber wenn man verliebt ist, verdrängt man das. Vermutlich ist dafür dasselbe Hormon verantwortlich, das einen die horrenden Geburtsschmerzen wieder vergessen und irgendwann denken lässt: «Hey, war doch gar nicht so schlimm. Lass uns das noch mal machen!» Manchmal ist der eigene Körper ein riesengroßes Miststück.

Dennoch ist dieser Körper hier ziemlich froh, nun in Hamburg zu leben. Der Umzug verlief ziemlich glatt, wenn man von dem tränenreichen Abschied meiner Mutter mal absieht, die den Eindruck erweckte, ich würde ihren Enkel in einen sibirischen Gulag ohne Besuchsrecht entführen. Die Aussicht auf eine Bahncard50 sowie ein Einführungskurs in die Mysterien von Skype später, schien sie jedoch halbwegs versöhnlich. Und ich bin sicher, dass die täglichen Skype-Anrufe auch bald wieder aufhören werden.

Marlies habe ich nicht noch einmal gesehen vor dem Umzug, aber auf Facebook konnte ich lesen, dass sie einen neuen Job angenommen hat, weswegen ich vermute, dass die Kinderplanung ein wenig verschoben wurde. Ohnehin war mein Abschied sehr abrupt. Aber vielleicht war das genau richtig. Wie bei einem Pflaster. Nicht nachdenken. Nicht mehr an Caro denken. Nach vorne blicken.

Und nun stehe ich hier in der Küche des Mannes, die nun unsere Küche ist, und zahllose Sendungen von «Das Messie Team» ziehen an meinem inneren Auge vorbei. Ich dachte immer, wenn das Ende nah ist, würde ich mein eigenes Leben an mir vorbeiziehen sehen, aber in dieser Situation stelle ich fest: Es sind primär Unterschichten-Serien.

Frauen lästern ja gerne und viel über Männer. Und ihre kleinen, putzigen Macken, wenn es um das Thema Haushalt geht. Manche sagen auch Defizite. Ich nenne es schlicht und einfach Behinderung. Zumindest bei meinem gehe ich zu seinen Gunsten davon aus, dass er «das» nicht mit Absicht macht, sondern dass in seinem Kleinhirn einfach irgendwo ein paar Synapsen falsch verdrahtet sind und er sich deswegen – nach wenigen Wochen des Zusammenlebens – als ein Mensch entpuppt, dessen Vorstellungen von Sauberkeit und Ordnung dem einer Qualle entspricht. Die haben ja bekanntlich weder Augen noch Ohren noch Hirn.

Für die meisten Menschen ist so etwas Pillepalle. Dann stellt er sein Geschirr eben immer auf die Spülmaschine und nicht hinein! Dann wäscht er seine ranzigen Trainingsklamotten, die nach einem hyperaktiven Grizzly während der Paarungszeit riechen, eben mit deinem neuen Kaschmir-Pullover! Dann bin ich halt unflexibel, denke ich, als ich das Regal mit den Gewürzen leer räume, um es das erste Mal seit zehn Jahren sauber zu machen.

Ich schiebe gerne meine Stauballergie als Grund für meinen Putzfimmel vor. Letztlich ist mir mein Asthma pupsegal, aber es hat eben eine ganz besonders dramatische Untermalung, wenn man beim Anblick von Staub, den Inhalator aus der Tasche ziehen kann. Und es ist nicht wirklich gelogen, wenn ich so tue, als wenn Staub & Co. mich umbringen würden. Sie bringen mich eben lediglich im übertragenen und nicht im wörtlichen Sinne um.

Ich öffne den Backofen und schließe ihn wieder, weil ich nicht sicher bin, was ich darin gesehen habe, und ich nicht weiß, wie ich darauf reagieren soll, falls es beim nochmaligen Öffnen winkt oder redet. Seitdem wir den Umzug und die Stadt meiner Kindheitstraumata hinter uns gebracht haben, habe ich fast jede Minute damit verbracht, die kleine Wohnung des Mannes in etwas zu verwandeln, das man vielleicht nicht unbedingt in «Schöner Wohnen» abdrucken würde, was aber genügend Wohlfühlcharakter hat, um auf Instagram mit «HomeSweetHome» versehen zu werden. Zumindest einzelne Ecken. Die Pflanze im Wohnzimmer zum Beispiel.

Manche meinen ja, das Geheimrezept einer guten, funktionierenden Beziehung sind Kommunikation und Kompromisse. Das ist natürlich Schmonsens. Das Geheimnis ist zu wissen, in welchen Situationen man lügen und welche Dinge man einfach ignorieren sollte, weil man weiß, dass man sie ohnehin nicht ändern kann. Und natürlich Geschlechtsverkehr. Einfach so oft wie nur irgend möglich Geschlechtsverkehr. Man ist sauer auf den Mann, weil er den Jahrestag vergessen hat? Geschlechtsverkehr! Man weiß nicht, worüber man miteinander reden soll? Geschlechtsverkehr! Durch das Hormon Oxytocin und massenhaft Endorphine, die beim Sex ausgeschüttet werden, werden genau die Genusszentren im Hirn stimuliert, die wohlig schöne Gefühle von Intimität und Entspannung bei uns auslösen. Wozu Händchen halten und sich verklärt in die Augen gucken?

«Was machst du?» Wie aus dem Nichts steht der Mann hinter mir, während ich versuche, etwas Braunrotes vom Herd abzukratzen, was entweder die eingetrockneten Überreste einer Bolognese oder eine mumifizierte Kakerlake sind.

«Ich putze», antworte ich und verweise mit einer üppigen Handbewegung auf die um mich versammelten Reinigungsmittel und Schwämme, die mich wie eine kleine Hygiene-Armee von allem Übel dieser Welt abschirmen.

«Oh», sagt er überrascht, «immer noch?»

Das sind diese kleinen Momente, in denen sich herausstellt, ob man es zusammen aushält. Nicht: Ob man zusammenpasst. Sondern, ob man nicht in ein paar Jahren vor einem Richter steht und Sätze sagt, die mit «... und dann war da plötzlich überall Blut, Euer Ehren!» enden.

«Kann ich dir irgendwie helfen?», fragt er. Der Punkt, an dem mir jemand helfen konnte, wurde irgendwann während meiner Pubertät stillschweigend überschritten.

«Du könntest den Backofen sauber machen», schlage ich vor.

«Och, den habe ich erst letzten Monat sauber gemacht!»

Ich greife an mein rechtes Augenlid, weil es gleich beginnt, nervös zu flattern. Er ist hübsch, sagt eine Stimme in meinem Kopf. Er ist hübsch und kann gut küssen, und du liebst ihn. Konzentrier dich darauf!

«Ich liebe dich», sage ich.

«Okay», nuschelt er irritiert, «ich dich auch?»

«Super. Vielleicht könntest du den Kleinen nehmen und mit ihm einen Spaziergang machen. Einen langen. Einen wirklich langen. Und wenn ihr wieder zurück seid, habe ich die Küche fertig geputzt.»

Ich küsse ihn und schiebe ihn gleichzeitig aus der Küche.

Er kann nichts dafür, murmle ich vor mich hin, als ich die restliche Kakerlaken-Bolognese abschrubbe. Er kann einfach nichts dafür! Ich habe alles bisher gemeistert oder zumindest überlebt. Warum also nicht auch mit einem Mann zusammenzuwohnen?

KAPITEL 30

Großartig

Nicht auf die Fresse fliegen, jetzt bloß nicht auf die Fresse fliegen, denke ich und meine Zehen krallen sich in den schwarzen Pumps zu Raubvogelklauen zusammen, die ihre Beute auf keinen Fall loslassen wollen.

Normalerweise trage ich Chucks. Und wenn ich normalerweise sage, meine ich immer. Aber eine leise Stimme der Vernunft, die nur in kryptischen Versen zu mir spricht und dabei auch noch arg nuschelt, sagte mir, dass Turnschuhe nicht die optimalste Wahl für ein Vorstellungsgespräch sind. Posh Spice wäre stolz auf mich.

Schnaufend lasse mich auf den steinernen Stufen am Jungfernstieg nieder. Die Busstation ist nur wenige Meter entfernt, aber mit den Schuhen brauche ich sicher eine halbe Stunde.

Es ist inzwischen halb drei, und die Innenstadt ist wie immer um diese Uhrzeit mit Massen von Touristen und Hamburger Neureichen überfüllt, die die Kassen von Alsterhaus, Prada & Co. zum Klingeln bringen. Vereinzelt sitzen ein paar Menschen in Businessoutfits herum. Einen Latte macchiato in der einen, das Handy in der anderen Hand, auf dem Schoß ein fünf Euro teures Sandwich mit Chia-Samen und anderem Zauberfood, das dafür sorgen soll, dass sie nach ihrer Mittagspause wieder voller Energie und Schwung am Arbeitsplatz sitzen. Bald werde ich auch einer von diesen Menschen sein. Werde in meiner Mittagspause ebenfalls runter zur Alster laufen, mich wie ein

Reptiloid in der spärlichen Sonne aalen, die Möwen beobachten oder einfach nur aufs Wasser schauen. Vermutlich mit Schoko-Franzbrötchen statt einem Superfood-Sandwich.

Fast ist es ein wenig unwirklich, dass ich hier sitze. In Hamburg. An der Alster. Genau jetzt. Nach allem, was passiert ist. Wobei das so klingt, als hätte ich einen schweren Unfall oder sonst ein Schicksal erlitten, das für einen tränenreichen Beitrag bei RTL Explosiv taugt.

Manchmal wird mir erst in ruhigen Momenten wie diesen wirklich bewusst, wie sehr sich mein Leben in den vergangenen zwei Jahren geändert hat. Da ist man gerade noch eine idealistische Geisteswissenschaftlerin, die sich lieber mit Büchern als mit Menschen umgibt, und im nächsten Moment hat man einen Mann und ein Kind, zieht von der Stadt, die man liebt, in die Stadt, die man hasst, und schließlich in die Stadt, die es richten soll.

Was der Mann und ich inzwischen haben, kommt dem, was andere leichtfertig als Liebe bezeichnen, schon verdammt nahe. Und das ist mehr, als ich jemals erwartet habe.

Ich schaue auf die Uhr. Der Kleine ist noch eine Stunde in der Kita. Eingewöhnungswoche. Heute hat ihn der Mann begleitet, aber Jonah liebt fremde Menschen, denn in seiner Welt sind alle Fremden nach spätestens zwei Minuten keine Fremden mehr. Mein Sohn ist einfach nicht wie andere Kinder. Er schläft durch, zehn, zwölf Stunden am Stück. Er weint kaum, motzt und knötert eher hin und wieder. Und lacht. Viel. Als würde er sich selbst ständig einen Witz nach dem anderen erzählen.

Um ehrlich zu sein, habe ich noch immer nicht verstanden, was Muttersein wirklich ausmacht. Ich verspüre bis heute nicht den Drang, aus Klopapierrollen Mobiles zu basteln oder den Brei schonend und selbst zuzubereiten, und weigere mich

Menschen zu verstehen, die wiederverwertbare Windeln benutzen. Ich kaufe alles fertig und hin und wieder sogar Dinge aus Plastik. Aber all das heißt nicht, dass ich eine schlechte Mutter bin. Ich bin einfach eine andere.

Eine, die sich vor allem darauf freut, eines Tages mit ihrem Sohn zusammen ein Ibitak oder Glurak zu fangen, am Wochenende alle Disney-Filme zu gucken und mit ihm darüber zu feilschen, wer die Schüssel mit den Brownies-Teigresten auslecken darf. Und für alles andere gibt es ja auch noch die Oma, die ihren Besuch schon angekündigt hat. Ein leises Gefühl sagt mir, dass sie in Zukunft ihren gesamten Jahresurlaub in Nordsee-Nähe und nicht mehr in Italien verbringen wird.

Im Moment scheinen das Leben und die Zukunft gar nicht mehr so schrecklich und ungewiss. Eher voller Möglichkeiten. Vielleicht reisen wir mit Jonah mal nach Japan, denke ich, als ich ein asiatisches Pärchen beobachte, wie es versucht, Schwäne zu füttern und gleichzeitig Fotos davon zu schießen, und grandios daran scheitert.

Das Vorstellungsgespräch heute bei der PR-Agentur hatte Sophia vermittelt. So wie sie es angekündigt hatte. Der Geschäftsführer, Christian, ist ein ehemaliger Kommilitone von ihr und sucht jemanden für seine noch recht junge Agentur, die primär für Ministerien, Forschungseinrichtungen und Stiftungen arbeitet, der sowohl die schnarchig elitäre Sprache der Wissenschaft spricht, als auch kreativ arbeiten kann. Und da kommen unter anderem mein überragender Intellekt und meine nicht minder überragenden Photoshop-Kenntnisse ins Spiel. Und meine 37-tausend Praktika in Museen und Stiftungen während des Studiums.

Das Vorstellungsgespräch lief wunderbar, trotz meiner Gehbehinderung und der Irritation, dass Christian all seine Kolleginnen mit «Ciao Bella!» zu begrüßen pflegte. Alles spricht dafür, dass ich ab nächstem Monat arbeiten werde. In einem Büro. Mit einem Schreibtisch. Wie so eine Erwachsene. Nach der Arbeit würde ich meinen Sohn aus der Kita abholen. Wie eine berufstätige Mutter. Ich würde nach Hause zu meinem Mann gehen, wir würden zusammen kochen, und da wir beide nicht kochen können, würden wir anschließend was bestellen. Ich würde mich über seine herumliegende Wäsche beschweren, vielleicht würden wir abends zusammen Tatort gucken oder ein bisschen fummeln. Am Wochenende würde ich nichts mehr für die Uni machen müssen, sondern würde einfach nur Wochenende haben. Vielleicht würden wir brunchen gehen. Oder Tagesausflüge machen. Nach Pinneberg zum Beispiel, um uns bewusst zu machen, wie gut wir es haben. Mit selbst geschmierten Vollkornbroten in farblich abgestimmten Tupperdosen.

Das ist ein gutes «Vielleicht». Ein «Vielleicht», das alles kann und nichts muss. Ein «Vielleicht», das einem keine Angst mehr macht, weil sich das Leben um einen herum zu festigen scheint. Früher oder später würden wir eine größere Wohnung finden, wir würden uns ab und zu streiten, ich würde ein Glas zerschmeißen oder einen seiner hässlichen Kaffeebecher, es wäre nicht immer alles eitel Sonnenschein. Allein schon wegen des Hamburger Wetters.

Ich mache mich auf den Weg zur Bushaltestelle. Am Wasser wird das asiatische Liebespärchen von einem Rudel Schwäne attackiert. In den nächsten Tagen toben die beiden durch die Gazetten unter der Überschrift «Das Schwanen-Massaker vom Jungfernstieg». Aber trunken von so viel Optimismus und Zuversicht bekomme ich das gar nicht mit.

«Oh, das wird sehr, sehr großartig!», raune ich sehr, sehr glücklich, als ich schließlich im Bus nach Hause sitze.

Mirco Buchwitz, Rikje Stanze
Arschbacken zusammenkneifen, Prinzessin!

Achtung: nicht für Mädchen!

Ina Maibach hat eine verdammt große Klappe. Und Pech mit den Männern (spätestens, als sie neben einem Kerl in Bayern-München-Bettwäsche aufwacht, sieht sie ein, dass man seinen Traummann nicht sturzbetrunken an irgendeiner Theke abschleppt). Ina beschließt, sich zurückzuhalten und, wenn schon nicht Mr. Right, dann wenigstens Mr. Not Completely Fucking Wrong zu suchen. Vielleicht verbirgt er sich hinter der Hochglanzfassade von Callcenter-Teamleiter Karsten. Oder hinter der ominösen SMS, die Ina nach einer durchzechten Nacht bekommt: «Der Knutscher war toll.»

304 Seiten

MIX
Papier aus verantwortungsvollen Quellen
FSC® C083411

Das für dieses Buch verwendete Papier ist FSC®-zertifiziert.